中华断案引律法脉

从古代公案小说举证

林林·著

中国民主法制出版社
全国百佳图书出版单位

图书在版编目(CIP)数据

中华断案引律法脉:从古代公案小说举证/林林著.
—北京:中国民主法制出版社,2019.6
ISBN 978-7-5162-2024-5

Ⅰ.①中… Ⅱ.①林… Ⅲ.①侠义小说—小说研究—
中国—古代 Ⅳ.①I207.419

中国版本图书馆 CIP 数据核字(2019)第 112507 号

图书出品人:刘海涛
出版统筹:乔先彪
责任编辑:陈 曦 贾萌萌

书名/ 中华断案引律法脉:从古代公案小说举证
作者/ 林林 著

出版·发行/ 中国民主法制出版社
地址/ 北京市丰台区玉林里 7 号(100069)
电话/(010) 63292534 63057714(发行部) 63055259(总编室)
传真/(010) 63056975 63055378
http://www.npcpub.com
E-mail:mzfz@npcpub.com
经销/ 新华书店
开本/ 16 开 710 毫米×1000 毫米
印张/ 12.5 字数/ 212 千字
版本/ 2019 年 6 月第 1 版 2019 年 6 月第 1 次印刷
印刷/ 北京天宇万达印刷有限公司

书号/ ISBN 978-7-5162-2024-5
定价/ 39.00 元

导　言

公案(侠义)小说是中国古典通俗文学的一朵奇葩,它自成一脉,雅俗共赏,拥有大量的读者。许多公案(侠义)小说,与民间口头文学的流传有紧密的关系,也有着广泛的消费市场。因为公案(侠义)小说题材的特殊性和可读性,其历经各代、相继不衰,有着强大的生命力和深厚的文化底蕴。可以说,公案(侠义)小说植根于广阔的社会生活之中,是反映着封建社会的万花筒,描绘了那个时代(朝代)经济、社会、政治、文化等的生动图景,具有不可替代的文化(文学)鉴赏价值和一定的历史研究价值。由于公案(侠义)小说中,描写了大量的公案情节,绝大多数都非常具象地展现了案情的发生、侦破、堂审、对质和审判过程,传导了那个时代(朝代)民众对法律状况的了解以及官府对法律制度的执行。因而,对研究中国传统法律文化是一个难得的视角和一份颇有价值的素材。从公案(侠义)小说中,寻觅并梳理中华传统法律文化的演进脉络,进而考察一个时代(朝代)民众的法文化意识,就不失为一个独特的路径。

那么,从公案(侠义)小说中探寻中华传统法脉,是否有一定的可信度与价值呢?答案是肯定的。

一则,这些公案(侠义)小说本身具有的社会影响力,佐证了它们在当时和后世经受了观众、读者和编撰者的检验。虽然公案(侠义)小说有不少杜撰的、虚构的、侠义的情节,但其所涉及的具体案情的描写,官府审断案子的司法程序,用刑拷讯的场景、诉状与判词等,还是有着时代的烙印,或以故事发生的时代(朝代),或以小说编撰的时代(朝代)的法律制度为参照,而不至于过于离谱。

二则,公案(侠义)小说的绝大多数主角,都是职业的法律主管部门——

刑部系统的官员,或是有过法律职业生涯的官员,如唐朝的狄仁杰、宋朝的包拯、明朝的海瑞、清朝的施世纶等。而像"三言二拍"的作者冯梦龙、凌濛初,一个做过知县,一个做过徐州府的通判,自身就有着一线司法实务的经验。因此,小说中涉及的办案、断案情节与判罚引律依据,都有所依归。《蓝公案》的作者蓝鼎元,是清朝雍正年间的名臣,依据自己在任广东普宁县令期间的断案事例和笔记,基本忠实地记录了案件的原委和结局,具有极高的真实性和可信度。当然,这些公案(侠义)小说基本上是明、清时期才编撰的,而故事中所叙述的却是唐、宋、元等前朝之事,自然所援引的法律制度和判罚依据有着《大明律》《大清律例》的影子,也属正常。

三则,中华法系自战国李悝《法经》肇始,到唐代《唐律疏议》首次实现集大成之后,从唐至宋、元、明、清,一脉相承,法律思想、法律体系乃至法律律例条标,几乎没有颠覆性的变异,只是增补了各朝代的政治、经济、社会的新变化、新需要,进行了分类的调整、合并,丰富和细化了疏议、条例,并调整了量刑的轻重。因此,尽管不同朝代的公案(侠义)小说在涉及具体故事案情中,裁判引律名称、分类、量刑会有所不同,但基本的司法流程和审判裁量大同小异,体现了中华传统法律的系统性、承继性和稳定性。

本书选取了《狄公案》、"三言二拍"、《毛公案》、《林公案》、《蓝公案》和《彭公案》等公案(侠义)小说,以其中的故事情节为蓝本,将小说中所描绘的主要案件线索和破案、断案过程加以精炼,特别注意呈现当时的司法制度的运作与侦查、破案、堂审、用刑、判决等程序和场景,并对"断罪引律"进行查证和比照,目的是:

1. 为后世的读者展现不同时代(朝代)的司法制度与运作图景,提供一个相对真实和生动的场景感。所以,尽可能依循小说案情的故事情节体现完整性和典型性,增强代入感。

2. 努力查证每个案例"断罪引律"的法律适用性和时代性。希望印证小说编撰的时代(朝代),在"断罪引律""断罪引正条""断罪不如法""断罪不当"等方面是否充分贴合了小说发生的时代(朝代),以此试图佐证作者成文的时代(朝代),以及小说尚在口头流传或杂记传抄的时代(朝代)众多参与者对当时法律的了然甚至谙熟的程度,进而旁证中国封建社会法文化的传播程度与法文化的普及程度。一个典型的示例是,由明末冯梦龙编撰的《喻世明言》中第三十五卷《简帖僧巧骗皇甫妻》讲的是北宋年间,一恶和尚设计拆散别人家庭而骗得其妻的故事。事情败露被告官,后被判:"和尚大情小节,一一都认了:不合设谋奸骗,后来又不合谋害这妇人性命。准'杂犯'断,合重杖处死。"这里所引述的律法正符合北宋《宋刑统》的律例名称和归类,并没有引用小说作者所处的明代《大明律》。在《宋刑统》中，“诸色犯奸”正是归类在第二十六卷“杂律”中。而《大明律》则在“刑律”中单列了“犯奸”条，共计十款。作为明代作者，没有引述《大明律》，而是引用了《宋刑统》，说明作者对《宋刑统》《大明律》的谙熟。同时，也可说明故事发生在宋朝，此故事在形成和传述中，初创者对宋朝（本朝）律法也是了然的。

3. 通过从《狄公案》到《彭公案》所叙述的主角和故事发生的年代，案例故事中的法律适用，以及犯罪案件背后的法律规定，勾勒从唐到清的中国封建社会法律制度的历史演进脉络，串联起从唐迄清一千多年中华法脉的线索。尽管《狄公案》是清代的作品，很难完全贴合唐代的政治社会实景，而且案例上与其他公案（侠义）小说，也有类似的情节。但毕竟针对的是唐代，其人物、情节铺陈也大体要贴近唐代的历史，所以，案情的审断自然也要贴近唐代的法律。就此而言，不论小说虚构的成分如何，在依法断案、依律下判上，大体上是不宜虚构的。当然，有出入和错用乃至夸大的成分是存在的，正因为存在这种情况，通过小说中主人公的所作所为，比对援引律例适用的情况，对剖析各朝代法文化的认知和普及状况，才更具有针对性和说服力。

4. 从公案（侠义）小说中品鉴法脉文化，是研究和发掘中华法系法文化的一种有效途径。小说的鉴赏，往往偏重艺术性、可读性。公案（侠义）小说因为有环环相扣的案情之“料”，充满悬念，情节波澜起伏，因而也有着极高的可读性。比如，当今的悬疑推理小说，就有着广泛而坚实的受众粉丝，拍成的影视剧，收视率也始终名列前茅。公案（侠义）小说就是古代的“悬疑推理小说”，其可读性在于案情的跌宕起伏和扑朔迷离上，它是社会生活的“多棱镜”。品鉴公案（侠义）小说，可以在轻松的阅读中，开阔视野，增长见识，更可以体察在小说年代背景下，官吏与民众对法律制度、律例条例的了解、认知和遵循情况。例如，发生命案要第一时间告官，一般情况下地保、里正乃至邻里都会积极保护案发现场，说明地方里正等基层官吏对律例是知晓和敬畏的。而普通百姓则有害怕受到牵连的心态，除命案之外的奸情、田产等纠纷发生时，原告会第一时间到官府告诉，递交词状，说明通过官府来评判和调息的观念在普通百姓心目中具有突出的地位。普通百姓对一般性的法律常识包括法律救济程序具有一定的了解，说明在中国封建社会环境下，民众法文化意识有一定的根基和相对稳定的传承。对侠义世界的向往，折射出民众基本的义利观、伦理观，在不能得到充分满足时，可以从侠义之士“快意恩仇”的言行中得到一定的心理慰藉。

公案（侠义）小说中，大量涉及受讼师之惑、之累造成的诬告案件、冤狱。宋、明以后朝廷加强了对“教唆词讼”的法律惩处力度，但仍然难以遏制刁恶讼师与基层猾吏钻地方司法的空子的情况。从《蓝公案》中能看到极为真切的写照，即官府在基层司法管理和运作上存在漏洞和空当，而基层民众缺乏基本、有效的法律服务。讼师之兴与之害，可谓中国封建社会法文化中的一个独特景观。

当下中国正进入一个新时代。其中一个命题，就是要加快建设法治中国，积极构建中国特色社会主义法治体系。为此，应当重新发现和发掘中华法系的历史价值和合理思想，解开中华法系中的“先进思想或基因”为何没有生长出具有当代指向的法律体系和法律精神之迷。除了从法典、卷宗等历史档案入手外，从公案（侠义）小说中品鉴和梳理中华法脉，以此扩展到各种古代笔记、杂记、文学作品，或许能给我们打开一扇意想不到的发现之窗。培育法治文化素养是构建法治文明社会的关键。品鉴公案（侠义）小说中的法脉流向，只是一个不显眼但或许很有效的开始。

目　录 CONTENTS

导　　言 001

第一章

从《狄公案》看唐律的中华根脉 001

第一节　从现场勘验与移尸问责，看历代律例沿革 001

第二节　开棺查验事体重大，反坐革职官民皆知 004

第三节　抗刑不招疑案取保，古代也有“疑罪从无” 008

第四节　官员贪赃枉法、不受词讼该当何罪 013

第五节　唐律开启的中华法系传统根脉 016

第二章

从《包公案》看宋代官吏的司法职业认知 022

第一节　重质证，轻口供，看包公如何平冤究理 022

第二节　重礼义，慎刑讯，看包公如何用刑 031

第三节　情理相协，断罪引律，看包公如何下判词 034

第四节　犯奸案情频率最高，历朝律法大同小异 040

第五节　“打死也不招”，古代也有“疑罪从无”立法思想 047

第六节　面对各色诬告，“反坐”最为有效 051

第七节　依状受理，限期破案，古代官府也很“拼” 053

第八节　宋代司法审判制度的法文化流布 055

第三章

从《毛公案》看明代家庭的分化与世风的恶逆 061

第一节　卖良为娼，罪非事小　061
第二节　状词善恶两分，案情瞬间翻转　063
第三节　“秀士”闯堂理问，被杖陷狱暗害　066

第四章

“三言二拍”中的法文化认知　072

第一节　“婚变”凸显社会细胞分化问题　074
第二节　调息与健讼，明代社会法文化的真实写照　075
第三节　明代社会民众法文化的认知状况　081
第四节　案件受理与“断罪引律”的考察　087

第五章

从《蓝公案》看清代唆讼之风　092

第一节　讼师唆讼之道叹为观止　092
第二节　亲族纷争，和息为贵　101
第三节　与上司抗辩，重事实而不枉　103
第四节　私下再嫁，倍偿负刑　105

第六章

《林公案》折射清末法治状况图景　109

第一节　入幕府佐理案卷，破奇案平冤狱声名鹊起　109
第二节　首任江苏按察使，惩治恶霸慰民心　114
第三节　赴任陕西臬司，平反冤案名声再播　118
第四节　江宁布政查赈灾，揭惊人真相　122
第五节　整治粮帮，连破奇案背后的制度失灵　125
第六节　整顿漕弊，文武两举人包揽遭革　133
第七节　禁烟有法难依，历史终难更易　138

第七章

《彭公案》中侠义与公案精神的交织 142

第一节 初任三河私访遇险，强夺霸占移尸该当何罪 143

第二节 玩笑斗讼也有责，奸情命案判凌迟 147

第三节 见色起念、为主杀女、知情隐匿，按律审判却失当 151

第四节 侠义有道，“犯法”免究 156

第五节 剿匪平冤，御赐金牌失盗罪非寻常 162

第六节 采花也遭江湖弃，失察窝盗当革职 172

第七节 妖言惑众，迷药抗官，罪责几何 178

第八节 又是采花蜂熏香作案，“限期破案”追责众人 181

第一章

从《狄公案》看唐律的中华根脉

唐朝名相狄仁杰号称"狄青天",历史上与宋朝包拯"包青天"齐名,都是心系苍生、刚正不阿的断案高手。他办案断案重事实依据,擅于深思推理,不滥用刑罚逼供,平反了一大批冤案错案。《狄公案》共六十四回[①],主要讲述了狄仁杰在昌平任县令时,面对的各种案情和冤狱,以及后来任武则天朝宰相时整肃朝纲的故事,其中涉及各色人命、奸情、欺诈、抢劫等案件。在破案和面对朝廷上下奸佞小人的过程中,狄仁杰正直正派又熟悉朝廷律法,与恶势力斗智斗勇,除恶扶善,断案如神。尽管《狄公案》为清人作品,小说中不少情状以及律令适用,直接受《大清律例》的影响。但中华法系从战国到唐,首次确立了完整的体系,唐之后一直到清,基本沿袭下来,再无根本上的动荡,所以从一定程度上可作为一种流脉参考,也可从中追溯唐律的相关规制,梳理出原生的法律根脉。

第一节　从现场勘验与移尸问责,看历代律例沿革

从第一回到第十九回,主要讲述的是狄仁杰在任昌平县令时,遇到的一个蹊跷之事——地甲胡德状告开客店的孔万德将住在其店中的两个客商杀死在镇口。其实内情是胡德平日与孔万德有仇,又因赌博输钱,忽听说镇口发现两具尸首,二人又曾住孔家客店,便想借故讹诈。孔万德情急之下告到狄仁杰面前。

① 参见安遇时、蓝鼎元等编撰:《名臣问案牍》,重庆出版社2008年版。

狄仁杰亲自前往现场勘验，来到客店门前，果然发现有两具尸体倒在那里，委实是被刀所杀。狄仁杰问胡德："这尸首，本是倒在此地的么?"胡德回禀，是孔万德将人杀死抛尸在镇口，"小人不能牵涉无辜，故仍然搬移在他家门前。求太爷明察"。不想，狄仁杰不等他说完，当时喝道："汝这狗头，本县且不问谁是凶手，你既是在公人役，岂能知法犯法，可知道移尸该当何罪？无论孔万德是否有意害人，既经他将尸骸抛弃在镇口，汝当先行报县，说明缘故，等本县相验之后，方能请示标封。汝为何藐视王法，敢将这两口尸骸移置此处！这有心索诈，已可概见；不然即与他通同谋害，因分赃不平，先行出首。本县先将汝重责一顿，再则严刑拷问。"[①]说着令差役重打了胡德二百刑杖。

品析：

这里重打"二百刑杖"总数显然过多，与唐朝刑律不符。自《唐律疏议》始，延续到宋、明、清，均对拷讯有较为严格的规定，即如《唐律疏议》"拷囚不得过三度"专条，规定："诸拷囚不得过三度，数总不得过二百，杖罪以下不得过所犯之数。拷满不承，取保放之。"[②]照此看来，狄仁杰对胡德的用刑确实重了。而用刑过狠、过量在《狄公案》中比较普遍，或可体现狄仁杰一身正气、对违法作恶之事疾恶如仇。另外，的确也折射出中国历史上社会舆情对用刑拷讯普遍习以为常，熟视无睹。不过体现在历代律令上，法律规定却并非如此，对用刑和刑具的规格、数量等都有相对严格的规定，违法了就要承担责任，接受处罚。但现实多半是难以实现的，像《唐律疏议》规定，拷满二百还不招供，就要取保放人。事实上，就是像狄仁杰、包拯这样的青天，似乎也难以做到，更遑论一般的官员了。

第三回讲的是狄仁杰亲自去验尸的描写。在这一回故事中，情节曲折跌宕。原先两具尸体，胡德和孔万德都未来得及细看，等到仵作查验，让孔万德辨认时，孔万德才发现其中一个人的尸体并不是当初见过的住店客人。狄仁杰当时又重打了胡德一百刑杖，说他报案不清，反来牵涉百姓。狄仁杰吩咐"先行标封，出示招认，俟凶手缉获，再行定案。孔万德交保释回，临案

---

① 参见安遇时、蓝鼎元等编撰：《名臣问案牍》之《狄公案》第2回，重庆出版社2008年版，第239页。

② 刘俊文点校：《唐律疏议》，法律出版社1999年版，第593页。

对质，胡德先行收禁”。这里，将已经确认非涉案人的孔万德取保释放回家，可谓唐代证人和涉案人羁押制度的一个缩影。

第三回较为详细地描写了仵作验尸的具体过程与做法。

验第一具尸首，“仵作听报已毕，随即取了六七扇芦席铺列地下，将尸身仰放在上面，先用热水将周身血迹洗去，细细验了一回。只听报道：‘男尸一具，肩背刀伤一处，径二寸八分，宽四分；左肋跌伤一处，深五分，宽五寸；咽喉刀伤一处，径三寸一分，宽六分，深与径等，致命。’报毕，刑房填了尸格，呈在案上”。[1] 验第二具尸首，仵作将血迹洗去，向上报道：“无名男尸一具，左手争夺伤一处，宽径二寸八分；后背跌伤一处，径三寸，宽五寸一分；肋下刀伤一处，宽一寸三分，径五寸六分，深二寸二分，致命。死后，胸前刀伤一处，宽径各二寸八分。”报毕，刑房填了尸格。

上述情节，为我们提供了唐朝刑事案件现场勘验的直观场景。尽管此作品是清人所编撰，但似也可作为《唐律疏议》以来验尸现场操作的直观场景。

品析：

历代刑律均明文要求地方官，包括地甲之类的基层主司，对于强盗及杀人等案件，都要第一时间亲临案发现场，并亲自主持勘验。如《唐律疏议》卷第二十四即有“强盗杀人不告主司”专条，其规定：“诸强盗及杀人贼发，被害之家及同伍即告其主司。若家人、同伍单弱，比伍为告。当告而不告，一日杖六十。主司不即言上，一日杖八十，三日杖一百。官司不即检校、捕逐及有所推避者，一日徒一年。窃盗，各减二等。”[2]

从此条规定看，律法可谓森严。被害家人要与邻里五家一同迅速报告主司（即坊正、村正、里正以上的基层保甲一级的负责人），如果势力单薄，可以联合另外五家一起上告。如果主司不马上报告县令，一日杖八十。如果县令不马上前往检校、追捕或者有意推避，一日就要处罚徒刑一年，可谓判罚甚重。宋代中国第一部法医学专著《洗冤集录》中所列条令中，也可以窥见和推断唐以降对亲验现场的重视。其卷之一“条令”有载：“诸尸应验而不验；初复同。或受差过两时不发；遇夜不计，下条准此。或不亲临视；或不定要害致死之因；或定而不当，谓以非理死为病死，因头伤为胁伤

① 安遇时、蓝鼎元等编撰：《名臣问案牍》之《狄公案》，重庆出版社 2008 年版，第 242 页。

② 刘俊文点校：《唐律疏议》，法律出版社 1999 年版，第 483 页。

之类。各以违制论。”[①]

至于未及时上报、未及时检验、擅自破坏现场、“移易轻重”等情况，也要承担严重的法律后果。《唐律疏议》卷第二十五“诈伪律”中有“诈病死伤检验不实”条，规定：“诸有诈病及死伤，受使检验不实者，各依所欺，减一等。若实病死及伤，不以实验者，以故入人罪论。[②]”而到了宋代，《宋刑统》沿袭了唐制，也归类在“诈伪律”中，几乎照抄了唐律：“诸有诈病及死伤，受使检验不实者，各依所欺，减一等。若实病死及伤，不以实验者，以故入人罪论。”[③]到了《大明律》，则作出了更专业的调整，将之归入卷第二十八“刑律十一”之“断狱”中，单列了“检验死伤不以实”，对此有了更进一步的规定，突出了属于法医验尸的专业规则，规定：“凡检验尸伤，若牒到托故不即检验，致令尸变，及不亲临监视，转委吏卒，若初复检官吏相见，符同尸状及不为用心检验，移易轻重、增减尸伤不实、定执致死根因不明者，正官杖六十，首领官杖七十，吏典杖八十。仵作行人检验不实，符同尸状者，罪亦如之。”[④]到了《大清律例》沿袭了《大明律》的做法，归入了卷第三十七“刑律”之“断狱下”“检验死伤不以实”，并且将《大明律》的问刑条例也一并归入，详列了七个条例，而文字表述上基本照搬了《大明律》。

从小说关于对移尸刑责的处置上推断，说明作者作为清朝人，在叙述狄仁杰审断引律方面，主要是参考《大清律例》。

第二节　开棺查验事体重大，反坐革职官民皆知

《狄公案》第四回开始讲狄仁杰为了破孔家客店双尸案微服私访，却意外访察到皇华镇毕顺家的一件离奇案子。毕顺忽然暴死，死时双目暴突，情状可疑。留下了毕顺老母唐氏、媳妇毕周氏和八岁女儿。蹊跷的是，媳妇毕周氏终日足不出户，行为冷僻，刁钻泼辣，口齿伶俐。而女儿五六岁时口齿非常爽利，父亲死后未及两月却忽然成了哑巴。狄仁杰暗自揣摩，有了自己的心

① ［宋］宋慈著，高随捷、祝林森译注：《洗冤集录》，上海古籍出版社 2008 年版，第 3 页。
② 刘俊文点校：《唐律疏议》，法律出版社 1999 年版，第 509 页。
③ 薛梅卿点校：《宋刑统》，法律出版社 1999 年版，第 456 页。
④ 怀效锋点校：《大明律》，法律出版社 1999 年版，第 219 页。

证。于是进一步私访，打探到入殓的土工反映下葬时棺木里有异常响动，下葬后夜夜闹鬼等内情。于是围绕提审毕周氏并开棺验尸展开了精彩的攻防。

特别是第八回到第十回前后，生动而经典地展现了控辩双方对律例的了然，以及都头、捕快、公差等下层衙役对刑律及违法后果的基本认知。

比如，狄仁杰虽然心证毕周氏因奸害夫并药哑自己的女儿，但没有口供、人证与物证，只得以毕顺告了阴状来说是毕周氏所害，以期让毕周氏自己招供。无奈周氏巧言善辩，挨了四十鞭背之刑，还是不肯招认，呼冤不止。还哭骂狄仁杰，"诬良为盗，尚有那反坐的罪名，何况我是青年的孀妇，我拼了一命，你这乌纱也莫想戴稳了"[①]。可见，毕周氏对滥用刑罚及冤案诬告的惩处后果，也是有一定了解的。

狄仁杰见她如此蛮横，就又叫人抬夹棍伺候。这时两旁的差役见毕周氏坚称冤枉，都不敢上刑动手。其中有一个捕快头，还私下找都头洪亮商量道："设若将她夹死，太爷的功名，我们的性命……怎么说告阴状起来，这不是无中生有？平时甚是清正，今日何以这样糊涂？即是她谋害亲夫，也要情正事确，开棺验后，方能拷问。都头此时可上去，先回一声，还是先行退堂，访明再问？还是就此任意用刑？你看这妇人一张利口，也不是恐吓的道理，若照太爷这样，怕功名有碍。"[②]这一段话，说得在情在理，也表明捕快头非常知晓律例，知道任意用刑的后果，也知道应当有证据，比如开棺验尸之后再拷问，说明这捕快头业务水平不低。

狄仁杰非常生气，但也无奈以对："既然汝等不敢用刑，本县明日必开棺揭验，那时如无有伤痕，我也情甘反坐，这案终不能因此不办。"由此可见，如果差人不执行用刑之命，县太爷也没有办法。同时，也表明大家都知道随意开棺所要承担的法律责任。

果然，毕顺母亲唐氏和媳妇毕周氏坚决反对开棺。唐氏更是为毕周氏辩护，痛责狄仁杰，说自己儿子没有冤屈，为何要拷打毕周氏："这事无凭无证，你既是个父母官，就该访问明白，这样害人，是何道理！"说完还在大堂上哭闹不止。

毕周氏更是强言抗争，句句在"理"："我丈夫死有一年，忽然开棺翻乱，这又是何意见？如有伤痕，妇人自当认罪，设若未曾伤害，太爷虽是个印官，律例上有何处分，也要自己承认的，不能拿着国法为儿戏，一味的诬害平人。"[③]足见毕周氏对律例之熟稔。

狄仁杰也知道开棺验尸如果发现不了证据就有反坐的风险，于是退堂到

---

① 安遇时、蓝鼎元等编撰：《名臣问案牍》之《狄公案》，重庆出版社 2008 年版，第 257 页。

② 安遇时、蓝鼎元等编撰：《名臣问案牍》之《狄公案》，重庆出版社 2008 年版，第 257 页。

③ 安遇时、蓝鼎元等编撰：《名臣问案牍》之《狄公案》，重庆出版社 2008 年版，第 259 页。

书房,“备设详文,申详上司”。等到次日天明,带着唐氏婆媳两人,前往开验。

第九回、第十回说的是,在狄仁杰的坚持下,现场仵作开棺验尸,但浑身上下包括用银签入口,均未发现伤痕。这让狄仁杰非常被动,只得对毕周氏说“此时既无伤痕,只得依例申详,自行请罪”。毕周氏更是大闹不止。到了第二十五回,案情即将揭晓时才有所交代,狄仁杰因为开棺验尸却没能发现线索,而被上司处分。故事行文交代,差官何垲说道,“官今自己请到上宪的处分,现已摘去顶戴,我们为这事,也不知受了多少苦楚”。① 此言提到了“顶戴”,显然是清朝作者编撰此书时用了清朝官服之制,由此也可以推断书中部分法律套用的是《大清律例》,而非唐律。

在第二十九回中,又再次具体叙述了山东巡抚阎立本接到狄仁杰上申请求处分的公文,细心详审,“正拟用批申斥,饬令革职离任,复又想道:纵或他是因贪起见,若无把握,虽有人唆使,他亦何敢开棺相验,岂不知道开验无伤,罪干反坐?照此看来,倒是令人可疑,或者是个好官,实心为民理事雪冤。你看,他来文上面,说私访知情,因而开棺相验。究或闻风有什么事件,要实事求是办理的,以致反缠扰在自己身上。这一件公事,这人一生好丑,便可在这上分辨。我且批:‘革职留任,务究根底,以便水落石出。俟凶手缉获,讯出案件,仍复具情禀复。’这批批毕,回文到了昌平,狄公遂日夜私访,得了实情,现已例供实情详复”②。这一段描述,较为详尽地交代了阎立本对狄仁杰开棺未验出伤痕实情,理当反坐的思量与处置,最终批复“革职留任”。

品析:

《唐律疏议》卷第五“名例”中就有“公事失错自觉举”条,规定:“诸公事失错,自觉举者,原其罪。”疏议解说:“‘公事失错’,谓缘公事致罪而无私曲者。事未发露而自觉举者,所错之罪得免。”此条强调的是,事情未发自言。至于已经发生的错罪则不适用此律。疏议又阐述:“断罪失错已行决者,谓死及笞、杖已行决讫,流罪至配所役了,徒罪役讫,此等并为‘已行’。官司虽自觉举,不在免例,各依失入法科之,故云‘不用此律’。”③

狄仁杰开棺验尸未察到伤痕,就已经触犯了刑律,算已经“事发”,所以不能免罪。题参“革职”当然在所难免。

---

① 安遇时、蓝鼎元等编撰:《名臣问案牍》之《狄公案》,重庆出版社 2008 年版,第 311 页。
② 安遇时、蓝鼎元等编撰:《名臣问案牍》之《狄公案》,重庆出版社 2008 年版,第 325 页。
③ 刘俊文点校:《唐律疏议》,法律出版社 1999 年版,第 123—124 页。

《狄公案》第二十回和第二十一回讲述了一宗离奇的中毒命案。华国祥之子华文俊娶了李王氏之女黎姑。洞房之夜,生员胡作宾大闹新房,被华国祥斥责,便戏言三日内叫华国祥知道他的厉害。没曾想次日晚,华文俊与黎姑准备就寝时,黎姑喝了茶壶内的茶,半夜便肚子剧痛而中毒暴死。华家与李王氏便告到狄仁杰那里,控告胡作宾下毒害死了黎姑。狄仁杰亲自到现场勘验,见死者口内慢慢流血,浑身上下青肿非常,知是毒气无疑。所以不需要再验尸体。但律条对验尸又有规定,所以,狄公将原告华国祥及李王氏找来说:"此人身死,是中毒无疑,但汝等男女两家,皆是书香门第,今日遭了这事,已是不幸之至,既具控请本县究办,断无不来相验之理。但是死者因毒身亡。已非意料所及,若再翻尸相验,就更苦不堪言了。此乃本县怜惜之意,特地命汝两造前来说明缘故,若不忍死者吃苦,便具免验结来,以免日后反悔。"①

最终华、李两亲家商议"具了免验的甘结"("甘结"即古代交给官府的一种字据,表示愿意承担某种义务或责任,如果不能履行诺言,甘愿接受处罚)。

此案提供了一个因人道考虑而免验尸体,只须出具"甘结"的示例。最终此案得破,乃是发现厨房所在的老屋房梁上藏有一毒蛇,烧茶时热气上冲,蛇涎滴入茶中之故。

品析:

对出于人伦之道等因素的考虑,而予以免验的,有非常严格的规定。但《唐律疏议》中尚未有具体条款,倒是从宋代的《洗冤集录》中可窥见一二:"诸因病死谓非在囚禁及部送者。应验尸,而同居缌麻以上亲,或异居大功以上亲,至死所而愿免者,听。若僧道有法眷,童行有本师,未死前在死所,而寺观主首保明各无他故者亦免。其僧道虽无法眷,但有主首或徒众保明者,准此。"

"诸命官因病亡,谓非在禁及部送者。若经责口词,或因卒病,而所居处有寺观主首,或店户及邻居,并地分合干人保明无他故者,官司审察,听免检验。"②上述规定,主要是指病死、自缢等明确死因,而有寺观主持或亲戚或邻居众人作证,没有其他不正常情况的,允许免验尸体。而对于此案故事情节,查出了中毒真相,大家都予以见证,没有异议。本来就属不幸之事,出于人道考虑,免验尸体,也在情理之中。不过,即使免验,也需要亲属出具"甘结",由此可见,在检验病死伤诸案中,官府还是认真负责的。

① 安遇时、蓝鼎元等编撰:《名臣问案牍》之《狄公案》,重庆出版社 2008 年版,第 297 页。

② [宋]宋慈著,高随捷、祝林森译注:《洗冤集录译注》,上海古籍出版社 2008 年版,第 4 页。

第三节 抗刑不招疑案取保，古代也有“疑罪从无”

当代的司法精神，普遍推崇的是“罪刑法定”“疑案从无”。考察中国古代司法制度与法律精神，其实，这两条也是为历代律法所谨守的。只不过在中华法系中，司法精神被儒家的“德主刑辅”“以礼入法”思想所遮蔽。中国古代司法思想中刑讯被视为在德治、劝诫基础上的惩罚手段，故而以刑取供现象普遍，甚至被滥用。即使是在狄仁杰、包拯等青天的断案审案过程中，也每每能看到酷刑被用于惩戒那些在证据面前仍死硬不招的刁顽之徒的情节。

中国古代封建官僚体制完备而严格。对为官有事不及时上奏、在官不在岗、在岗不理事等，均有完备的制度管控。从《唐律疏议》始，就有“在官应直不直”“事应奏不奏”“事直代判署”等条令。

第十三回提到狄仁杰外出公干几日，“当时备了公出的文书申详上宪，然后将捕厅传来，说明此意，着他暂管此印，一应公事，代拆代行”“复又备了邻县移文，藏于身边，以便临时投递”。①

在唐代，便有官员不得私下出自己管界的规定，言下之意就是，要出管界必须上报。《唐律疏议》卷第九“职制”中就有“刺史县令私出界”条规定：“诸刺史、县令、折冲、果毅，私自出界者，杖一百。”②此处狄公要外出公干，当然也要写文书说明理由，报告上司。同时，跨县界办案，也必须准备好邻县移交公差的相关文件，以备应急之用。

涉及跨县、州、府等办差之事，当然也要有相关移文文书才能办理解押嫌犯之事。对于同伙作案，要将异地捕获的嫌犯及时押送到案发地并案处置。《唐律疏议》卷第二十九“断狱”之“囚徒伴移送并论”条规定，“诸鞫狱官，囚徒伴在他所者，听移送先系处并论之。谓轻从重。若轻重等，少从多。多少等，后从先。若禁处相去百里外者，各从事发处断之。违者，杖一百”。③这是指同伙犯罪要并论鞫狱的情况。如果两县相距太远，怕路途移囚出现变故或泄露案情，才不得已允许“各从事发处断之”。

---

① 安遇时、蓝鼎元等编撰：《名臣问案牍》之《狄公案》，重庆出版社 2008 年版，第 272 页。

② 刘俊文点校：《唐律疏议》，法律出版社 1999 年版，第 201 页。

③ 刘俊文点校：《唐律疏议》，法律出版社 1999 年版，第 597 页。

第十五回至第十八回就描述了狄仁杰手下马荣、乔泰、应奇等人到莱州府青州、曲阜等地界抓捕杀人嫌犯邵礼怀的过程。邵礼怀杀人后，将货诓卖给赵万全。赵万全起初被狄仁杰误认为凶手，待解释清楚后，又协助狄仁杰设计诱捕真凶。于是，马荣等人赶往莱州，"先到莱州府衙门，投了公文，等了回批回来，已是向晚时节"。次日出城赶往蒲萁寨寻找邵礼怀，果不其然，发现了他的行踪。无奈邵礼怀功夫了得，虽然几人假装做生意见了面，也不敢贸然动手。第十七回有一段描写真实地刻画了众公差因地方官府下了公文规定了办案期限，又怕走漏风声、让嫌犯逃脱的担忧心理：

"这里马荣将门开格扇关上，灭了灯光，即将房门关好，低声向赵万全言道：'人是碰着了，但是这地方管下是他，即便动手，未必能听我们如愿。你这调虎离山的计策虽好，可知这一路上，难免不得风声，设若为他听见，说高家洼出了命案，缉获凶手，那时再将我们形踪一看，他也是惯走江湖的人，岂有不知道理？若在半路为他逃走，岂不可惜！'应奇道：'你们还久当差事的，难道这点尴尬不知。昨日曲阜县已投了公文，好在邵礼怀有两日耽搁，明日无论谁人进城一趟，请县派差在半路接应。我们将他诱出寨门，在半路摆布，还怕他逃到何处去呢？'众人议论已定，各自安歇不提。"[①]此段描写把异地办案的紧张、曲折，活灵活现地衬托了出来。

《狄公案》第十八回、第十九回故事讲的是，狄仁杰手下的马荣将邵礼怀抓获押送到莱州城，由当地本官过堂，"也不审问口供，饬令借监收禁"，次日清早，"由官府出了文书，加差押送"。过州穿府、日夜兼程，不到十日光景，已到了昌平界内。到了下昼之时，抵达了衙署。

次日早上，狄仁杰升堂审讯。邵礼怀在严刑下始终不肯招认。故事将用刑细节描写得非常具体、生动且真实。先是夹棍，两旁一声吆喝，"差役早将他拖出左腿，撕去鞋袜，套上绒绳，只听狄公在上喝收绳，众差威武一声，将绳一紧，只见邵礼怀脸色一苦，'呀吓'一响，鲜血交流，半天未曾开口。狄公见他如此熬刑，不禁赫然大怒，复又命人取过小小锤头对定棒头，猛力敲打，邵礼怀虽学过数年棍棒，有点运功，究竟禁不住如此非刑，登时大叫一声，昏晕过去。"[②]此节描写，可见小说作者对公堂用刑比较熟悉，细节描述非常具体准确。狄仁杰见邵礼怀不肯招认，仍命收入监内，随即差人将胡德、孔万德等一干原告招来对质。狄仁杰对孔万德说，已将凶手抓获，"唯是他忍苦挨刑，坚不吐实，以此难以定案，但此人果否是正凶不是，此时也不能遽

① 安遇时、蓝鼎元等编撰：《名臣问案牍》之《狄公案》，重庆出版社 2008 年版，第 287 页。

② 安遇时、蓝鼎元等编撰：《名臣问案牍》之《狄公案》，重庆出版社 2008 年版，第 290 页。

定，特提汝前来"[①]。这里，表明即使在古代，虽然用了重刑但嫌犯就是不招认，案子也难定案，只得再找其他证据的"法律精神"。

结果，孔万德一眼就认出了邵礼怀。邵礼怀只得承认是他与徐姓客商夜宿孔家客店。为谋财害命，他一早在镇口将徐姓客商砍死，却正好被一车夫看见，他又将车夫杀害，劫走了车夫的车子和包袱物件。因心里紧张，他走了两里地遇到了赵万全，就将车子和货物又转手给了赵万全，自己借机逃走了。一桩连环人命案终于得以破获。

品析：

在唐代，已经开始规范用刑特别是法外用刑的问题。《唐律疏议》卷第二十九"断狱"条专列"讯囚察辞理"款："诸应讯囚者，必先以情，审察辞理，反覆参验；犹未能决，事须讯问者，立案同判，然后拷讯。违者，杖六十。"[②]还规定拷讯用刑不能连续过三，总数不能过二百。甚至还严格规定："若拷过三度及杖外以他法拷掠者，杖一百；杖数过者，反坐所剩；以故致死者，徒二年。"[③]如果法外用刑，要"反坐所剩"，是指如果囚犯应杖一百，主审官打了二百，那么，主审官要反受一百的杖刑。如果打死了嫌犯，主审官还要被判徒刑二年。这一律法对主审官可谓严苛。所以，大凡用刑到嫌犯昏死都会停刑。如果就是熬刑不招，就要作为疑案处理，主审官还得审慎对待，让嫌犯取保释放，另想他法。

第十五回就写了因案情久未进展，毕周氏又始终抗刑不招，狄仁杰只得先行让毕周氏取保释放归家。不料这毕周氏伶牙俐齿，反而口出狂言："你这狗官，请我出监为何，莫非上宪来了文书，将汝革职么？你且将公事从头至尾，念与我听，好令堂下百姓，知道个无辜受屈，不能诬害好人。"狄仁杰道："……休要逞言，本县自己请处，此事不关你事。是否革职，随后自有人知晓，只因你婆婆在家痛哭，无人服侍，免不得一人受苦，因此提汝出来，交保释去，好好服侍翁姑。日后将正犯缉获，那时再捕提到案，彼此办个清白。"毕周氏私下窃喜，却要口头逞强，于是胡搅蛮缠道："论这案情，我是不

---

① 安遇时、蓝鼎元等编撰：《名臣问案牍》之《狄公案》，重庆出版社 2008 年版，第 291 页。

② 刘俊文点校：《唐律疏议》，法律出版社 1999 年版，第 592 页。

③ 刘俊文点校：《唐律疏议》，法律出版社 1999 年版，第 594 页。

能走，既你们说我婆婆苦恼，也只得勉强从事。但是太爷还要照公事办的。至于觅保一层，只好请你们同我回去，令我婆婆画了保押。"[①]狄仁杰见她答应，便令人开了刑具，雇了一乘小轿，差马荣押送她到皇华镇。这一节描写，展现了控辩双方的精彩攻防。一个妇人敢以如此刁蛮的言辞回怼一向严苛的狄仁杰，也从另一个侧面说明，即使官府能动用酷刑，但如果遇到像毕周氏这样刁钻厉害的难缠嫌犯，也不能过于意气用事。因为一旦滥刑致人死亡，官员是要承担"故出人罪"的。轻则被题参，重则革职免官，甚至被徒流。

继续说毕周氏丈夫冤死的案子。狄仁杰经过查证，找到了毕周氏的邻居，一个叫汤得忠的举人。他办了一个私塾，其中有一学生叫徐德泰。徐德泰通过暗道私通到毕周氏的房内，两人勾搭成奸，毕周氏为达到长期与徐德泰通奸的目的，趁丈夫熟睡时，偷偷用纳鞋底的钢针从其头心顶上插进去，丈夫即刻气绝身死。

第二十七回描述了徐德泰与毕周氏奸情被访查出来后的审讯过程。小说对用刑过程作了相当精细的描绘，足见作者具有相当丰富的刑狱方面的知识，也可见当时社会上对过堂拷讯多少是有所闻知的。

徐德泰面对自己房间床下惊现地道，并通向一墙之隔的毕周氏房间的事实仍狡辩不招，狄仁杰遂吩咐左右，用藤鞭笞背。"两旁一声吆喝，早将他衣服褫去，一五一十直望背脊打下，未有五六十下，已是皮开肉绽，鲜血直流，喊叫不止。狄公见他仍不招认，命人住手，推他上来，勃然怒道：'这也是天网恢恢，疏而不漏，备受刑惨。你既如此狡猾，且令你受了大刑，方知国法森严，不可以人命为儿戏。'随即命人将天平架子移来。顷刻之间，众差人已安排妥当。只见众人将徐德泰发辫扭于横木上面，两手背绑在背后，前面有两个圆洞，里面接好的碗底，将徐德泰的两个膝头直对在那碗底上跪下，脚尖在地脚根朝上，等他跪好，另用一根极粗极圆的木棍，在两腿押定，一头一个公差，站定两头，向下的乱踩。"开始徐德泰还咬牙忍痛，没有一盏茶的工夫，就渐渐忍不住疼痛，两眼一昏，晕迷过去。"狄公命手下差人止刑，用火醋慢慢地抽醒，将徐德泰搀扶起来，在堂上走了数次，渐渐的可以言语，然后复到狄公台前跪下。"[②]到了此时，徐德泰已知抵赖不过，只得如实供出与毕周氏的奸情。这一段描写活灵活现，如实景在前。先用藤鞭笞背，后用天平架子跪碗底，之后又用火醋熏醒。要不是对刑狱之事有相当了解，至少耳闻目睹过，是不可能描写得如此真切的。

---

① 安遇时、蓝鼎元等编撰：《名臣问案牍》之《狄公案》，重庆出版社 2008 年版，第 281 页。

② 安遇时、蓝鼎元等编撰：《名臣问案牍》之《狄公案》，重庆出版社 2008 年版，第 317 页。

品析：

古代司法制度中，对嫌犯的亲口供述高度重视，刑讯逼供的目的也是为了得到口供。但律法上对刑讯逼供是持禁止、防范态度的。所以《唐律疏议》卷二十九“断狱”条中就有“讯囚察辞理”“拷囚不得过三度”“拷囚限满不首”等款。如“拷囚限满不首”规定：“诸拷囚限满而不首者，反拷告人。其被杀、被盗家人及亲属告者，不反拷。被水火损败者，亦同。拷满不首，取保并放。违者，以故失论。”①

狄仁杰在重新提审已经取保释放回家的毕周氏时，面对确凿证据，毕周氏依然抵赖不招。第二十八回叙述道：“狄公心下想道：‘这淫妇如此熬刑，不肯招认，现已受了多少夹棒，如再用非刑处治，仍恐无济于事，不若如此恐吓一番，看她怎样。’”这里所谓“非刑”，是法律规定之外施行的残酷的肉体刑罚。这在《唐律疏议》中有明确规定，对于狄仁杰这个清正廉明的人来说，要不是毕周氏刁钻可恶，也不会用非刑。面对毕周氏如此熬刑不招，拿不到口供，狄仁杰也非常焦心。他对手下得力的差官马荣说道：“这案久不得供，开验又无伤痕之处，望着奸夫淫妇，一时不能定案，岂不令人可恼。”②从这句话可见，拿不到嫌犯的亲口供述，就不能定案，由此可见中国古代司法制度中对亲口供述的重视程度。

随后狄仁杰巧扮阎罗殿判官，让人假装毕周氏丈夫毕顺现身告阴状，才使得惊魂不定的毕周氏说出了真相，包括因奸情被女儿撞破，狠心用哑药将女儿弄哑的经过。最后，狄仁杰判处，“徐德泰虽未与周氏同谋，究属因奸起见，拟定徐德泰绞监候的罪名”。狄仁杰“备了四柱公文，将原案的情节，以及各犯人的口供，申文上宪。毕周氏拟了凌迟的重罪，直等回批下来，便明正典刑”。③

因奸情杀死自己的丈夫，属于十恶中的“恶逆”大罪。《唐律疏议》相应规定，“恶逆”“谓殴及谋杀祖父母、父母，杀伯叔父母、姑、兄姊、外祖父母、夫、夫之祖父母、父母”④。而“恶逆”大罪，当受极刑。奸夫（奸妇）虽不知情，也与之同罪。

---

① 刘俊文点校：《唐律疏议》，法律出版社 1999 年版，第 595 页。

② 安遇时、蓝鼎元等编撰：《名臣问案牍》之《狄公案》，重庆出版社 2008 年版，第 320 页。

③ 安遇时、蓝鼎元等编撰：《名臣问案牍》之《狄公案》，重庆出版社 2008 年版，第 324 页。

④ 刘俊文点校：《唐律疏议》，法律出版社 1999 年版，第 8 页。

历代刑律对生员、秀才、举人等有功名在身的人还会网开一面。

从第十九回开始的华国祥儿媳新婚不到三日中毒暴死案中可以发现，生员胡作宾虽被指控为凶手。但因是生员，按律不能用刑。狄仁杰遂说道："汝当日为何起意，如何下毒，从速供来。本县或可略分言情，从轻拟罪，若为你是赞门秀士，恃为护符，不能得刑拷问，就那是自寻苦恼了。"这里讲到关于生员以上文士犯法不能随便拷讯的问题。查唐律中尚未有专条（但有相关的其他条款）规定，而从明代始有"职官犯罪"专条，《大清律例》卷四"名例律上"之"职官有犯"条款承继了明代的规定："凡在京在外大小官员，有犯公私罪名，所司开具事由，实封奏闻请旨，不许擅自勾问。若许准推问，依律议拟，奏闻区处，仍候覆准，方许判决。"而其中的"条例"则作了更为详尽的规定："荫生，及恩、拔、岁、副贡，监生有应题参处分者，听各衙门题参。其例监生有事故应黜革者，不必题参，咨报国子监，国子监察明黜革，知照礼部。"[①]

第二十五回写道，"汤得忠是一榜人员，不敢遽然上刑"。第二十六回叙述狄仁杰首次讯问汤得忠的情形时也写道："狄公将他一看，却是一个迂腐拘谨之人，因为他是一个举人，不敢过于怠慢，当时起身问道……"但汤得忠却不相信自己的学生徐德泰这样一个世家子弟会做出苟且之事，反而指责狄公孟浪。"狄公见汤得忠矢口不移，代那徐德泰抵赖，不禁大怒道：'本县因你是个举子，究竟是诗文骨肉，不肯牵涉无辜，你还不知，自己糊涂，疏以防察，反敢顶撞本县。若不指明实证，教你这昏聩的腐儒岂能心服！'说完，命人仍将他看管，即带徐德泰奸夫上来审问。"[②]这里，较为充分展现了对举人等诗文之人地位的尊崇。即使顶撞了狄仁杰，他大怒，也不敢轻易对汤得忠有非礼之举。对于徐德泰，因是生员，也须先行革除功名，才能用刑拷讯。

由上可见，古代刑律对读书入仕之人的尊崇。也可作为孔子名言"万般皆下品，唯有读书高"的一个佐证。

第四节　官员贪赃枉法、不受词讼该当何罪

《狄公案》第三十五回，揭露了县令周卜成贪赃枉法的恶劣行径。周卜成通过武则天的身边红人张昌宗补缺了清河县令，又与张昌宗旧仆曾有才

① 田涛、郑秦点校：《大清律例》，法律出版社1999年版，第89页。

② 安遇时、蓝鼎元等编撰：《名臣问案牍》之《狄公案》，重庆出版社2008年版，第314页。

私下串通，抢占民女、欺占民田，而一旦有人告到县衙，周卜成便以县令身份徇私枉法，"不准民词"，或将告状之人判为诬告，结果被狄仁杰私访知道了真相。此时狄仁杰已经升任河南巡抚兼平章事，所以他申报朝廷，先将周卜成革职，再提到巡抚辕门听讯。

曾有才招供道："此事乃小人一时之错，不应将民人妻女，任意抢占。现在郝家媳妇，在清河县衙中，其余两个人，在小人家内。小人自知有罪，唯求大人开一线之恩，以全性命。"狄仁杰随后对周卜成说道："现在对证在此，显见曾有才所为，乃你所指使，你还有何赖？若不将你重责，还道本部院有偏重见呢。左右，且将他打五十大棍！"

周卜成随即在大堂上供认，"当日如何夤缘张昌宗家，补了这清河县缺，如何同这曾有才计议霸占民产，如何看中郝干廷的媳妇，指使曾有才前去抢夺，前后事情，说了一遍"。狄仁杰让周卜成画押之后，向着郝干廷说道："汝等三人可听见么？本部院现有公文一封，命差院同你等回去，着代理清河县知县，速将你媳妇并他两人妻女追回，当堂领去。俟后地方上再有不法官吏等情，准你等百姓前来辕门投诉，本部院绝不看情，姑容人面。若差役私下苛索，也须在呈上注册，毋得索要若干，亦毋许告状人同差役等私下授受；一经本部院访出，遂与受者同科治罪。"[①]最后，周卜成、曾有才都被狄仁杰拟处死罪。

上述描写包含了丰富的信息：一则官员因枉法如何处置；二则官员不受民词如何处置；三则抢占民女如何处置；四则官司在何种情形下允许越诉；五则私下找差役授受照顾如何处置；六则差役私下苛索如何处置。

关于官员违法，历代朝廷均有严格的参奏弹劾制度。罢官革职、徒流、抄家乃至死罪等，各因其违法之事而定。针对官司主审官，受人之请托，不论事前事后受财都属违法之举，更不用说像周卜成这样依仗县令之职，而行恶人之举、抢占民女之事，自当算枉法和违法。因此被狄仁杰具实参奏而受革职处分。

品析：

对于不受民词，不受理诉状，《唐律疏议》尚未有专条，而从《宋刑统》始有明规，但初期主要侧重的是谋逆、反叛、强盗等重罪情形，如不及时受理，

① 安遇时、蓝鼎元等编撰：《名臣冋案牍》之《狄公案》，重庆出版社 2008 年版，第 345 页。

引发民变的，地方官要受到严处。而到清朝时，则扩大到普通民事诉讼如婚姻、田宅等事项。如《宋刑统》卷第二十三“斗讼律”之“告反逆”条规定：“诸知谋反及大逆者，密告随近官司，不告者，绞。知谋大逆、谋叛不告者，流二千里。知指斥乘舆及妖言不告者，各减本罪五等。官司承告，不即掩捕，经半日者，各与不告罪同。若事须经略，而违时限者，不坐。”又有“若告谋大逆、谋叛不审者，亦如之。”[①]而到了《大清律例》卷三十“刑律”之“诉讼”条中，则有更详尽的条款，专列了“告状不受理”条规定：“凡告谋反叛逆，官司不即受理，差人掩捕者，虽不失事，杖一百、徒三年。因不受理掩捕，以致聚众作乱，或攻陷城池，及劫掠人民者，官坐斩。监候。若告恶逆，如子孙谋杀祖父母、父母之类。不受理者，杖一百。告杀人及强盗不受理者，杖八十。斗殴、婚姻、田宅等事不受理者，各减犯人罪二等，并罪止杖八十。受被告之财者，计赃，以枉法罪与不受理罪。从重论。”[②]

对于抢占民女，查《唐律疏议》《宋刑统》均尚未列专条，而《大明律》卷第六“户律三”之“婚姻”条中，开始有了专款“强占良家妻女”规定：“凡豪势之人，强夺良家妻女，奸占为妻、妾者，绞。妇女给亲。配与子孙、弟侄、家人者，罪亦如之。男女不坐。”[③]到了清朝，延续了大明的律例。由此反观此案中周卜成与曾有才强占民女，又涉贪赃枉法罪，被狄仁杰先是上请革职、后奉旨秋斩，当属合律。但从清代人作品视角看，所描写的狄仁杰断案行为、断罪依正法条的依据，显然更多受明、清律例的影响。

对于“越诉”，历代律法均有明确规定，从《唐律疏议》到《大清律例》，一脉相承。《唐律疏议》卷第二十四“斗讼”之“越诉”条即规定：“诸越诉及受者，各笞四十。若应合为受，推抑而不受者笞五十，三条加一等，十条杖九十。”[④]所谓“越诉”是指，官司必须从下至上逐级受理，不应不经过县一级衙门而越级向州、府、省控告。但也涉及“若应合为受”，即非越诉而是依令听理的情况，如果不受理，也要受到笞罚。此案中，狄仁杰的表态合于律例，前提是如果有不法官吏不受民词或枉法徇私，允许百姓上诉到巡抚辕门。

对于私下求托差役关照官司，对照《唐律疏议》，其卷第十一“职制”之“有所请求”“受人财为请求”“监主受财枉法”等条，对主审官员私下受人请

① 薛梅卿点校：《宋刑统》，法律出版社 1999 年版，第 411 页。

② 田涛、郑秦点校：《大清律例》，法律出版社 1999 年版，第 478 页。

③ 怀效锋点校：《大明律》，法律出版社 1999 年版，第 63 页。

④ 刘俊文点校：《唐律疏议》，法律出版社 1999 年版，第 482 页。

托，或私下受人钱财，或变卖、贷用、率敛所监财物等，均属违法。如规定："诸有事以财行求。得枉法者，坐赃论；不枉法者，减二等。""诸监临主司受财而枉法者，一尺杖一百，一疋加一等，十五疋绞。"①又规定："诸因官挟势及豪强之人乞索者，坐赃论减一等；将送者，为从坐。"②这些法条，也为后世宋、明、清律法所沿袭。

第五节　唐律开启的中华法系传统根脉

"唐律可以说是集战国秦汉魏晋南北朝至隋以来封建法律递遭变化之大成。唐律自贞观撰定，没有再发生过大的变动。唐高宗即位后，除对律文做过一些个别的调整外，主要是解决律文在执行过程中产生的解释无凭、'触涂睽误'的问题。""由于编撰者在解释律文的同时，还根据战国秦汉魏晋南北朝至隋以来的封建法律理论，叙述其源流，发挥其微义，补充其未周未备，大大丰富了律文的内容；加上它是官修诏颁，具有极大的权威性，史云'自是断狱者皆引疏分析之'（《旧唐书・刑法志》），疏文实际上享有和律文同等的法律效力。"③

狄仁杰是中国历史上的名臣。《旧唐书》记述了其事迹。其为人清廉刚正，初授汴州判佐，后为并州都督府法曹，大理丞等职，亲自断案审案，有着丰富的刑事审判经验，逐渐升至鸾台侍郎、同凤阁鸾台平章事，加银青光禄大夫。其在担任大理丞时，"周岁断滞狱一万七千人，无冤诉者"④。一年内审断遗留积案，处置了一万七千人，没有一个喊冤叫屈上诉的人，真可谓奇迹。

由于狄仁杰从事过实际的司法案件监察、审理、刑狱等职业，所以其有着非常专业的司法素质与能力。民间流传的狄仁杰神断疑案的故事，尽管有传说的戏剧成分，但也从一定程度上反映了唐乃至后世的社会风貌和司法制度的传统。从《狄公案》中，可以窥见这一流脉。

---

① 刘俊文点校：《唐律疏议》，法律出版社 1999 年版，第 240、241 页。

② 刘俊文点校：《唐律疏议》，法律出版社 1999 年版，第 249 页。

③ 刘俊文点校：《唐律疏议》"点校说明"，法律出版社 1999 年版，第 2—3 页。

④ ［后晋］刘昫等撰：《旧唐书（二十四史简体字本）》，中华书局 2000 年版，第 1953 页。

《狄公案》所记述的故事，前半段主要涉及几起民间命案，以奸情、谋财和意外中毒为代表，均属于疑难冤案，体现了狄仁杰办案的高度负责、睿智机巧、推理周密、谨守律例等“青天”品格。在处置这些冤案过程中，令人印象最深刻的莫过于熬刑不招、未有口供而难定案的时候，狄仁杰不得不对嫌犯取保释放，或者另寻证据。

在《唐律疏议》卷末，明确规定了“疑罪”条款：“诸疑罪，各依所犯，以赎论。疑，谓虚实之证等，是非之理均；或事涉疑似，傍无证见；或傍有闻证，事非疑似之类。即疑狱，法官执见不同者，得为异议，议不得过三。”[①]结合《唐律疏议》卷第二十九“断狱”之“拷囚限满不首”条规定可见，即使是封建统治者，对待普通百姓的生死，对于社会公平、司法公正还是关心的。天下冤案多，社会反弹就大，统治根基就不稳。而疑案多，取保释放的人多，至少可以说明，皇恩浩荡，体恤良民，可以就此笼络更多的社会民心。《旧唐书·刑法志》也较为精要地呈现了唐朝初年，唐高祖、唐太宗的立法思想。如唐高祖强调“务在宽简，取便于时”。[②] 唐太宗更是针对因谋反罪连坐俱死而生怜悯之心，强调“用刑之道，当审事理之轻重，然后加之以刑罚。何有不察其本而一概加诛，非所以恤刑重人命也”[③]。又说“狱讼繁多，皆由刑罚枉滥，故曰刑者成也，一成而不可变。末代断狱之人，皆以苛刻为明，是以秦氏网密秋荼而获罪者众。今天下无事，四海又安，欲与公等共行宽政。今日刑罚，得无枉滥乎?”[④]唐太宗宽政的思想，对枉滥用刑的警醒，都直接影响了唐律的制定和完善。例如，对死刑量刑和连坐的宽免，死刑“自今已后，宜二日中五覆奏，下诸州三覆奏”[⑤]。

一、唐律中，继承并规范了断案依律的思想，为后世历朝法律制度所遵从

唐朝的一大贡献体现在其法律思想体系的集大成上。例如，对刑律的重视，更强调了断罪要引正条，断狱要据律文，这与近现代西方法律思想中的“罪由法定”概念已经非常接近。例如，针对“诸断罪而无正条，其应出罪

---

① 刘俊文点校：《唐律疏议》，法律出版社 1999 年版，第 617 页。

② [后晋]刘昫等撰：《旧唐书(二十四史简体字本)》卷五十志第三十《刑法》，中华书局 2000 年版，第 1439 页。

③ [后晋]刘昫等撰：《旧唐书(二十四史简体字本)》卷五十志第三十《刑法》，中华书局 2000 年版，第 1441 页。

④ [后晋]刘昫等撰：《旧唐书(二十四史简体字本)》卷五十志第三十《刑法》，中华书局 2000 年版，第 1444 页。

⑤ [后晋]刘昫等撰：《旧唐书(二十四史简体字本)》卷五十志第三十《刑法》，中华书局 2000 年版，第 1443 页。

者，则举重以明轻；其应入罪者，则举轻以明重”的现象，要求“断狱而失于出入者，以其罪罪之”。一方面，强调了要依法断狱；另一方面，也考虑到情理相协的问题。唐太宗更是明确要求：“曹司断狱，多据律文，虽情在可矜，而不敢违法，守文定罪，或恐有冤。自今门下覆理，有据法合死而情可囿者，宜录状奏。”“由是失于出入者，令依律文，断狱者渐为平允。”①

上述思想，反映在律例上，如专门列出“断罪不具引律、令、格、式”的处罚规定：“诸断罪皆须具引律、令、格、式正文，违者笞三十。若数事共条，止引所犯罪者，听。”②这些思想，在后世《宋刑统》《大明律》《大清律例》中，都得到了较为完整地继承。

在《狄公案》中，字里行间也多少能体现出依律断案的思想。一是狄仁杰在县令的职位上及时上禀，并不专断。二是狄仁杰对自己的行为和施刑的后果有清楚认识。如开棺验尸要承担的后果，他自己依律上书，主动报告所犯之错。三是所拟罪名大致不离律例所规。如拷讯不承招，只能作为疑案，还得允许取保释放。例如，第三回故事讲到狄仁杰亲自带仵作前往检验孔万德客店门前的两具尸体，了解到这些是地甲胡德从镇口移来的，只是其中一具尸体并非夜宿孔家客店的同伴。此案疑点甚多。在此情形下，狄仁杰道：“这口尸棺，且置此处，这人的家属，恐离此不远，本县先行标封，出示招认，俟凶手缉获，再行定案。孔万德交保释回，临案对质，胡德先行收禁。”③这种处置是妥当和合律的。

二、清代律法的主体，实际承接着自唐以来中华法律思想的流脉

《狄公案》是清朝人的作品，从行文叙述方式、对法律内容的熟谙程度以及对社会风情的描写，多少可以看到清人的时代背景、知识体系和纯熟的小说技巧的影子。毕竟从唐初到清末已历经千余年的时间，即使关于狄仁杰的传说流传了下来，但相隔宋、元、明代，早已有许多更替。因此，《狄公案》中所记载、描写的故事，的确不可能直接反映唐朝司法制度和社会风情的真实面貌。但从清人的视角追溯唐朝的案件侦破与诉讼的景象，从狄仁杰的亲身勘验、公堂对质、刑狱讯问、断案依律等做法，从《唐律疏议》和《大清律例》的比较中，可以看到中华法系的流脉演变。例如，《大清律例》“刑律”“断狱下”之“检验死伤不以实”，是由《唐律疏议》之“诈病死伤检验不实”延

---

① ［后晋］刘昫等撰：《旧唐书（二十四史简体字本）》卷五十志第三十《刑法》，中华书局2000年版，第1443—1444页。

② 刘俊文点校：《唐律疏议》，法律出版社1999年版，第602页。

③ 安遇时、蓝鼎元等编撰：《名臣问案牍》之《狄公案》，重庆出版社2008年版，第243页。

续而来。

《唐律疏议》卷第二十四“斗讼”之“越诉”,到《大清律例》卷三十“刑律”“诉讼”之“越诉”,可谓一脉相承。《唐律疏议》之“越诉”规定:“诸越诉及受者,各笞四十。若应合为受,推抑而不受者笞五十,三条加一等,十条杖九十。”[①]而到了《大清律例》之“越诉”条规定:“凡军民词讼,皆须自下而上陈告,若越本管官司,辄赴上司称诉者,(即实亦)笞五十。(须本管官司不受理,或受理而亏枉者,方赴上司陈告)。”[②]基本精神都相符,连笞刑都一致。除文字表述稍有不同之外,更细化了十五个条例,对各种情况的“越诉”作了规定。

但也有一些条规,如“疑罪”条,从《唐律疏议》到《大清律例》,内涵却发生了一些质的变化。

《唐律疏议》卷第三十“断狱”之“疑罪”规定:“诸疑罪,各依所犯,以赎论。”对疑狱,“议不得过三”。[③] 而“拷囚限满不首”条规定,拷满不首,可取保释放。到了《宋刑统》保留了“疑狱”条,内容与唐律基本一致[④],但取消了《唐律疏议》中的“拷囚不得过三度”“拷囚限满不首”专条,而到了《大明律》《大清律例》,不仅没有了“拷囚不得过三度”“拷囚限满不首”专条,更取消了“疑狱”条,改为“辨明冤枉”条,内涵也没有了“议不得过三”的表述。

由此,从《狄公案》中狄仁杰对毕周氏取保释放的描写看,足见作者对唐律相关法律有一定的了解,或也可说明民间流传下来的狄仁杰故事底本尚反映了唐朝律例制度的一些原貌。

三、被告、原告与证人均有一定的法律权益意识,表明当时的主流社会、官吏与民众拥有一定的法文化社会氛围。或者说,朝廷在推动法律普及上还是有一定成效的,在社会上形成了基本的法文化意识

例如,围绕毕周氏害死自己丈夫毕顺、药哑自己女儿一案的控辩攻防,体现了办案衙役对执法合规的认识,更体现了受牵连的嫌犯、证人等对自身法律权益的认知。

第八回描写道,当差役们听说狄仁杰要开棺验尸的时候,都替他捏了把汗。狄仁杰“当时先命差役,将周氏收禁,一面出签提毕顺的母亲到案,然后令值日差到高家洼安排尸场,预备明日开棺。这差票一出,所有昌平的差役

---

① 刘俊文点校:《唐律疏议》,法律出版社 1999 年版,第 482 页。

② 田涛、郑秦点校:《大清律例》,法律出版社 1999 年版,第 473 页。

③ 刘俊文点校:《唐律疏议》,法律出版社 1999 年版,第 617 页。

④ 薛梅卿点校:《宋刑统》,法律出版社 1999 年版,第 564 页。

无不代狄公担惊受怕,说这事不比儿戏,虽然是有可疑,也不能这样办法,设若验不出来,岂不是白送了性命。"[①]这一段议论,表现出差役们对律法的了解,对开棺可能失手需要承担的后果有清晰的认识。

同时,公差到了皇华镇,径直来到毕顺家门口,见不少闲人也在那儿七嘴八舌地议论:"前日原来狄太爷在这镇上,我说他虽是个清官,耳风也不能如此灵通,现在既被他看出破绽,自然彻底根究了。那个老糊涂,还在地上哭呢,这不是天网恢恢,疏而不漏?但是狄太爷也不能因这疑案,就拷了口供。照此看来,随后总有大发作的时节。"[②]这一段表现的是邻坊闲人的议论,关键的是,普通民众也知道,作为疑案,不能只靠刑讯逼获口供定案。

而从毕周氏的种种言行中可以发现,固然有她胡搅蛮缠的因素在内,但也可从其泼辣的言辞中,看到她维护自身权益的态度和基本的自我保护策略。例如,她知道地方官不能诬陷良民、随意开棺验尸发现不了伤痕等证据要被罢官反坐、自己抗刑不招官府也无可奈何而终究要取保释放,等等。第九回开篇就描写道:"却说狄公见周氏言他开棺无伤,诬害良民,律例上是何处分,狄公冷笑一声道:'本县无此胆量,也不敢穷追此案。昨已向你婆婆说明,若死者没有伤痕,本县先行自己革职治罪。此时若想用言恐吓,就此了结这案件,在别人或可为汝蒙混,本县面前也莫生此妄想。'"[③]可见毕周氏对诬害良民和无辜开棺的律例是了解的。

又如,对待生员需要先行革除功名方能动刑。第二十一回故事讲到生员胡作宾被冤枉是害死好友华文俊妻子的凶手。狄仁杰将其提审到案,胡作宾自我申辩道:"嬉戏则有之,毒害实是冤枉,使生员从何招起?"随后自己列出各种疑点:"何以别人皆未身死,独新人吃下,就有毒物?此茶是何人倒给,何时所泡,求父台总要寻这根底。生员虽不明指其人,但伴姑责有攸归,除亲友进房外,家中妇女仆妇,并无一人进去,若父台不在这上面追问,虽将生员详革用刑拷死,也是无口供招认。叩求父台明察!"[④]这段话,一方面,表现了胡作宾为自己申辩句句在理;另一方面,也说明胡作宾对法律知识的了然。知道自己是生员,要革除功名才能用刑拷问。

第二十二回写到,华文俊的父亲华国祥是位举人,见胡作宾并不招认,急忙说道,"只求青天老爷先将他功名详革,用刑拷问,那就不怕他不供认

---

① 安遇时、蓝鼎元等编撰:《名臣问案牍》之《狄公案》,重庆出版社 2008 年版,第 257 页。
② 安遇时、蓝鼎元等编撰:《名臣问案牍》之《狄公案》,重庆出版社 2008 年版,第 258 页。
③ 安遇时、蓝鼎元等编撰:《名臣问案牍》之《狄公案》,重庆出版社 2008 年版,第 260 页。
④ 安遇时、蓝鼎元等编撰:《名臣问案牍》之《狄公案》,重庆出版社 2008 年版,第 300 页。

了”。华国祥知道，要先将胡作宾功名革除才能用刑拷问的律例规定。后来，看到狄仁杰为胡作宾说话、开脱，非常生气，怒颜问道：“父台从来听案，就如此审事的么？不敢用刑拷问，何以连申斥驳诘，皆不肯开口呢？照此看来，到明年此日，也不能断明白了。不知这里州府衙门，未曾封闭，天外有天，到那时莫怪举人越控。”[①]这段对话，可见身为举人的华国祥知道什么情形可以越诉。

上述故事涉及衙门公差、邻里闲人、家庭主妇、举人和私塾生员，都从不同的视角体现出他们对法律权益和法律责任的认知，可以看出当时的社会贤达、普通民众和基层官吏，对保护自己的基本权益有着本能的自我保护意识和基本的法律程序意识。敢于直率地表达自己的权益诉求：一方面，可以反映狄仁杰作为地方父母官的宽容与平易；另一方面，也折射当时社会民间阶层，对法律诉讼、求讼和索讼的申告，还是比较大胆和习以为常的。

① 安遇时、蓝鼎元等编撰：《名臣问案牍》之《狄公案》，重庆出版社2008年版，第302页。

第二章

从《包公案》看宋代官吏的司法职业认知

《包公案》是众多公案(侠义)小说中极有代表性、流传改编极为广泛的作品,为明代安遇时撰。其部分来自宋、元以来民间已流传颇久的包公故事,部分则采录自各种史书、杂记和笔记小说中的素材再加以编排改写。而随后于明万历朝后期出现的《龙图公案》则是另一本以包拯为主角的公案(侠义)小说。虽然作者不详,故事大多是抄袭汇编而成,但改动较少,基本反映了当时各版本中相关内容的原貌。据研究,《龙图公案》一百则故事中,共抄《包公案》(即《百家公案》)四十八则,《廉明公案》二十二则,《详刑公案》十二则,《律条公案》三则,《新民公案》三则,其余十四则大多数为公案形式的社会问题小说。该书文学性、艺术性相对平平,故事可读性与情节铺陈也较为直白、简洁,不少破案过程与断案推理还夹杂着因果报应和鬼神梦兆的色彩,但其中展现的破案技巧、推理逻辑、诉状判文、断案依据、过堂质证、用刑考量等,都颇值得玩味、比较、探析。

本文依据《名臣问案牍》之《包公案》[①](实则应是《龙图公案》)中百则故事中的经典篇章予以法意解读。

第一节　重质证,轻口供,看包公如何平冤究理

包公千百年来在民间享有极高的声誉,首在其断案如神、明辨是非。疑

① 安遇时、蓝鼎元等编撰:《名臣问案牍》,重庆出版社 2008 年版。

难的案件经他审理水落石出，显示了他巧思密推、智慧过人的逻辑推理与洞察入微的能力。冤假错案经他审理得以昭雪，体现了他慎断体恤、中正爱民、廉明公正的品德，故被尊为“包青天”。《包公案》中即有许多故事直观描写了他对疑难案件的逻辑判断和破案技巧。

逻辑推理贵在细、在究、在合理推论。而古代公案中出现的冤案，最突出的问题：一是刑讯逼供，屈打成招；二是虽有质证，但却简单以口供为凭，并不深究、详查与质证推理，昏官敷衍了事，故而酿成冤案。包公能做到断案如神，明察是非，就是他能以公正清明之心，恪尽职守，审慎认真，深究详辨，不轻易下判，不放过任何蛛丝马迹。他还时常微服私访、亲身访查，为后世清官树立了榜样。

《包公案》中第六则《包袱》就非常典型。整个案件其实并不复杂，而且主审知府也算重视质证，没有刑讯逼供，却造成了冤案。

故事说的是浙江宁波府定海县佥事高科与侍郎夏正是同乡，两人为子女指腹为婚。不想夏正为官清廉却死在任上，高科后来被罢官回到家乡，但资财颇丰，后来嫌夏家贫穷就想私下退婚。高科之女高季玉不从，私下让侍女秋香约了夏正之子夏昌时见面，要将自己的首饰转卖为聘礼。夏昌时很高兴，就与好友李善辅说了。李善辅一听歹心顿起，假意为夏昌时庆贺，却暗中下了药迷昏了夏昌时，自己偷偷去约会。结果被侍女秋香认出不是夏公子，李善辅情急之下，拿起石头击杀了侍女，拿走了包裹，又悄悄回到夏昌时身边。夏昌时酒醒后到了花园，发现了秋香躺在地上已经死了，惊骇之余逃之夭夭。

高家发现秋香死在后花园亭中，高季玉说出实情，认为是夏昌时杀害了侍女，于是告到府衙。夏昌时也写了申诉状为自己辩白。顾知府将各犯人拘押到案，“即将两词细看审问”。“高科质称”，他认为夏昌时与秋香私下串通偷财，后杀其灭迹。而“昌时质称”，是高季玉让秋香私下约他，等自己到了花园时发现秋香已经死了，“若果我得她银两，人心合天理，何忍又打死她”，说得在情在理。顾知府只得传唤高季玉到衙。高季玉作证说，自己不忍父亲退亲，私下约了夏昌时，想给他银两作为聘礼。没想到秋香会被打死，难道是夏昌时有意强奸秋香没有得逞，或是恼恨自己父亲要退亲，故意打死婢女泄愤。这个猜测性推理，居然得到知府大人的认可，顾公仰椅笑道，此干证说得真实。夏昌时百口难辩，“遂自诬服”。这个审断，没有用刑，也当堂质证充分，涉案主角自己也承认了，于是顾知府判决：“高女另行改嫁，昌时明正典刑。”真乃草菅人命，糊涂得可以。

夏昌时在狱中待了三年，正赶上包公奉旨巡行天下。一日到了定海县，又去微服私访，私行入定海县衙，“胡知县疑是打点衙门者，收入监去”。包公在监牢中对大家说，有什么冤屈自己可以代写诉状。于是夏昌时在狱中直接将冤情告诉了包公。随后，包公亮出了身份，升堂调阅夏昌时案卷，高季玉仍一口咬定，“坚执是伊杀婢女，必无别人”。“包公不能决，再问昌时道：‘你曾泄露与人否？’”足见包公审案的审慎与逻辑推理的周全。这一问，夏昌时想起自己告诉过好友李善辅，那夜在他家饮酒，自己还醉了，醒来后，“辅只在旁未动”。善良的夏昌时压根没想到是李善辅所为。但包公的职业直觉告诉了他答案。随后包公假意让李善辅考中生员，又让李善辅帮忙找些好金银用于包公的女儿出嫁的嫁妆。李善辅将杀害秋香后偷走的包袱内高季玉给夏昌时的金银首饰拿给了包公。包公招来高季玉一看，认出了正是自己当年要给夏昌时的东西。高季玉与李善辅两人当堂一对质，李善辅无从抵赖，只得一一承招。此案这才真相大白，沉冤昭雪。包公遂下判词：善辅“今秋大辟”；高科厌贫求富，想要背弃故友之姻盟，“掩实就虚，几陷佳婿于死地。若正伦法，应加重刑。惜在缙绅，量从未减”。而夏昌时与高季玉“仍断合卺”。[①]

在这则故事中，顾知府断案之错，就在于没有深究，只凭夏昌时自己承认了冤情，就轻易结案。可见，在案情审理过程中情与理的逻辑推演，是破案获得真相的关键。只要稍稍多想一下，高季玉赠银给夏昌时，夏昌时哪有什么理由还要害死高季玉的婢女呢。何况夏昌时也辩称：“季玉所证前事极实，我死也无怨，但说我得银打死秋香，死亦不服。”但顾知府对明显不合情理的事，居然不深究。而包公却不然，就算高季玉还一口咬定是夏昌时杀死的秋香，依然持怀疑的态度，“包公不能决”，再问夏昌时，才把疑点落到了李善辅身上，由此告破一宗冤案。

品析：

对于官员错判官司造成冤案的问题，历朝司法督察制度都非常重视。除设立巡察制度，派钦差、按察使等常年巡行各地，专门承接各地冤情诉状外，还在律令中明确规定了相应的法律责任。如《宋刑统》中，就有“决罚不如法”“官司出入人罪”“断罪不当”等条例。如第二十九卷“断狱律”中有“决罚不如法”条规定：“诸决罚不如法者，笞三十；以故致死者，徒一年。即杖粗细长短不依法者，罪亦如之。”[②]

第三十卷“断狱律”中有“官司出入人罪”条规定：“诸官司出入人罪，若入全罪，以全罪论；从轻入重，以所剩论。刑名易者，从笞入杖，从杖入流，

① 安遇时、蓝鼎元等编撰：《名臣问案牍》之《包公案》，重庆出版社 2008 年版，第 24 页。

② 薛梅卿点校：《宋刑统》，法律出版社 1999 年版，第 545 页。

亦以所剩论。从笞、杖入徒、流,从徒、流入死罪,亦以全罪论。其出罪者,各如之。即断罪失于入者,各减三等;失于出者,各减五等。若未决放及放而还获,若囚自死,各听减一等。即别使推事,通状失情者,各又减二等。所司已承误断讫,即从失出入法。虽有出入,于决罚不异者,勿论。"①此律条说的是,对被量刑不当的嫌犯给予相应的补减,同时,对断案失当的官吏也将作出相应减等的处罚。相比《宋刑统》,《大明律》《大清律例》有关"官司出入人罪"法条规定的更加细化、明确。

第三十卷"断狱律"之"断罪不当"条规定:"诸断罪应决配之而听收赎,应收赎而决配之,若应官当而不以官当,及不应官当而以官当者,各依本罪减故、失一等。"②

《包公案》第六十四则《聿姓走东边》就涉及官吏决断不明酿成冤案,以及诬告和偷掘人棺椁的情节。

话说东京管下袁州有一人张迟,与弟弟张汉共同居住。张迟娶妻周氏生一子周岁。碰巧周母有疾病,周氏即回家探母。后张迟因要赴临安县潘某的邀约出远门,便让张汉去接周氏母子。三人来到离家不远的一片林地,当时暑热难耐,周氏抱着孩子困苦难行想要就地歇息。张汉便说,自己先抱孩子回去,再叫轿夫来接周氏。等张迟雇了轿夫到林地,却不见了周氏。两兄弟来回搜寻,到了一幽僻处,见其妻死于林中,且已经没有了首级。张迟哀哭不止,兄弟俩雇人抬尸,"用棺木盛贮了"。周氏母家兄弟周立是个好讼之人,就"扭送张汉赴告于曹都宪",称张汉欲强奸周氏,周氏不从故杀之灭口。

曹都宪居然相信了周立之说,用严刑拷打,张汉始终不肯诬服。曹都宪便让都官找寻妇人首级。都官着人到岭上寻觅不着,便私下掘开一妇人坟墓,取出尸体断其首级回报曹都宪。曹都宪再次审勘,张汉还是不肯招认,但受不过严刑拷问,只得诬服,"监系狱中候决"。

将近半年,正遇包公巡审,复审张汉一案。一日悟得其中玄机,遂拘得张迟邻居萧某,让其带二公人到建康一带缉访。还真遇到了一个面熟的妇人,一问果然是张迟之妻周氏。原来,周氏在林中遇到两客商挑着竹笼上岭,他们四顾无人,即拔出利刃,威逼周氏脱下衣鞋。再从笼中唤出一妇人,

① 薛梅卿点校:《宋刑统》,法律出版社1999年版,第552页。

② 薛梅卿点校:《宋刑统》,法律出版社1999年版,第561页。

互换了衣服，又断其妇人头颅置于笼中，抛其身子于林里。反将周氏置入笼中，“沿途乞觅钱钞，受苦万端”。萧某即与二公人拘拿二客商。包公再审，二客商只得招认。包公“再勘问都官得妇人首级的情由，都官不能隐瞒，亦供招出。审实一干罪犯监候，具奏达朝廷。”不数日，仁宗旨下：“二客谋杀惨酷，即问处决；原问狱官曹都宪并吏司决断不明，诬服冤枉，皆罢职为民；其客商赀帛赏赐邻人萧某；释放张汉；周氏仍归夫家；周立问诬告之罪，决配远方；都官盗开尸棺取妇人头，亦处死罪。”①

品析：

此案所判非常合律。曹都宪因断案不明而被罢官，而周立好讼诬告，被发配流放；都官掘墓取无辜妇人首级，则被处死罪。对照《宋刑统》有关“官司出入人罪”及“诬告比徒”条，但规定并没有后世那么明确。而“贼盗律”中有“残害死尸”条规定：“诸残害死尸，及弃尸水中者，各减斗杀罪一等。”所谓减一等，是指如果残害死尸（指肢解形骸、割绝骨体及焚烧之类），合死罪的，死上减一等；应流罪的，流上减一等。相比之下，《大明律》《大清律例》则更为明确和严厉。如《大明律》卷第十八“刑律一”之“贼盗”条“发塚”款规定：“凡发掘培坟塚，见棺椁者，杖一百，流三千里；已开棺椁见尸者，绞；发而未至棺椁者，杖一百，徒三年。若塚先穿陷及未殡埋，而盗尸柩者，杖九十，徒二年半；开棺槨见尸者，亦绞。”②可见，此案所引仁宗皇帝下旨，对都官私下开棺取妇人首级而处死罪，实是按《大明律》所断。因《包公案》是明代万历年间出版的，作者自然更熟悉的是大明律令，用到了包公案上，也是合乎情理的。

对于官员失职或错判造成的冤案，历朝历代律令也都有相应的处罚规定。有的是罢职，有的甚至要流配。

《包公案》第二十一则《裁缝选官》就是一例。

话说山东有一监生彭应凤，同妻许氏及子上京听候选官，住在西华门王婆店内。但因选期还有半年，手中用度吃紧，许氏终日只能做刺绣枕头、花鞋等出卖度日。时有浙江举人姚弘禹也来听候选官，住王婆店对面，看到许

① 安遇时、蓝鼎元等编撰：《名臣问案牍》之《包公案》，重庆出版社 2008 年版，第 151 页。

② 怀效锋点校：《大明律》，法律出版社 1999 年版，第 145 页。

氏貌赛桃花,就私下拜访王婆,希望其能帮忙撮合见一面。

王婆知姚弘禹心事,遂生一计,故意让彭应凤去午门外找写字的活计干,以贴补家用。彭应凤遂到午门,果然遇到了钦天监李公公要抄写表章。王婆更怂恿彭应凤说,"李公公爱人勤谨,你明到他家中去写,一月不要出来,他自敬重你,日后选官他也会扶持"。彭应凤遂带上儿子住到了李公公家一心抄字。王婆便骗姚弘禹说,彭应凤因贫要卖妻,等姚弘禹赴陈留任知县发船时,彭应凤着轿子把许氏送来。姚弘禹信以为真,问聘礼要多少,王婆开口要了一百两。王婆又哄骗许氏,说彭应凤要接她去李公公家,轿子已来。许氏便随轿而去。等到了一看,是官船迎候,不觉诧异。王婆便对许氏说,是彭应凤因穷困,怕耽误你,遂将你出嫁于姚弘禹,姚弘禹今任陈留知县,"又无前妻,你今日便做奶奶可不是好!彭官人现有八十两婚书在此,你看是不是?"许氏见了,低头无语,只得顺从。

彭应凤一月后回来,不见了妻子,遂问王婆。王婆反叫屈说,你那日叫了轿子来接了许氏去的,如今却反过来诓我,我就要去告到五城兵马司。彭应凤因身无钱财,只得含泪而去。又过了半年,自己无所倚靠,只得学做了裁缝。一日,被吏部邓郎中衙内叫去做衣。仆人看彭应凤凄苦,舍不得吃衙内给的两个馒头,便报知了夫人。夫人一问,彭应凤便将自己苦情诉说出来。等邓郎中回衙,夫人便将情由告知了邓郎中。因均是山东同乡,经邓郎中帮忙,彭应凤选上了陈留县丞。

王婆知道后,心想那姚弘禹就在陈留,怕事情败露,就想让自己的亲弟弟王明一去半道将彭应凤杀了,还假意给了彭应凤一件青布衣。王明一星夜赶到临清,见到彭应凤拔刀就砍,却只见刀往后去,王明一惊异就问彭应凤,是何冤枉,是否在京城得罪了什么人?彭应凤就将王婆一事说了。王明一也将王婆要加害他一事说了一番。王明一遂将彭应凤儿子的发髻割下,又拿了那件青衣回复了王婆。

彭应凤在陈留上任了数月。一日,儿子游玩进入了姚弘禹县衙内,被许氏认出。又正值姚弘禹安排了宴席,彭应凤赴宴,许氏在屏风后见得真切,抢将出来。两人抱头大哭一场,各叙原因,把姚弘禹吓得哑口无言,彭应凤一家人遂得团圆。彭应凤告到开封府,包公大怒,"遂表奏朝廷,将姚知县判武林卫充军;差张龙、赵虎往京城西华门速拿王婆到来,先打一百,然后拷问,从直招了,押往法场处斩"[①]。

① 安遇时、蓝鼎元等编撰:《名臣问案牍》之《包公案》,重庆出版社 2008 年版,第 60 页。

品析：

本案可谓曲折凄婉。最可恨当属王婆，之所以包公大怒，是因王婆作恶多端，大坏纲纪，既诈骗又涉谋杀，包公用刑和判处大有惩戒之意。《宋刑统》第十七卷“贼盗律”之“谋杀”条规定：“诸谋杀人者，徒三年；已伤者，绞；已杀者，斩。从而加功者，绞；不加功者，流三千里。造意者，虽不行，仍为首。雇人杀者，亦同。即从者不行，减行者一等。”[①]王婆的情况，算雇人谋杀，已经施行。要不是有神灵护佑，彭应凤早已成刀下鬼了。以此论，王婆相当于致人已死。

而姚弘禹，先有淫心，后虽不知真情，但也属有意为之，判充军处罚偏重，实乃有惩戒意味。

另有一案，既涉诬告，又涉贿赂。且看包公如何依律处置。

《包公案》第五十八则《废花园》，讲的是四川成都府何达与其叔子何隆争家产，互不相让，讼之于官，连年不决，由此结仇。何达与姑之子施桂芳商议，想上东京找韩节使帮忙。两人到了东京，不巧韩节使外出“按巡都邑”。两人遂各处游玩。一日，两人到一古寺赏玩，步入一片树林，据说这里曾经是刘太守的荒废花园，施桂芳在此被妖迷情而走失。何达寻其不到只好回到家中。何隆知悉，遂将何达以谋害施桂芳之名告到官府，并且上下行贿，要问何达死罪。何达受刑不过，只得屈招，被押解到西京决狱行刑。正巧碰到包公，危情之际得以刀下留人。包公亲自到寺庙查访，找到了被妖迷情的施桂芳。包公“刑拷何隆，隆知情屈，遂一一招承。包公叠成文案，将何隆杖一百，发配沧州充军，永不回乡；台下衙门官吏受何隆之贿赂，不明究其冤枉，诬令何达屈招者，俱革职役不恕，施桂芳、何达供明无罪，各放回家”[②]。这则案例对诬告罪的判决也是较重的，只因差点害死何达人命，又存心诬告，且还上下贿赂官吏，因此，诬告者何隆不仅被杖一百，而且从四川发配到河北边境，永不得回乡，受贿官吏也被革职。

---

① 薛梅卿点校：《宋刑统》，法律出版社1999年版，第312页。

② 安遇时、蓝鼎元等编撰：《名臣问案牍》之《包公案》，重庆出版社2008年版，第135页。

品析：

历代律令对受贿官吏科罚应当说还是严厉的，对因受贿而酿成冤案判罚尤重。如《宋刑统》第二十九卷“断狱律”之“不合拷讯者取众证为定”条中，就援引和沿袭了唐长庆元年十一月五日敕节文的规定。“应犯诸罪，临决称冤，已经三度断结，不在重推限。”“其中纵有进状敕下，如是已经三度结断者，亦请受敕处闻奏执论。如是告本推官典受贿赂，推勘不平，及有称冤事状，言讫便可立验者，即请与重推。如所告及称冤无理者，除本犯是死刑外，余罪请于本条外更加一等科罪。如官典取受有实者，亦请于本罪外加罪一等。如因徒冤屈不虚者，其第三度推事官典，伏请本法外更加一等贬责；其第二、第一度官典，亦请节级科处。”[1]上述引用唐朝长庆元年（公元821年）唐穆宗皇帝的敕文，说的是已经经过三审定案判刑，如果还有人喊冤，就应不局限于三审制，要及时上报朝廷重新推审。如果冤情不符，对嫌犯要加重一等科罪。受贿的官吏也要按本罪外加罪一等。如果冤案属实，就要对三度官加罪一等贬责，原二审、一审的官吏也要降级科罪。

《宋刑统》另有“职制律”之“枉法赃不枉法赃”条规定：“诸监临主司受财而枉法者，一尺杖一百，一匹加一等，十五匹绞；不枉法者，一尺杖九十，二匹加一等，三十匹加役流。无禄者，各减一等，枉法者，二十匹绞；不枉法者，四十匹加役流。”[2]因受贿而枉法，处罚最重，十五匹布就要被处以绞刑。而就算受贿但没有枉法的，处罚也仍然较重，达到三十匹布，就要被劳役和流放。可见封建王朝对待因贿赂而导致冤案的情形还是高度警惕的，对于这种暗箱操作、徇私枉法的行为至少从法律上保持了高压态势。甚至是私下求情，也会被法律制裁。如“职制律”中有专门的“请求公事”条，就明文规定：“诸有所请求者，笞五十；主司许者，与同罪。已施行者，各杖一百。所枉罪重者，主司以出入人罪论。他人及亲属为请求者，减主司罪三等；自请求者，加本罪一等。即监临势要。为人嘱请者，杖一百；所枉重者，罪与主司同；至死者，减一等。”[3]就是请求者要被笞刑五十。如果主持案件的官吏接受托请而曲法，与请求者同罪。对于势要者（即官卑的执行人）替人托请说辞也同罪。对于主司依法判死刑者，监临势要去说情的，以减势要死罪一等加以处罚。

① 薛梅卿点校：《宋刑统》法律出版社1999年版，第544页。
② 薛梅卿点校：《宋刑统》法律出版社1999年版，第199页。
③ 薛梅卿点校：《宋刑统》法律出版社1999年版，第196页。

第九十八则《床被什物》案情相对简单，是涉及昏官误判渎职而被处罚的案例。

话说广东惠州府河源街上，两个光棍张逸、李陶见一八九岁小孩眉目秀美，便尾随进入其家，欲调戏强奸其母，妇人高声喊叫，被其丈夫孙诲听见而持杖打之，但两个光棍就是不走，与孙诲厮打至大街上，反说是孙诲妻子拿了两人银子不与他们干好事。孙诲气愤不过以强奸罪具状告到县衙。

没想到柳知县昏聩，偏听了两个光棍的话，认为"若是强奸，必不敢扯出门外打，又不敢在街上骂，即邻里也不肯依。此是孙诲纵妻通奸，这二光棍争风相打孙诲是的"①。于是各打三十收监，又差人去拿孙诲妻，欲将其官卖。

孙诲妻冤，叫出邻里申诉，邻里有见识的就出主意让孙诲妻直接告到包公那里。包公将孙诲妻叫来问清屋里的各种摆设，又问两个光棍，孙诲妻叫什么名字、屋里有什么物件，两人却都回答错了，于是判定两个光棍乃强奸不成反诬陷好人。包公的判词相当严厉："行强不容宽贷，斩首用戒刁淫。知县柳某，不得其情，欲官卖守贞之妇；轻斤重两，反刑加告实之夫。理民反以冤民，空食朝廷俸禄。听讼不能断讼，哪堪父母官衙。三尺之法不明，五斗之俸应罚。"②

随后复申上司，依判词裁定"将张逸、李陶问强奸处斩；柳知县罚俸三月；孙诲之妻守贞不染，赏白绢一匹，以旌洁白"。

此案中，两光棍虽入户调戏孙妻，欲行非礼之事，但未遂，也未酿人命。判处斩刑委实过重。而柳知县昏庸错判，罚俸应当。只罚三月，又显稍轻。

对照《宋刑统》关于官吏玩忽职守、错案误判的处罚规定是较多的。比较具有代表性的如"官司出入人罪""断罪不当""决罚不如法"等。在"断狱律"之"官司出入人罪"条中，引用了"议"的注释："官司入人罪者，谓或虚立证据，或妄构异端，舍法用情，锻炼成罪。"③在此案中，柳知县可谓"妄构异端"，主观臆断，结果导致冤案。

---

① 安遇时、蓝鼎元等编撰：《名臣问案牍》之《包公案》，重庆出版社 2008 年版，第 227—228 页。

② 安遇时、蓝鼎元等编撰：《名臣问案牍》之《包公案》，重庆出版社 2008 年版，第 228 页。

③ 薛梅卿点校：《宋刑统》，法律出版社 1999 年版，第 552 页。

第二节　重礼义，慎刑讯，看包公如何用刑

在古代司法案件审讯中，刑讯逼供成了家常便饭，轻质证、重口供成为普遍现象，这在各种公案小说情节中也比比皆是。而包公却树立了重证据、重质证而轻口供、慎刑讯的典范，为后世历代清官所崇拜和效仿。

如《包公案》第一则《阿弥陀佛讲和》中，秀才许献忠与邻家女淑玉私下偷情已往来半年，邻舍皆知，只瞒着女孩的父亲萧辅汉及其妻子。某晚二人相约，许生因朋友请酒夜深未至，夜间叫街和尚明修发现二人私约所用的白布、圆木，被淑玉误认而拉上阁楼。明修欲强行求欢，淑玉不从而被明修拔刀杀害。第二天，其母发现女儿被杀，邻居主动告发，推测是许生所为，为此一纸诉状告到包公面前。那时包公还只是个小地方官，"是时包公为官极清，识见无差。当日准了此状，即差人拘原、被告和干证等听审"。

让人佩服的是，包公并没有一上来就审原告、被告，而是先问干证，左邻萧美、右邻吴范都指证许生与淑玉已经有奸情半年，"此奸是有的，并非强奸，其杀死缘由，夜深之事众人实在不知"。应该说，邻居干证的证词起到了关键作用。尽管淑玉的父亲强烈要求"老爷若非用刑究问，安肯招认"，但包公并未轻易用刑，而是有了自己的心证。通过讯问许生了解到，本月只有一个叫街和尚夜间敲木鱼常经过此地，就基本判断出了案情的原委，并找到了淑玉的钗珥戒指等物证，明修一看只得乖乖招供，承认了死罪。

第三则《嚼舌吐血》，凸显了包公对质证的重视，以及对诬告罪的判决处置。

该故事讲的是西安府乜崇贵长子克忠娶妻蒋淑贞。在照顾克忠的过程中，蒋淑贞与四弟克信在如何护理克忠的问题上产生了误会。克忠过世一年，蒋淑贞之父蒋光国来祭奠女婿。请来道士严华元等来做法事，克信认为此事无益，也由此得罪了蒋父。没曾想严华元见色起心，夜间用邪药迷晕淑贞，严华元得以恣意淫乐。事后淑贞发现被人迷奸，羞愧之余嚼舌自尽。家人发现淑贞猝死，都怀疑是克信强奸了寡嫂以致其嚼舌吐血自尽。蒋光国一怒之下一纸诉状告到包公衙门。而克信知道自己被蒋光国以强奸兄嫂罪名告官，无地自容，到大哥灵柩前抚棺，痛哭不已，以致呕血数升"顷刻立死"。结果到了阴间遇到大哥，克忠告知克信是道士严华元所为的实情，让克信还阳以证冤情。于是克信也写了具状告到包公跟前。

包公准了克信的诉状,"即唤原告蒋光国对理"。两人当堂相互对质。蒋光国认定就是克信所为。克信申辩指证是严道士所为。蒋光国说:"严道人仅做一日功果,安敢起奸淫之心入我女房,逼她上阁?且功果完成之时,严道人齐齐出门去了,大众皆见其行。此全是虚词。"同样,包公也质问克信:"道士非一,单单说严道人有何为凭为证?"克信就将自己羞愧呕血而死,到阴间见到大哥,是大哥说严道人致死嫂子的话说了一遍。包公怒道:"此是鬼话,安敢对官长乱谈!"遂将克信打三十板。包公随后忽然困倦而枕于案上,得到托梦,遂将淑贞的婢女菊香找来,找到了关键的证物和淑贞日记簿中所记载的给严道人做法事的赏钱,与克忠托梦中所说一致。于是将严道人缉拿归案,才一夹棍就直接招认了。包公判决严道人,"填命有律,断首难逃"。①

此案中,包公让蒋光国与克信当堂对质,自己又质讯克信,还将婢女招来辨认物证。可见,包公办案尤重物证、人证等证据,而轻单纯的无法求证的口供。而在此案中,包公对克信用刑,是以为克信讲"鬼话"诓骗官长,有惩戒的意味。这在包公各案中,因惩罚刁恶之徒、因伸张正义、公德而用刑的情况,是比较多见的,也体现了包公为人刚直的一面。

自古以来,历朝历代用刑都强调必须严格按律法执行,用什么刑,用多少规格尺寸的刑具等,均有具体规定,如违法用刑致人而死,官吏则要承担相应的处罚。如《宋刑统》第二十九卷"断狱律"之"决罚不如法"条规定:"诸决罚不如法者,笞三十;以故致死者,徒一年。即杖粗细长短不依法者,罪亦如之。"此条规定承袭了《唐律疏议》的思想,例如,此条规定中,"依狱官令:决笞者,腿、臀分受。决杖者,背、腿、臀分受。须数等。拷讯者,亦同"。又"依令:杖皆削去节目,长三尺五寸;讯囚杖,大头径三分二厘,小头二分二厘。常行杖,大头二分七厘,小头一分七厘。笞杖,大头二分,小头一分半"②。如果用刑的杖长短粗细不合上述规定,要对执刑的官吏"笞三十,以故致死者,徒一年",处罚还是比较严厉的。

《包公案》第二十二则《厨子做酒》就是一例。说的是包公在陈州赈济饥民事毕,接一吴姓妇人状纸,告孙都监之子孙仰害死丈夫张虚一事。只因孙公子看到该妇人美色,诱骗张虚到开元寺吃酒,暗中下毒药毒死了张虚,又要强娶该妇人。包公接状,密召里甲了解到孙氏父子平素为人专一害人,孙仰依仗其父权势侵占寺田,又不时带妓女到寺中饮酒。包公便私下密访开元寺,了解到出事当晚做酒食的厨子姓谢,谢厨子招认是孙公子私下指使下

① 安遇时、蓝鼎元等编撰:《名臣问案牍》之《包公案》第3则,重庆出版社2008年版,第11页。
② 薛梅卿点校:《宋刑统》,法律出版社1999年版,第545页。

毒。包公将孙仰拘到案,“登时揪于堂下打了五十。孙仰受痛不过,气绝身死。包公令将尸首曳出衙门,遂即录案卷奏知仁宗。圣旨颁下:孙都监残虐不法,追回官诰,罢职为民;谢厨受雇于人用毒谋害人命,随发极恶郡充军;吴氏为夫伸冤已得明白,本处有司给库钱赡养其家;包卿赈民公道,于国有光,就领西京河南府到任”①。

品析:

仁宗皇帝圣旨中,没有责罚包公,只因孙仰本是该死的有罪之人,因受刑而死,可不究过。而孙都监残害为恶,只是罢官而已。谢厨受命下药毒死人,为协从,判充军最边远的郡县。对照上述《宋刑统》律条,包公用刑,将孙仰当堂打了五十下,孙仰受痛不过,气绝身死。在古代,凡是死刑最后都要经过皇帝御审通过才行。所以尽管包公本身官至开封府尹、枢密副使、三司使等要职,仍然得上报仁宗皇帝。因为孙仰按律当死,所以不须担责。

在中国古代,历代刑统、律例其实都强调不得滥用刑讯。如出现违法滥用刑具、以致人死亡的,都要承担罚则。如《宋刑统》第二十九卷之“不合拷讯者取众证为定”款中,沿用了唐律规定:“诸应讯囚者,必先以情审察辞理,反覆参验,犹未能决,事须讯问者,立案同判,然后拷讯。违者,杖六十。若赃状露验,理不可疑,虽不承引,即据状断之。若事已经赦,虽须追究,并不合拷。”②就是说,不能嫌犯一上来,不问清情由,不反复讯问,就轻易动刑拷问。

同是此款又引唐律规定:用刑拷问囚犯事不过三,如果还不招供就要让取保放人,如果因过度用刑而致人犯死亡的,还要担责。“诸拷囚不得过三度,数总不得过二百,杖罪以下不得过所犯之数。拷满不承,取保放之。若拷过三度,及杖外以他法拷掠者,杖一百;杖数过者,反坐所剩;以故致死者,徒二年。即有疮病,不待差而拷者,亦杖一百;若决杖、笞者,笞五十。以故致死者,徒一年半。若依法拷决,邂逅致死者,勿论。仍令长官等勘验,违者杖六十。”③可见,在宋代,依然沿用了唐律中对用刑逼供严格限制的法律思想。所以,包公用刑致使孙仰当场死亡,可以“勿论”。

① 安遇时、蓝鼎元等编撰:《名臣问案牍》之《包公案》第3则,重庆出版社2008年版,第62页。

② 薛梅卿点校:《宋刑统》,法律出版社1999年版,第538页。

③ 薛梅卿点校:《宋刑统》,法律出版社1999年版,第539页。

第三节　情理相协，断罪引律，看包公如何下判词

中国自古对法律的主流态度是“德主刑辅”“情理相协”。道德教化、情理世故、息讼调和等，是中华传统法文化的特色。在《包公案》中，也得到了淋漓尽致的体现。

第一则《阿弥陀佛讲和》的判词和律令适用是典型的“情理相协”的样本。

包公初看许生貌美性和，不像坏人，本来就有好感。所以呵责许生，说你一个秀才“奸人室女”有过失，虽是私通，却已经如结发夫妻一般了。虽然不是你杀的人，却是因你而起，淑玉为守节抗争而死，没有玷污名节，无愧于妇道。你要是还想再娶，就要去掉秀才名号；如果不再娶，将淑玉视为正妻，还可保留你功名。许生当即表态，原本两人就私定了终生，只等自己科考后定媒完娶，不想招此大祸。自己是坚决不再娶了。包公听了许生的承诺，非常高兴，“汝心合乎天理，我当为你力保前程”。所以在判决书中拟词“今拟僧抵命，庶雪节妇之冤；留许前程，少奖义夫之慨，未敢擅便，伏候断裁”。结果上司学道准予了包公所拟判词。后来许生得中乡试举人，包公还让许生的同年举人做媒，“强其再娶霍氏女为侧室”，以继香火。包公这番判词和后续举动，深得民心，故事结尾赞道：“包公雪冤之德，继嗣之恩，山高海深矣！”①

第六则《包袱》一案，讲的是高、夏两个官宦家是世交，指腹为婚，但后来夏家衰贫，高家反悔想退婚，而女儿不肯，由此才引来私赠金银反招命案的冤情。包公对嫌贫爱富的高科是这样下的判词：“高科厌贫求富，思背故友之姻盟，掩实弄虚，几陷佳婿于死地。若正伦法，应加重刑。惜在缙绅，量从未减。”②

品析：

以往法史学家或比较法学家认为，中国古代司法人治大于法治，断案判决颇为随意，并不依律而判。但事实上，在古代中国法典中却也有现代

① 安遇时、蓝鼎元等编撰：《名臣问案牍》之《包公案》，重庆出版社 2008 年版，第 6 页。
② 安遇时、蓝鼎元等编撰：《名臣问案牍》之《包公案》，重庆出版社 2008 年版，第 24 页。

西方的"审判中心主义"和"罪刑法定"的基本原则或基本遵循，对非法用刑、非依律而判的现象，有着严格的规定。如《宋刑统》第三十卷"断狱律"中就有"断罪引律格式"条规定："诸断罪皆须具引律、令、格、式正文，违者，笞三十。若数事共条，止引所犯罪者，听。诸制敕断罪，临时处分，不为永格者，不得引为后比，若辄引，致罪有出入者，以故、失论。"①另有第十一卷"职制律"之"律令式不便于事"条规定："诸称律、令、式不便于事者，皆须申尚书省议定奏闻。若不申议，辄奏改行者，徒二年。"②而《大明律》中，也有相应的规定，《大明律》卷第二十八"刑律十一"之"断狱"条中即有"断罪引律令"款，规定："凡断罪皆须具引律令。违者，笞三十。若数事共条，止引所犯罪者，听。其特旨断罪，临时处治不为定律者，不得引比为律。若辄引比，致罪有出入者，以故失论。"③卷第一"名例律"中也有"断罪无正条"规定："凡律令该载不尽事理，若断罪而无正条者，引律比附。应加应减，定拟罪名，转达刑部，议定奏闻。若辄断决，致罪有出入者，以故失论。"④从律令文字表述看几乎一样，说的都是断罪要有依据，如果律、令、式等各项法规都不符合当时事理，就要上报朝廷。所不同的是，归类以及管辖的职能部门不同而已。宋代由尚书省议定，明代由刑部议定。

不过，由于中国古代法律刑民合一，律令条例较为粗略和宽泛，不可能精细，许多只能参照执行。《包公案》第二十七则《试假反试真》的判决就是一个示例。

话说临安府民支弘度生性多疑，娶妻正姑却性格刚毅贞烈。支弘度一次试着问妻子，如果有人调戏你，你会怎样？正姑说我一定会斥骂那人。支弘度又问如果你被几个人调戏没法脱身呢？正姑说，那我就去死，否则无颜见你。支弘度不信。一次，他让自己的好友于漠、应信、莫誉三人到内房假意调戏正姑。于漠、应信两人分别抓住正姑的左右手，莫誉是个轻狂浪子，就势脱了正姑的下身衣裙。于、应两人一看感觉闹过分了，就放手退到一旁。不料正姑气急，顺手挥刀杀了莫誉。正姑一看杀了人，自己又遭侮辱，随即自刎而亡。

支弘度一看后悔不已，又怕莫誉家人找来说理，于是心生一计，让于、应

① 薛梅卿点校：《宋刑统》，法律出版社 1999 年版，第 549—550 页。

② 薛梅卿点校：《宋刑统》，法律出版社 1999 年版，第 208 页。

③ 怀效锋点校：《大明律》，法律出版社 1999 年版，第 221 页。

④ 怀效锋点校：《大明律》，法律出版社 1999 年版，第 23 页。

两人作证，抢先呈告莫誉想要强奸正姑，结果两命呜呼。包公听了两个证人作证，断了案子。但表示，“二命非小，我须要亲去验过”。到现场一看，包公见正姑死在房门内，下体无衣，而莫誉死在床前，衣服却全，感到不太合乎逻辑。于是诘问于漠、应信，莫非是你们三人强奸完毕后，正姑杀了莫誉，她又感羞耻才自杀的。两人不肯招认，包公就写审单，将两人俱以强奸拟下死罪。两人这才从实诉说了案情原委。包公当堂责打支弘度三十大板。因于、应两人帮忙，莫誉才能去解下衣，故判二人“亦并有罪”。最后，包公将此案申拟：支弘度秋后处斩；又旌奖正姑，赐之匾牌，表扬其贞烈贤名。

品析：

上述案例中，对支弘度的判决似乎过重。他只是因心里多疑，才出此下策，并非有意要害死妻子。正姑在被侮辱的情况下失手杀人，自己因羞愤而自杀。这两起人命案，实是意外酿成。支弘度为开脱自己而诬告，也不至于判死罪。但因涉及两条人命，包公也是“申拟”判决，可以看作是没有具体符合此案事理的律令，只好申报上司。

此外，本案破案的关键是包公亲去验尸。如果不去现场勘察验尸，就不能发现正姑裸着下身死在房门内，而莫誉却衣冠整齐死在床前，两人之间这种距离上和穿着上的反常引发了包公的猜疑，终至还原了真实的案情。它从一个侧面说明了包公以及所有正直的清官断案所具有的实地勘验的职业素养和精神。查对历代律令，关于主审官必须第一时间到现场亲验、第一时间保护好案发现场，均有相关的规定。《宋刑统》第二十五卷“诈伪律”之“检验病死伤不实”款规定：“诸有诈病及死伤，受使检验不实者，各依所欺，减一等。若实病死及伤，不以实验者，以故入人罪论。[1]”相比之下，还显得宽泛些。而同是宋人作品《洗冤集录》则给我们提供了更详细的“法医”视角。《洗冤集录》刊于1247年，是我国古代第一部也是世界上第一部法医学著作。其作者宋慈本身历任过广东、江西、湖南等省的提点刑狱官（相当于今省一级法官）。其“卷之一”开篇“条令”即刊载了较为详尽的关于现场验尸的“条令”律法。如：“诸尸应验而不验；初复同。或受差过两时不发；遇夜不计，下条准此。或不亲临视；或不定要害致死之因；或定而不当，谓以非理死为病死，因头伤为胁伤之类。各以违制论。即

① 薛梅卿点校：《宋刑统》，法律出版社1999年版，第456页。

凭验状致罪已出入者，不在自首觉举之例。其事状难明，定而失当者，杖一百，吏人、行人一等科罪。”此条强调了应验不验，过了两个时辰不派人出验，不亲临验场等情况，均以违法论处。

又如，规定：“诸验尸，州差司理参军。县差尉。县尉阙，即以次差簿、丞、监、当官皆缺者，县令前去。”县一级，如果县尉缺，以及主簿、县丞等主理官都缺，那就得县令亲自去验尸。

再如，到别处请验尸官也有规定：“诸县承他处官司请官验尸，有官可那而称阙；若阙官，而不具事因申牒；或探伺牒至，而托故在假被免者，各以违制论。”如果请的邻县验尸官也出问题怎么办呢，也有相应规定：“诸尸应牒邻近县验复，而合请官在别县，若百里外，或在病假，无官可那者，受牒县当日具事因，保明申本州及提点刑狱司，并报原牒官司，仍牒以次县。”①

到了明代，同样是“检验病死伤不实”条，《大明律》的规定相比《宋刑统》就更明确了，卷第二十八“刑律十一”之“检验死伤不以实”规定：“凡检验尸伤，若牒到托故不即检验，致令尸变，及不亲临监视，转委吏卒，若初复检官吏相见，符同尸状及不为用心检验，移易轻重、增减尸伤不实、定执致死根因不明者，正官杖六十，首领官杖七十，吏典杖八十。仵作行人检验不实，符同尸状者，罪亦如之。因而罪有增减者，以失出入人罪论。若受财故检验不以实者，以故出入人罪论。赃重者，计赃以枉法从重论。”②可见，明代的规定，是在《宋刑统》规定与《洗冤集录》中所载规定集合的结果。而关于验尸的具体制度、规范、行为等故事情节，则在宋、明、清各代公案小说中多有描写。

“情理相协”是中国古代法律思想的重要内核。尽管有“断罪引律”的法律要求，但在司法实践中，却处处体现出封建伦理纲常对法律的“相协”作用。

《包公案》第七十一则《江岸黑龙》，讲的是儿子要弑父的“大逆不道”的案例。话说西京有一叫程永的，做旅馆生意。一日，成都来一和尚叫江龙，要往东京“披剃给度牒”。路过住在程永的旅店，夜里江龙在屋内收拾行李，将所带银两铺在床上，恰被程永所见。程永便将江龙杀了埋到床下，取得银两。用此银两做生意大发，娶妻生子，名程惜。不想某日程惜去铁匠铺打了

① ［宋］宋慈著，高随捷、祝林森译注：《洗冤集录》，上海古籍出版社 2008 年版，第 3—4 页。

② 怀效锋点校：《大明律》，法律出版社 1999 年版，第 219 页。

一把尖刀，又到父亲的老朋友严正家，扬言说程永是贼人，自己要刺杀他，明天就要动手，特来告诉叔叔一声。严正夫妇惊骇之下，怕出意外，先行告到了官府。包公接状，甚觉不平，拘来程永夫妇讯问，都说程惜平常就有弑父之言行。随后，包公差人在程惜床席下搜查，果然搜到一把尖刀。“包公以刀审问，程惜无语。包公不能决，将邻里一干人犯都收监中。”包公自己退入后堂自忖，亲父子，并无他故，如何要行凶，此事深有可疑。夜里包公忽梦到江中黑龙，得到启示，通过讯问程永的家产由来，又从当年的账簿中查到有一叫江龙的僧人入住的记载，并在客舍床下挖出了尸骸，终于让程永供出二十年前的真相。原来，程惜是当年的江龙投胎来取债，自己的愿望就是要度牒出家为僧。包公遂委官将程永家产变卖千贯与程惜去，并将程永发去辽阳充军。

品析：

此案值得品评的话题：一则是关于僧人度牒的规定。二则是二十年过去了，虽是命案，似乎过了追诉期，只判了发配充军，并没判程永死罪。三则是关于大逆之罪，应判死罪。所以包公在审程永时，有意说：“你子大逆，依律该处死，只你之罪亦所难逃。”

对于僧人度牒，历朝历代都要求必须经过官方允许，须拿到官方授予的度牒，否则就是私下剃度，要受到科罚。《宋刑统》第十二卷“户婚律”之“僧道私入道”条就规定，“诸私入道及度之者，杖一百。若由家长，家长当罪。已除贯者，徒一年。本贯主司及观寺三纲知情者，与同罪。若犯法合出观寺，经断不还俗者，从私度法。即监临之官私辄度人者，一人杖一百，二人加一等”[①]。这里说的是，要想入僧、道，需要官方允许，否则犯法，须杖一百。官吏私下允许人剃度的，每允许一人也杖一百。此案包公判决允许程惜剃度，属于官判。

关于杀人犯的追诉期，在《宋刑统》中没有直接的律令规定。不过参照今天的法律，似乎可见追诉期的相关思想历史上还是一脉相承的。如现行的《中华人民共和国刑法》第八十七条规定，法定最高刑为无期徒刑、死刑的，经过二十年不再追诉。如果要追诉，须报请最高人民检察院核准。如果一个人被杀，当年没人发现、没人报案，公安机关也没有立案，二十年以后就算过了追诉期了。但是，如果抓到了嫌犯，仍然可以报请最高人民检察院核准，决定

① 薛梅卿点校：《宋刑统》，法律出版社 1999 年版，第 215 页。

是否追诉。以此当代立法精神对照本案，虽发掘出了尸骸，证据确凿，嫌犯也承招了口供，但命案事发时间已经过去了二十多年，所以，包公并没有判处程永死刑，而是判处其到最边陲之地辽阳充军，可谓得当。

弑父乃“恶逆”之罪，历朝历代的律令都是最严苛的。如《宋刑统》第一卷“名例律”之“十恶”中列第四的就是“恶逆”。此案中，程惜意欲以刀弑父，有言行、有作案工具为证，可谓“大逆不道”。当然，此案的故事是文学性表达，程惜算是“冤魂附身”，所以情有可原。

《包公案》第九十二则《蜘蛛食卷》是孕妇摊上官司的案例，在众多公案小说中算是特例，也从一个侧面体现了中国古代司法制度中，对待妇孺老幼涉案的“人道”关怀。

故事讲的是山东兖州巨野县郑鸣华，家道殷富，生子名一桂。因父亲择配太严，一桂长到十八岁也没聘娶。而对门杜预修家生有一女叫季兰，因继母茅氏想将季兰嫁给自己外侄茅必兴，杜预修不肯，也拖延到十八岁未许配人。一桂与季兰两人一来二去暗自修好，季兰怀了两个月身孕，就让一桂“央媒来议婚”。一桂五更从季兰家的猪圈门溜出时正巧被早起宰猪的屠户萧升撞见。萧升就势也从猪圈门进入，要强逼季兰交欢。季兰哄骗他说，一桂要娶我所以私下来商议，如果他不娶我了，日后我从你无妨。

一桂回家跟父亲提起与季兰婚事，被父亲斥骂，心里郁闷，晚上又偷偷跑到季兰家，刚到猪圈门就被蹿出来的萧升杀害了。

郑鸣华次日发现儿子被杀，不胜伤痛，只疑是杜预修所杀，就告到县衙。朱知县拘问。郑鸣华回答，一桂与季兰有奸，季兰要我儿娶她，我不肯答应，当晚遂被杀。杜预修则辩白，自己根本不知情。朱知县问季兰道：“有无奸情？是谁杀他，唯你知之，从实说来。”季兰承认了两人私情，但是谁杀，却实不知。朱知县道：“你通奸半载，父亲知道，因而杀之是真。”“遂将杜预修夹起”，杜预修再三不肯认。又将季兰上了夹棍。季兰心想：“一桂真心爱我，他今已死，幸我怀孕三月，倘得生男，则一桂有后；若受刑伤胎，我生亦是枉然。”遂屈招道是自己所杀。朱知县遂判季兰杀夫，“淫狠两兼，合应抵偿”。郑鸣华、杜预修皆信以为真。又过了六个月，季兰生下一男孩，被郑鸣华领养。

过了半年，包公巡行，夜看季兰一案卷宗，忽见一大蜘蛛从梁上坠下，吃了卷宗中几个字又爬上去了，甚觉疑惑。后再问郑鸣华邻里各家姓名，其中有萧升是宰猪的，暗合了蜘蛛，遂派公差拿问萧升，一审即自招了。季兰冤情得昭雪，也归入了郑家。

品析：

此案中，涉及一个要点：对怀孕女犯的处置。历代对妇孺老幼用刑都给予一定的额外照顾，体现了中华法律中的人伦关怀和对妇女在生育上的尊重。具体到妇女，《宋刑统》卷第三十“断狱律”有“推断怀孕妇人”条规定：“诸妇人犯死罪怀孕，当决者，听产后一百日乃行刑。若未产而决者，徒二年；产讫，限未满而决者，徒一年。”同条还规定：“诸妇人怀孕，犯罪应拷及决杖、笞，若未产而拷、决者，杖一百；伤重者，依前人不合捶拷法；产后未满百日而拷、决者，减一等。失者，各减二等。”[①]按此条规定，朱知县虽然对季兰动刑，但没有动用杖、笞等大刑，而是用“夹棍”，似未逾规。季兰因怕受刑而动了胎气，所以主动屈招，被判了死罪。“又过了六个月”生下一男孩。再过半年，赶上包公巡行得以昭雪。从时间上看，被判了死罪的季兰，在生完孩子后又过半年而未被执行，超过了上述“产后一百日”方可行刑的规定，应当说，地方官对季兰一案处置还是相对宽容的。或也可从另一角度审视，说明《包公案》作者，对怀孕妇人犯死罪的处置，大体是了解的，但却不那么了然。

第四节　犯奸案情频率最高，历朝律法大同小异

在历代公案小说中，通奸、强奸而引出的命案是出现频度较高的一类案例。《包公案》第四则《咬舌扣喉》就是一个典型。山东兖州曲阜县吕如芳与陈月英成亲，不少朋友来闹洞房，其中有吏部尚书的公子朱弘史。三年后，吕如芳去赴考中途被掳走，唯有仆人程二逃回。陈月英听闻痛不欲生，从此严守妇道，轻易不出中堂。家里大小事务，都交给仆人程二及其妻春香打理，让七岁婢女秋桂帮助照顾幼小的儿子。

不想春香与邻居张茂七私通。此事邻里都知晓。张茂七私下还央求春

① 薛梅卿点校：《宋刑统》，法律出版社1999年版，第558—559页。

香做手脚以便成就自己与家主陈月英的私情。但春香说，主母一向作风正派，不可能做私通之事，张茂七也就作罢了。

某日，陈月英在内室沐浴，让秋桂看管幼小的儿子。不多时小儿啼哭，秋桂去找主母，门怎么也推不开。于是叫来春香，从中门进入，发现陈月英口中出血、喉管充血，袒身露体死在床上。连忙找来族中众人，其中有邻里吴十四、吴兆升。他们说陈氏从来都很正派，肯定是被强奸，喊叫起来被人扣喉而死。他们怀疑一定是春香与张茂七私通，同谋强奸主母致死。于是将春香锁拿住。次日，程二从田庄上回来，见此大变，问了情由，众人把春香通奸致死的事说明了，程二赶忙写了诉状告到县衙。

"知县接状后即行相验"，然后提审春香、张茂七。知县问道："你主母为何死了？"春香回答："不知道。"县官即令用刑。春香经不起刑法，申辩说，委实没有同谋。只是张茂七曾经议论主母年轻貌美，让自己去做手脚。自己说主母平日作风正派，此事肯定不行。没准是张茂七私自去强奸主母也未可知。于是知县传唤张茂七说，必定是你有心做此事。一旁的证人吴十四、吴兆升也附和。张茂七则说，一定是二吴两人行奸，反而诬陷他。"县官将二人亦加刑法，各自争辩。"知县无法决断，只得将各人都收监。次日，按春香提供的线索将秋桂又叫来讯问。知县问，吴十四、吴兆升常来家里吗？回答未曾来过。又问张茂七呢？回答常来。知县这下心里有数了，下了判词：吴某二人之事已经明白，与他们无干；一定是张茂七以前就惦记染指主母不成，仗着常来家里熟门熟路，知道陈月英沐浴，就藏在里间房，乘机掩口强奸。陈月英喊叫，慌乱下将她扣喉致死。而春香见事难开脱，只得故意喊叫，"此乃掩耳盗铃的意思。你二人的死罪定了"。于是"开豁邻族等众，即将行文申明上司"。

此事过了三年，包公巡行到曲阜，张茂七的父亲具状申述，说程二诬陷张茂七奸杀，同时"告县惨刑屈招"。

包公准了诉状。夜里调阅案卷，不觉精神疲倦而睡去，梦中一女子似有诉冤之状。说了几句不明不白的话，隐约还提到"蜘蛛横死恨方除"。包公醒来发现一只蜘蛛，口开舌断，死于卷宗之上。

第二天，包公提审张茂七、春香，两人都说没有共谋。包公又单独讯问张茂七，让张茂七将主母洗浴的房内物件一一报来。张茂七被逼无奈，只得胡乱报了几件。随后又单独提审春香，先问其主母房内的物件，发现与张茂七说的对不上。又问，家中亲眷或主人朋友中有没有姓朱的人。春香说以前主人与吏部朱弘史相交。

随后，包公借会考之便，将朱弘史取为头名。朱弘史来拜谢，包公发现他口舌不清。包公又问了第二名的黄国材，得知朱弘史平常好好的，六月初八夜间突然没了舌尖,所以对答不便。包公一查,此时间正是陈月英出事的当晚。于是差人请来朱弘史。"乃至,以重型拷问,弘史一一招承。"原来当年他在吕如芳成亲当晚来闹洞房,看到了陈月英美貌,即有淫心。六月初八夜里偷偷潜入卧房,探听到陈月英在洗浴,便恣意强奸,因害怕陈月英喊叫而扣喉害命,自己也被陈月英咬掉了舌尖。包公即判决:"合拟大辟之诛,难逃枭首之律。其茂七、春香,填命虽谓无事,然私谋密策,终成祸胎,亦合发遣问流,以振风化。"

朱弘史一到案,包公就用了重刑。显然,此用刑之意不单为获得口供,而且颇有惩戒之意味。

品析:

本案中既关涉春香、张茂七两人之间的奸情,又事关朱弘史的强奸案情。包公判决是,朱弘史因强奸杀人,当然要以命相抵"合拟大辟之诛",而春香、张茂七通奸且有私谋,判处流配。这样的判罚是否符合当时的法律规定呢?

我们来看《宋刑统》中是怎么规定的:"诸奸者,徒一年半;有夫者,徒二年。部曲、杂户、官户奸良人者,各加一等。即奸官私婢者,杖九十。奸他人部曲妻、杂户、官户妇女者,杖一百。强者,各加一等;折伤者,各加斗折伤罪一等。"①

而对于与亲属之间及辈分高的人相通奸或强奸,破坏伦常纲纪者,则明显加重处罚:"诸奸缌麻以上亲及缌麻以上亲之妻,若妻前夫之女及同母异父姊妹者,徒三年;强者,流二千里;折伤者,绞。妾,减一等。"而如果"诸奸从祖祖母姑、从祖伯叔母姑、从父姊妹、从母及兄弟妻、兄弟子妻者,流二千里;强者,绞。"②

对待以下犯上的奸情,也同样处罚较重。如"诸奴奸良人者,徒二年半;强者,流;折伤者,绞。其部曲及奴,奸主及主人之周亲,若周亲之妻者,绞;妇女,减一等;强者,斩。即奸主之缌麻以上亲,及缌麻以上亲之妻者,流;强者,绞。"

对于地位相当的普通人之间的奸情,以及强奸罪又如何处置呢?《宋刑统》规定:"诸和奸,本条无妇女罪名者,与男子同。强者,妇女不坐。其

① 薛梅卿点校:《宋刑统》,法律出版社 1999 年版,第 478 页。

② 薛梅卿点校:《宋刑统》,法律出版社 1999 年版,第 478—479 页。

媒合奸通，减奸者罪一等。”①也就是说，两人私下彼此相悦而成奸情，男女同罪。如果是有媒人说合相通，减一等。

综上，宋朝对普通人之间的和奸私通罪的判罚，较于明清，相对较重，一般是徒刑几年，而明、清处罚的是杖罪。但对强奸罪判罚，较于明清，则相对较轻，一般是流放。而明、清则是绞刑。

由此观之，《包公案》作为明人作品，对宋代刑律的了解、把握还是颇为专业、到位的。也说明不论是民间流传还是文人墨客的杂记对宋、明法律的流脉都有一定的认知度与普及性。

尽管各朝对犯奸的律令大同小异，但在具体案例中，又因现实案情的复杂性和现实性而判罚不同。《包公案》第八十则《房门谁开》就是一个典型事例。

故事讲的是一老翁晏谁宾污贱无耻，生儿从义，为其娶媳束氏。晏谁宾屡次挑逗儿媳，后束氏勉强应从，两人成奸，但心中怨恨。一日，丈夫外出，束氏料到公公必来，故意让小姑金娘陪睡。晚上公公来敲门，束氏开门躲入暗处，公公登床要行好事，金娘说，“父亲是我也，不是嫂嫂”。第二天一早，发现金娘自缢在束氏房内。束氏心中害怕，跑回了娘家。哥哥束棠出主意说，“他家没伦理，当去首告他绝亲，接妹回来另行改嫁”。于是赴县呈告。包公即派人去拘，晏谁宾闻知自觉天地不容，旋即自缢身死。

“后拘众干证到官。”束棠申诉说，晏谁宾大恶弥天，王法不容，自缢身死。其儿子也是恶人孽子，要求束氏改嫁。包公觉得奇怪，问“束氏与翁有奸否”？束棠说，没有。包公又问，既然没有为何要改嫁？包公不信，就审束氏。束氏受刑不过，乃从实招认。包公判道：“你与翁通奸，罪本该死。你叫姑伴睡，又自躲开，陷翁于误，陷姑于死，皆由于你。死有余辜。”秋后将束氏处决。又移文去拆毁晏谁宾之宅，以其地作为潴水池，意思是晏贼之肉连犬猪都不屑食。

品析：

此案判决，显然带有强烈的伦理道德色彩，也最令包公所痛恨。本案中，束氏与公公通奸，包公判“你与翁通奸，罪本该死”，《宋刑统》卷第二十六

① 薛梅卿点校：《宋刑统》，法律出版社 1999 年版，第 480 页。

"杂律"之"诸色犯奸"条中规定:"诸奸父祖妾、伯叔母、姑、姊妹、子孙之妇、兄弟之女者,绞。"[①]所以,说"罪本该死"是准确的。又因连累了小姑、公公两条人命,所以再强调"死有余辜"。《大明律》则开始就犯奸单立专条,可见在明代,犯奸问题已经非常普遍。卷第二十五"刑律八"之"犯奸"条共有十条具体规定,如"亲属相奸"款规定:"若奸父祖妾、伯叔母、姑、姊妹、子孙之妇、兄弟之女者,各斩。"[②]由绞变为斩。总之,公公与儿媳通奸,处罚是非常严厉的。也可见《包公案》的作者对宋、明律令是非常熟悉和了解的。

因为是奸情,涉及的社会面较为复杂,所以在断案、下判时,根据情理权衡判决的情况也并不少见。

如第八十五则《壁隙窥光》一案。说的是庐州府霍山县南村,章新年将五十,妻子王氏却很年轻。章新没有儿子,收养了兄子继祖养老,为其娶妻刘氏。桐城县杨云、张秀两人来霍山县做漆,与章新有旧交,结果一来二去,杨云与王氏勾搭成奸,恰被刘氏撞见。随后两人设计强行使杨云与刘氏发生关系,后来发展到杨云、张秀与王氏、刘氏四人共同成就好事。不料被章新发觉。杨、张两人与王氏商议,要谋杀章新。王氏反对道,"不可,我你行事只要机密些,被获不到,无奈你何"。但杨云、张秀还是乘章新、继祖两人一同外出讨新谷,章新、继祖各自分开之际,将章新用斧砍死丢入山里莲塘之中,之后才告知王氏。王氏虽然心肠俱裂,但还是同意杨云、张秀两人的计谋,诬陷继祖谋害了章新,并亲自告到县衙。正值包公巡行,就批复让县主何献审理。县主派差人"即刻拿到邻右萧华、里长徐福一起押送"。注意这里是将干证也一起押送。县主通过审问人证,知继祖平素端庄、事叔如父,就知道非继祖所为。但为了破案,"心生一计,喝将继祖重打二十,即钉长枷,乃道:'限三日令人寻尸还葬。'令牢子收监,发王氏还家",有意麻痹王氏等人。实际上县主自己私下夜探继祖家,发现了四人私下共席饮酒相庆。但继祖的媳妇刘氏心里却并不高兴,"口中不言,心内怒起,乃回头不顾"[③]。

---

① 薛梅卿点校:《宋刑统》,法律出版社 1999 年版,第 479 页。

② 怀效锋点校:《大明律》,法律出版社 1999 年版,第 198 页。

③ 安遇时、蓝鼎元等编撰:《名臣问案牍》之《包公案》,重庆出版社 2008 年版,第 197—199 页。

品析：

此案值得品味的是，王氏并没有在一开始就参与谋杀亲夫。而刘氏是被强奸后才顺从了杨云、王氏，被迫同流合污。而知道他们诬告了自己的丈夫继祖，也是“心内怒起”。后来案破，县主先讯问王氏怎么忍心谋杀亲夫。王氏辩称：“非关小妇人事，皆彼二人操谋，杀死方才得知。”县主回复：“既已得知，该当先首，胡为又欲陷继祖于死地？”

县主又问刘氏：“你与同谋陷夫，心何忍乎？”刘氏道：“此事实未同谋。先是妈妈与他二人有奸，挟制塞口，不得不从。其后用计谋杀，小妇人毫不知情，乞爷原情宥罪。”县主道：“起初是姑挟制，后来该当告夫，虽未同谋，亦不宜委屈从事。”

上述质问与答辩可谓有情有理。最后，且看县主如何下判：对刘氏“减等拟绞”。“判断杨云、张秀论斩；王氏凌迟；继祖发回宁家。”申报包公，随即依拟。这一判处，查对《宋刑统》第十七卷“贼盗律”之“谋杀”条规定：“诸谋杀周亲尊长、外祖父母、夫、夫之祖父母、父母者，皆斩。犯奸而奸人杀其夫，所奸妻妾虽不知情，与同罪。”[①]由此可见，王氏虽然没参与谋杀，但事后知情不报，仍同罪。在此规定中，引述的注释道：“谓妻妾与人奸通，而奸人杀其夫，谋而已杀、故杀、斗杀者，所奸妻妾虽不知情，与杀者同罪，谓所奸妻妾亦合绞。”所以，此处对刘氏的判决，是比斩刑次一等的绞刑。而王氏判处更重，为“凌迟”。“凌迟”俗称为“剐刑”，最早出现在五代时期，正式定为刑名是在辽代，此后，金、元、明、清都沿用为法定刑，属最为残忍的死刑，乃犯“大逆”“恶逆”等“十恶”者才用此极刑。大逆罪如谋杀皇帝，恶逆罪如谋杀父母、丈夫，此刑直到1905年才废止。

《包公案》第九十六则《扮戏》，讲的是建中之地，民风淫逸，“女多私交不以为耻，男女苟合不以为污”。有一富家杨半泉，生三男，长子美甫、次子善甫、幼子义甫，俱浮浪不羁。邻居于庆塘给幼子娶了媳妇刘仙英，容貌美丽，因夫婿年幼，情欲难遂，于是与美甫、善甫、义甫三兄弟俱有染，只是更爱善甫。私通四年，刘仙英觉得善甫只是花花公子，胸无学术雅趣。忽于中秋佳节听到集市有浙人扮戏的，叫唐子良，神色丰姿，种种奇才。刘仙英遂以为公公庆寿之名，说动公婆请了戏班唱戏二十余日。期间勾搭上了唐子良。

① 薛梅卿点校：《宋刑统》，法律出版社1999年版，第310页。

唐子良担忧戏唱完后两人无法经常私会，于是设计将刘仙英拐走。

于庆塘发现儿媳不见了，因素知自己儿媳与杨善甫有私情，碍于杨善甫是皇亲国戚，只得隐忍含糊，此时思忖良久道："拐我媳妇者决非别人，只有杨善甫这贼子，受他许多年欺奸污辱，含忍无奈，今又拐去。"于是具状奔告包公。

包公差人捉拿被告杨善甫时，杨善甫叹道，老天屈死我了，刘仙英虽与我平素相爱，但不知被谁拐去，"情苦何堪。我必哭诉"。于是自己也写了状奔诉。

包公详看杨善甫诉状，讯问杨善甫，杨善甫交代刘仙英有不少情人。于是将杨廷诏、陈尔昌等六七人一一报上。包公将众人拘到审问，全无一人肯招，众人皆道："仙英与众通情是真，终不敢妄言善甫拐带，乞爷爷详察冤情，超活一派无辜。""包公听得众人言语，恐善甫有屈，且将一干人犯尽行收监。"由此可见包公审案一贯是谨慎严谨的。

此案侦破源于包公晨起听人唱戏，了解到庆塘戏班唱戏中有一叫唐子良的。于是拘拿到案从直招认，又移文拘到刘仙英，一切就都大白于天下了。包公遂审断，刘仙英背夫逃走，"依律官卖，礼给原夫。子良纳淫奔之妇，曷可称良？善甫恣私奸之情，难以言善，俱拟徒罪，以警淫滥。廷诏诸人悉系和奸，法条难赦。庆塘一身宜坐诬告，罚赎严刑"。

品析：

此案可品之处：一是淫妇私奔；二是和奸罪；三是诬告罪。其中，和奸和诬告已经在上文中有所介绍。而对于因奸而私奔的情形，查《宋刑统》却没有直接的法条可以适用。只有第十四卷"户婚律"之"和娶人妻"条中有规定："即妻妾擅去者，徒二年；因而改嫁者，加二等。"①

对比明代《大明律》，可以发现，同样的法条，则作了更精细的规定。如《大明律》卷第二十五"刑律八"之"犯奸"条规定："其和奸、刁奸者，男女同罪。奸生男女，责付奸夫收养。奸妇从夫嫁卖。其夫愿留者，听。"②结合本案案情，仙英与多人私通，又与唐子良私奔，"背夫逃走"，理应"徒二年"或"从夫嫁卖"。而查对《宋刑统》等律令，似未有"官卖"之说。或《包公案》编撰者虽身在明代，但保留了历经宋、元数百年民间说唱和文士札记流传下来的原貌，不论是否符合当时宋制，还是可以从一个侧面感受到作者对律令的了解所具有的"专业"背景。

① 薛梅卿点校：《宋刑统》，法律出版社1999年版，第252页。

② 怀效锋点校：《大明律》，法律出版社1999年版，第197页。

第五节　“打死也不招”，古代也有“疑罪从无”立法思想

在许多案例中,并非一用刑就管用的。一种情况是恶徒死扛着刑罚,咬牙不招;另一种情况是被用刑者真的不知道,用了刑也招不出,或者熬不过刑罚只得屈招。《包公案》第七则《葛叶飘来》涉及几个专业问题:一是对待干证(即与讼案有关的证人)如何处置。二是对即使动重刑也死不承招者如何处置。三是跨地域办案如何办理。

话说处州府云和县进士罗有文到江西南丰做知县有数年。龙泉县举人鞠躬是其亲戚,带仆人贵十八、章三和富十去看望罗有文,得到罗有文馈赠的百两银钱,其中,花了五十两银钱买了南丰的铜器等用皮箱盛贮。听说包公巡行江南各地,因与包公有交情,就想去拜谒。于是先派章三和富十到南京打前阵,自己与仆人贵十八坐船走水路,到芜湖会合。不想船上水手葛彩与船主艾虎看到几只沉重的皮箱,以为是金银珠宝,便在九江将主仆二人杀了,丢入江中。打开箱子才发现只是铜器、香炉、花瓶等杂货,懊恼之余将杂货卖到了南京金良的杂货店。

章三和富十探得包公巡行苏州、芜湖,却久未见到主人,寻原路到九江、苏州等地都未寻访到,就直接到松江以告状的名义见到了包公,诉说了此事。包公大惊之余,发下文书令各府县帮助缉访。

章三、富十两人来到南京,闲逛中见一店铺有一香炉,发现与失踪的主人所购香炉一样,一问还有其他货没有,店主金良抬出了皮箱让两人挑选。两人一看,当场揪住店主厮打起来。正巧碰到南京城兵马司朱天伦,便将众人带到衙门审问。金良说自己也不知道这些东西怎么来的,要问他的妻舅吴程。朱天伦将吴程拿到讯问货物来历,吴程交代货来自江西南丰,在芜湖购得。朱天伦再问卖者是谁,吴程回答:“萍水相逢,哪里识得!”“朱公闻言,不敢擅决,只得将四人一起解赴包公。”体现了朱天伦办案审慎的态度。

包公因公务繁忙,将此案委派给了董推官坐堂审讯。吴程诉辩道,自己做的正经生意,购得铜货有中间人段克己作证。于是董推官将段克己拘到,克己说,往来客多谁能记得名字。两人互相推阻。“二人不招,俱各打三十,夹敲三百,仍推阻不招。”董推官自思:“二人受此苦刑竟不肯招,且权收监。”

此时忽有一片葛叶顺风飘来，将门上所挂的红彩带一起带落，飘到段克己的身上。董推官觉得此事怪异，但又无从解释。“次日又审，用刑不招，遂拟成疑狱，具申包公，倒文令着实查报，且委查盘仪征等县。”董推官往芜湖征调船只，正巧征用的就是艾虎、葛彩。因联想到葛叶飘来之事，于是果断将两人就地缉拿，“转回公馆拷问”。艾虎坚称自己只是一个撑船的，与段克己并不相识。“推官怒其不认，即令各责四十，寄监芜湖县。”“乃往各县查盘回报，即行牌取二犯审勘。芜湖知县即将二犯起解到府，送入刑厅，推府即令重责四十迎风，二人毫不招承。”

于是再提审吴程等一干人犯对审。开始艾虎二人仍然“抵饰不招，又夹敲一百”。艾虎这才招供道，自己和葛彩杀了鞠躬主仆二人，将货在芜湖发卖，得到吴程四十两银，因当时只想尽快脱手，所以贱卖。被段克己识破，段克己乘机敲诈了十五两。两厢对质，段克己“低首无言”。于是，案情水落石出。董推府判了参语，申详包公。包公即面审，毫无异词。于是批下判词：“葛、艾二凶，利财谋命，合枭首以示众；吴、段二恶，和骗分赃，皆充配于远方。”①

品析：

此案值得品味的地方：一是包公并未直接破案审案，只是发文督办。二是如果用了重刑嫌犯都不招，官府只能把此案作为疑狱，不可继续滥刑。对嫌犯该具保释放还得尽快释放。三是案情涉及多地，异地办案，需要公文委托查办。四是吴程、段克己发觉是赃物，仍然低价购入，是知情不报，所以也要追赃处罚。

上文已经阐述过，历代律令对过度刑讯拷问都是有明文规定予以节制和禁止的。也正因为如此，一些刁顽之徒，即使动重刑也硬扛不招，这时就算是包公也不得不停刑收监，另行想办法。

《包公案》第九则《夹底船》可谓又一个典型案例。

话说苏州府吴县有船户单贵和水手叶新，专谋客商。恰有徽州商人宁龙带仆人季兴购得缎绢千有余金，雇佣了单贵货船。不想单贵、叶新两人故意以酒食令主仆二人沉醉，乘夜抛入江心。仆人季兴被淹死，而宁龙会水，在江中遇同乡之船而得救。正巧包公巡行吴地，宁龙一纸诉状告到包公面前。

---

① 安遇时、蓝鼎元等编撰：《名臣问案牍》之《包公案》，重庆出版社 2008 年版，第 25—28 页。

很快,公差拿获了单贵、叶新两人。但两人就是不承认罪行。包公怒道:“以酒醉他,丢入波心,还这等口硬,可将各打四十。”叶新还狡辩道:“小人纵有亏心,今无人告发,无赃可证,缘何追风捕影,不审明白,将人重责,岂肯甘心。”包公只得再次令取夹棍夹起。可是,“单贵二人身虽受刑,形色不变,口中争辩不已”。包公令人到两人船上搬取货物,让宁龙辨认。宁龙看后发现没有一样是自己的。单贵随即反咬一口,骂宁龙好负心,是当天夜里宁龙被贼劫,将他们主仆二人推入水里,缘何不告发贼反而告发自己和叶新呢,好无天理。“包公见二人争辩,一时狐疑”,“乃令放刑收监”。

次日再审,包公用了一招。令单贵站东廊、叶新站西廊,分别让他们诉说当夜贼劫杀宁龙的情形。两人说的根本对不上。“包公见口词不一,将二人夹起”,但两人真是死硬派,“并不招认。无法可施,又令收监”。可见,在二次动用大刑的情况下嫌犯仍不招认,包公也无计可施,只得收监待审。

最后还得用物证说话。包公自己亲往船上细细察审,终于发现船上机关,原来劫来的赃物藏在了船底的夹层之中。宁龙一眼就认出其中有属于自己的物件。包公再次提审单贵,道:“这贼可恶不招,此物谁的?”单贵还狡辩,坚称是其他客人存放在他那里的,怎么是宁龙的呢?宁龙想起自己有一个箱子内有一鼎字号,一查果然属实。在人证物证均大白的情况下,包公“乃将单贵二人重打六十,熬刑不过,乃招出真货皆在南京卖去,得银一千三百两,二人各得一箱”①。至此案破,真凶伏法。

当代司法讲究“疑罪从无”。面对疑案,既要审慎处置又要高效解决。其实,在中国古代封建王朝的司法制度中也得到一定体现。在《包公案》中就多有类似案例。

第三十三则《乳臭不雕》,讲的是潞州城南有叫韩定的人,家道富实。他有一从小相交的朋友叫许二,许二还有一个兄弟许三,兄弟两人家贫,又想做点生意,就让许二去向韩定借本钱。韩定一听还有许三参与,就婉拒了。这让许氏兄弟心里很不悦。一日,遇到韩定的养子韩顺在兴田驿半岭亭酒后醉卧,许三愤恨,在许二默许下用利斧劈头砍向韩顺,并弃尸野外。张木匠家正好住在兴田驿旁,一早出门碰到尸首,惊骇之余悄悄遛回了家。午后路人发现了命案,韩定来认尸,遂邀集邻里来验看。大家循着血迹来到张木匠家附近。“邻里皆道是张木匠谋杀无疑。”韩定信然,“即捉张木匠夫妇二人解官首告”。“本官审勘邻证,合口指说木匠谋死。”“张木匠夫妇二人有口不能分诉,仰天叫屈,哪里肯招。韩定并逼勘问,夫妇不胜拷打,夫妇二人争

① 安遇时、蓝鼎元等编撰:《名臣问案牍》之《包公案》,重庆出版社 2008 年版,第 32—34 页。

认。本司官见其夫妇争认,亦疑之,只监系狱中,连年不决。"[①]可见,官员看到夫妇两人相互争着担责,虽有邻里指证,但仍然心中存疑。可见当时正直、严谨的官吏还是比较负责任的,并非草菅人命。

恰逢包公巡行西京狱事,路过潞州,询问地方官有否疑狱。职官说只有张木匠夫妇一案,"至今监候狱中,年余未决"。包公听了乃道:"不论情之轻重,系狱者动经一年,少者亦有半载,百姓何堪?或当决者即决,可开者即放之,都似韩某一桩,天下能有几个罪犯得出?"包公的这一观念,其实与当代司法改革中所倡导的"疑罪从无"精神颇有一致之处。

此案以包公无意中了解到孩童听到许氏兄弟打探包公复审张木匠一案的事,而抓获许氏兄弟,案情大白而告终。

品析:

《宋刑统》卷第三十"断狱律"之"疑狱"条规定:"诸疑罪,各依所犯,以赎论。疑,谓虚实之证等,是非之理均;或事涉疑似,傍无证见;或傍有闻证,事非疑似之类。即疑狱,法官执见不同者,得为异议,议不得过三。"[②]此思想,至少可以溯源到唐。《唐律疏议》中即有关于"疑狱"的规定。可见,对待"疑狱",历代法律也都能客观面对。那么什么是"疑狱"呢?《宋刑统》中"疑狱"条"疏议曰"作了更详细的解释:"疑罪,谓事有疑似,处断难明。"而"注云"则进一步对各种"疑似"的情状作了更深入的陈述:"'疑,谓虚实之证等',谓八品以下及庶人,一人证虚,一人证实,二人以上,虚实之证其数各等;或七品以上,各据众证定罪,亦各虚实之数等。是非之理均,谓有是处,亦有非处,其理各均。或事涉疑似,谓赃状涉于疑似,傍无证见之人;或傍有闻见之人,其事全非疑似。称'之类'者,或行迹是,状验非;或闻证同,情理异。疑状既广,不可备论,故云'之类'。即疑狱,谓狱有所疑,法官执见不同,议律论情,各申异见,得为异议,听作异同。"[③]

上述的疏议和注释,对什么是"疑狱"作了较清晰的解释。一是情理的判断,不论是官员还是证人,虚实所证人数相同,各持是非。二是所指证的案情,事实与验证的不同。或是虽然听证相同,但情理可疑。这一点非常重要,不能简单地听信证人的证词或嫌犯的口供就定罪。如果情理可疑,

---

① 安遇时、蓝鼎元等编撰:《名臣问案牍》之《包公案》,重庆出版社 2008 年版,第 85 页。

② 薛梅卿点校:《宋刑统》,法律出版社 1999 年版,第 564 页。

③ 薛梅卿点校:《宋刑统》,法律出版社 1999 年版,第 564 页。

即使所闻所见的“事实”摆在面前，也不能轻易下判。事实上，《包公案》中就涉及许多类似的“疑狱”，因证人不招承，或者就算嫌犯亲口招承，但情理不通，也应存疑，暂时“收监”。

那么，对于疑案的异议，何为“议不过三”呢？《宋刑统》“疑狱”条的注释也作了说明：是指“议不得过三，谓如丞相以下，通判者五人，大理卿以下五人，如此同判者多，不可各为异议”。① 就是说，最后下判，丞相以下五人、大理卿以下五人，这么多人应同判，异议的不能超过三个人。否则就是“疑狱”。

在断狱中，还有一种情况也算“疑狱”之一种，就是对法令格式的适用存在疑惑，当如何处置？在《宋刑统》第三十卷“断狱律”之“断罪引律令格式”条中，引述了“开成格”规定，“大理寺断狱及刑部详覆，其有疑似比附不能决者，即须于程限内，并具事理牒送都省。大理寺本断习官，刑部本覆郎官，各将法直就都省十日内辩定断结。其有引证分明，堪为典则者，便录奏闻，编为常式”②。此规定，明确了“十日”的限定和执行的部门、执行程序，是断狱引律令格式中发生的“疑难”或不同意见的一种处置方式。

第六节　面对各色诬告，“反坐”最为有效

诬告几乎是公案小说中最常见的情节。在《包公案》中，因诬告而成狱的事例不在少数。如第三十四则《妓饰无异》，讲的是扬州离城五里吉安乡谢景夫妇生有一子谢幼安，娶城里苏明之女为妻。一日，强盗李强乘谢幼安外出不在时，夜里潜入苏氏房中盗取首饰，被苏氏发觉，便将苏氏杀害逃走。苏氏有一侄子苏宜曾受谢家怠慢，怀恨在心，遂到官府刘大尹处告发说，谢景想奸淫儿媳，儿媳不从故而杀之。刘大尹审问邻里，都说此事未必是盗杀。刘大尹再问谢景，哪有强盗杀人而妇人不叫喊的道理。“此必是你谋死。”谢景不能辩白，只能叫屈。“刘大尹用长枷监于狱中根究，谢景受刑不过，只得诬服，虽则案卷已成而终未决。”包公巡行到扬州，谢幼安替父鸣冤。后来是因李强又到另一家偷盗，被户主发觉后扭送到包公衙门，这才真相大

① 薛梅卿点校：《宋刑统》，法律出版社 1999 年版，第 564 页。

② 薛梅卿点校：《宋刑统》，法律出版社 1999 年版，第 551 页。

白。包公最后判决，将李强"问成死罪；复杖苏宜诬告之罪"。[①] 这里，对诬告者苏宜是以杖罪处罚。

而第四十一则《窗外黑猿》对诬告者判决的是充军发配，显然处罚要重得多。

此案讲的是，西京城附近永安镇张瑞家娶妻杨氏，生女兆娘。瑞家有两个仆人，一个叫雍，敦厚；一个叫袁，刁诈。后张瑞不幸病逝，家事委托给雍仆打理。一日杨氏外出，袁仆入室偷盗，将正收拾银箧要入城的雍仆杀死而逃。杨氏母女悲哭不已。邻里却怀疑雍仆死因不明。

恰有庄上佃户汪某是张瑞仇人，故告发到洪知县，指称杨氏母女与人通奸，雍仆捉奸，被奸夫所杀。洪知县"信之，勘令其招，杨氏不肯诬服，连年不决，累死者数人"。之后杨氏母女被拷打，不堪其苦，兆娘自尽。恰包公巡察西京，接了此案，将袁仆抓获。"包公遂叠成文案，问袁斩罪；汪某诬陷良人，发配辽东远方充军。"[②]

此案中，汪某是蓄意诬告，情节恶劣。且因此案杨氏不肯诬服，几年下来，"累死者数人"，影响巨大，故将汪某发配远方充军。

品析：

查对《宋刑统》，关于刁民诬告良善平民的处罚规定不如《大明律》明确。如《大明律》中"刑律五"之"诉讼"中，有专门的"诬告条例"罗列了各种诬告情形的处罚规定。如"诬告人因而致死，被诬之人委系平人，及因拷禁身死者，比依诬告人，因而致死随行有服亲属一人，绞罪，奏请定夺。"又规定："凡无籍棍徒，私自串结、将不干己事情，捏写本词，声言奏告，恐吓得财，计赃满贯者，不分首从，俱发边卫充军。"[③]此案中，汪某就是将不干己之事有意诬告，结果导致兆娘自尽，其他数人死亡，按大明律令，已经可以判汪某死刑。但包公判词是流放边地。由此也可佐证，《包公案》作者作为明代人，并没有按《大明律》的法规来下判词，说明作者编撰此书时对宋律有相当的了解，也体现了民间口口相传的包公故事中，隐含着朴素和基本的法律意识和法律知识。凡事"告官"，在普通百姓心目中，有着最基本的遵循。

---

① 安遇时、蓝鼎元等编撰：《名臣问案牍》之《包公案》，重庆出版社 2008 年版，第 87 页。
② 安遇时、蓝鼎元等编撰：《名臣问案牍》之《包公案》，重庆出版社 2008 年版，第 100 页。
③ 怀效锋点校：《大明律》，法律出版社 1999 年版，第 426—427 页。

此外，在《宋刑统》中，还有专门针对诬告谋反罪等重罪的"告反逆"条规定："诸诬告谋反及大逆者，斩；从者，绞。若事容不审，原情非诬者，上请。若告谋大逆、谋叛不审者，亦如之。"又规定："诸诬告人者，各反坐。即纠弹之官，挟私弹事不实者，亦如之。"[①]可见，对于像诬告谋反、大逆、叛逆等重罪的人，要么直接处斩、绞刑，要么反坐。而官吏不审，也要受相应处罚。

第七节　依状受理，限期破案，古代官府也很"拼"

历代刑律对依状受理均有明确规定。如在《唐律疏议》卷第二十九"断狱"条中，就有专条"依告状鞫狱"款规定："诸鞫狱者，皆须依所告状鞫之。若于本状之外，别求他罪者，以故入人罪论。"[②]在《宋刑统》中第二十九"断狱律"中，也列出与唐律文句完全一致的规定。《大明律》中恢复了唐律单列"依告状鞫狱"条的体例，规定："凡鞫狱，须依所告本状推问。若于状外别求他事，摭拾人罪者，以故入人罪论。"[③]对比可见，与唐律大体相同。对官司诉讼报案时，必须要有诉状，否则不予受理。但有时，就算有状，但所告之事无厘头，也可以不予立案。《包公案》第七十二则《牌下土地》说的就是类似的事例。

该案讲的是郑州离城十五里王家村，有兄弟二人，常出外为商，在中州小张村五里牌遇到湖南来的郑才。因郑才随身带十斤银两，被王姓兄弟所杀，埋在五里牌下的松树下。两人怕带着巨额银两外出惹人注意，就将银两也埋在五里牌下。后来到外地经商一过就是六年，再来取时，发现银两不翼而飞了。两人懊恼不已，决定以失盗告到包公处。"包公当下看状，又没个对头，只说五里牌偷盗，想此二人必是狂夫，不准他状子。王家兄弟啼哭不肯去。包公道：'限一个月，总须要寻个着落与你。'兄弟乃去。"这个案子包公不准状，是因为没有干证，也无由头，所以无法立案。

又过了月余，王家兄弟又来陈诉。包公只得差遣公差陈青以省亲之名

① 薛梅卿点校：《宋刑统》，法律出版社 1999 年版，第 411 页。

② 刘俊文点校：《唐律疏议》，法律出版社 1999 年版，第 596 页。

③ 怀效锋点校：《大明律》，法律出版社 1999 年版，第 216 页。

去捉五里牌。陈青质疑，五里牌又不是人如何追得。包公大怒，"官中文引，你若推托不去，即问你违限的罪"。

陈青到五里牌探访，夜里梦到一老人自称五里牌下土地，告诉其王家兄弟杀人谋财之事。次日，陈青掘开松树下果然见到尸骨，以及银子十斤。此案遂告破。

此案中，包公初始不准状子是因为单凭王家兄弟口述，而无证人证据，故而不准。关于状告不受理，《宋刑统》中并未单列条款，而在《大明律》《大清律例》中则予以明确单列。如《大明律》"刑律五"之"状告不受理"条规定："凡告谋反叛逆，官司不即受理掩捕者，杖一百，徒三年；以致聚众作乱，攻陷城池及劫掠人民者，斩。若告恶逆不受理者，杖一百；告杀人及强盗不受理者，杖八十；斗殴、婚姻、田宅等事不受理者，各见犯人罪二等。并罪止杖八十。"[①]此案王氏兄弟以失盗罪告诉，但因为没有证据、证人，无法立案，所以包公初始并不准告。但在王氏两兄弟啼哭哀告之下，还是接下了案子，并许诺一个月，"总要寻个着落与你"。包公也不过是有些敷衍之意。不想过了月余，王氏兄弟又来陈告，此时包公还真得不得不重视，苦思冥想之中得到冥冥启示，这才悄悄委派了陈青以省亲加公差名义前往五里牌。

关于追捕盗贼办案的限期，《唐律疏议》《宋刑统》没有单列的条款，而主要侧重"捕亡律"中"将吏追捕罪人"的规定，主要指向的是罪人逃亡，将吏要及时追捕之。如《宋刑统》第二十八卷"捕亡律"之"将吏追捕罪人"条规定："三十日内能自捕得罪人，获半以上；虽不得半，但所获者最重，皆除其罪。"[②]否则，将追究其责任。而到了《大明律》之"刑律十""捕亡律"中"盗贼捕限"就有了较为详尽的规定："凡捕强窃盗贼，以事发日为始，当该应捕弓兵，一月不获强盗者，笞二十；两月，笞三十；三月，笞四十；捕盗官罚俸钱两月。弓兵一月不获窃盗者，笞一十；两月，笞二十；三月，笞三十；捕盗官罚俸钱一月。限内获贼及半者，免罪。若经隔二十日以上告官者，不拘捕限。捕杀人贼，与捕强盗限同。"[③]对照此案故事包公对王氏兄弟承诺："限一个月，总须要寻个着落与你。"包括派公差陈青前往五里牌收集证据的期限等，案例情节描述得还是比较到位、准确的，可见作者（传述人）对宋、明律法还是基本掌握的。

---

① 怀效锋点校：《大明律》，法律出版社 1999 年版，第 175 页。

② 薛梅卿点校：《宋刑统》，法律出版社 1999 年版，第 510 页。

③ 怀效锋点校：《大明律》，法律出版社 1999 年版，第 210 页。

第七十四则《石碑》,也出现包公不准状词的一幕。话说杭州府仁和县柴胜,外出到开封府东门外吴子琛旅店入驻卖布。不料,布匹被吴子琛的近邻夏日酷乘柴胜夜半酒醉而尽数盗去。柴胜怀疑是店主吴子琛串通盗贼所盗,吴子琛否认。柴胜就径直到包公府衙告状。“包公道:‘捉贼见赃,方好断理,今既无赃,如何可断?’不准状词。柴胜再三哀告,包公即将吴子琛当堂勘问,吴子琛辩说如前。包公即唤左右将柴胜、吴子琛收监。”①在此案中,因没有贼主,也没有见赃物,又没有证人,所以无法立案。但包公因经不起柴胜再三央求,才将柴胜和吴子琛都收监勘问。后来因查找到卖出的布匹,才将案件破获,夏日酷被判发边远充军。

第八节　宋代司法审判制度的法文化流布

《包公案》中所记述的百则案例故事,流传久远,民间口口相传与文人改编润色交相融合,可谓宋代社会民情的万花筒。从这些破案故事中,不仅可以看到清正廉明、刚直不阿的“包青天”形象,而且更从中可见包公如何对待每一个棘手、复杂的冤案,如何严谨、机智、负责“以事实为依据、以法律为准绳”的办案态度。另外,从文本分析的视角,我们还可以从这些文学作品中解析出宋代的法律制度与法律文化,以及社会大众对法律的认知和普及程度。

一、折射了宋代司法制度和法律适用状况

难能可贵的是,《包公案》中的每一案例都较为详尽地铺陈了案情及破案的全过程,而且较为完整地呈现了告诉、侦查、庭审、质对、审判等具体流程,更可管窥诉状和判词的格式。这为今天我们剖析宋(明)代司法制度、诉讼制度、审判状况等提供了宝贵的参鉴。

譬如,第九十六则《扮戏》中,于庆塘状告杨善甫拐走儿媳刘仙英的诉状称:

“告为灭法奸拐事:婚姻万古大纲,法制一王令典。枭豪杨善

① 安遇时、蓝鼎元等编撰:《名臣问案牍》之《包公案》,重庆出版社2008年版,第171页。

甫盖都喇虎，猛气横飞，恃猗顿丘山之富，济林甫鬼蜮之奸。欺男雏懦，稔奸少妇刘仙英，贪淫不已。本月日三更时分，拐串奔隐远方，盗房赀一洗。痛身有媳如无媳，男有妻而无妻。恶妾如林如云，今又忽奸忽拐，地方不啻溱洧，风俗何殊郑卫？

上告。"

包公接状差人捉拿了被告杨善甫。杨善甫承认了与刘仙英的奸情，但拒不承认自己奸拐。所以也写了诉状：

"诉为捕风捉影谁凭谁据事：风马牛自不相及，秦越人岂得相关。浇俗靡靡，私交扰扰。庆媳仙英苟合贪欲，通情甚多。今月某夜，不知何人潜拐密藏，踪迹难觅。庆执仇谁为证佐？竟平白陷身无辜。且恶造指鹿为马之奸，捏画蛇添足之状。教猱升木，架空告害。台不劈冤，必遭栽陷。

上诉。"①

分析上述首告状与上诉状格式，可以发现，二者有大体一致的规范。一是点出诉状的事态缘由，如"告为灭法奸拐事""诉为捕风捉影谁凭谁据事"。二是简明扼要地描述案情事由经过，主要是相对客观的事实陈述。三是诉状注重文辞感染性的铺陈渲染，以期引发同情和官府重视。

与诉状呈现相对应的是，每个案例故事，都有相对完整的判词文本记录。由此，也提供了较为完整的"断罪如法""断罪引律令格式"等的卷宗标本。如第四则《咬舌扣喉》包公判道：

"审得朱弘史，宦门辱子，黉序禽徒。当年与如芳相善，因庆新房，包藏淫欲。瞰夫被掳，于四年六月初八夜，藏入卧房，探听陈氏洗浴，恣意强奸，畏喊扣咽绝命。含舍诉冤于梦寐，飞霜落怨于台前。年月既侔，招详亦合。合拟大辟之诛，难逃枭首之律。其茂七、春香，填命虽谓无事，然私谋密策，终成祸胎，亦合发遣问流，以振风化。"②

上述判词交待了案情各涉案人，又简要详实地叙述了案情原委经过，最后是按律判处，如"合拟大辟之诛，难逃枭首之律""亦合发遣问流"。"合"字非常贴切地佐证了《宋刑统》断案依律令的要求。

---

① 安遇时、蓝鼎元等编撰：《名臣问案牍》之《包公案》，重庆出版社2008年版，第222页。

② 安遇时、蓝鼎元等编撰：《名臣问案牍》之《包公案》，重庆出版社2008年版，第15页。

二、折射了宋代官吏的基本法律素养状况

应当说，百则故事中有不少案件的初审知县敷衍草率，推理不详、心证不密，未按《宋刑统》所要求的“必先以情审察辞理，反覆参验，犹未能决，事须讯问者，立案同判，然后拷讯”，甚至有受贿、受财等，导致不少冤案，要等到包公巡行才得以平反昭雪。这从一个方面折射出当时的宋代，的确存在着因地方官吏草率办案、粗暴用刑造成大量冤假错案的事实。而对于玩忽职守、造成冤案的，朝廷的态度倒是比较严厉、明确，一经发现总要追究责任。如第六十四则《聿姓走东边》中，曹都宪用严刑拷打获得口供，造成冤案。等包公巡行发现纠正后，奏达朝廷，宋仁宗下旨：“原问狱官曹都宪并吏司决断不明，诬服冤枉，皆罢职为民。”

但另一方面，也有不少地方官吏能做到不轻信口供、不滥用拷讯手段，宁可列为“疑案”，上告或申报给上司，等包公巡察时再次复审，最终得到昭雪。如第七则《葛叶飘来》、第三十三则《乳臭不雕》、第三十四则《妓饰无异》等，都是有了口供承招，但事理逻辑有异，地方官也疑之，“暂时监系狱中，连年不决”，只等巡行复审。说明有的地方官吏，还是能秉持基本的法律精神，坚持自己的“疑罪”心证，体现出一定的职业素养和公正求实的职官态度。

从百则故事中可以发现，包公以及其他地方官吏审案，总体上除必须获取当事人、嫌疑人自己的口供证词之外，也还是重视物证、人证等其他相关证据链的。例如，如第六十四则《聿姓走东边》中，曹都宪轻信了好讼之人周氏之兄的诬告，“用严刑拷打，张汉终不肯诬服。曹令都官根究妇人首级。都官着人到岭上寻觅首级不得，便密地开一妇人坟墓，取出尸断其首级回报。曹再审勘，张汉如何肯招，受不过严刑，只得诬服，认做谋杀之情，监系狱中候决”[①]。这里，曹都宪用了严刑，又听信了诬告，但面对主要涉案人张汉始终不肯诬服承招的情况，他也不得不要求找到具体物证，即妇人的首级。可见，物证的意识哪怕在昏官那也还是有的。

三、折射宋代民众的诉讼态度和法文化的普遍认知

相较明代，宋代的兴讼、好讼之风还没有后世那么盛行，讼师作为一个群体，也还没有那么发达。

① 安遇时、蓝鼎元等编撰：《名臣问案牍》之《包公案》，重庆出版社 2008 年版，第 149 页。

一则在《宋刑统》中还没有专条单列，而在《大明律》卷第二十二“刑律五”之“诉讼”中即有“教唆词讼”条规定：“凡教唆词讼及为人作词状增减情罪诬告人者，与犯人同罪。若受雇诬告人者，与自诬告同。”[①]

二则在《包公案》的百则故事中，出现讼师、好讼、聚讼的情节还相对较少，不像明代“三言二拍”故事以及清代《蓝公案》故事中那样比比皆是。但通过《包公案》也可以发现，在宋代，“好讼之人之事”开始有了苗头。如第六十四则《聿姓走东边》中，就是张汉妻子周氏探亲返家，在野外树林中失踪。周氏“其兄周立极是个好讼之人，即扭张汉赴告曹都宪，皆称张汉欲奸，嫂氏不从，恐回说知，故杀之以灭口”，结果造成一则冤案。

从百则故事中，可以看到当时的刑事案例，主要集中在男女私情、婚姻变故、贪财起意、生意往来等引起的谋杀案上。民众能第一时间到官府报案，而官府官吏也能第一时间受理。由于此百则案例，又主要突出的是冤案，从中可见普通百姓对朝廷、包公的巡察制度的期待。

当发生命案时，地方保甲和邻里能第一时间报官，同时也注意第一时间保护现场。如第四则《咬舌扣喉》中，发现陈氏在沐浴时被害，“口中出血，喉管血荫，袒身露体，不知从何致死”，族人和邻众中吴十四、吴兆升知道春香与张茂七平日私通，认定是他们所为，所以主动将春香锁扣，保护了现场。等春香丈夫程二次日赶回家，“众人将春香通奸同谋事情说知。程二即具状告县。知县接状后即行相验”。之后，吴十四、吴兆升还因为被张茂七反告诬陷，被知县“亦加刑法，各自争辩”。好在后来县官审问明白，“吴某二人事已明白，与他们无干”而“开豁邻族等众”。[②] 由此可知宋代民众作证意识与现场证据保存意识。

从案情中所涉的社会背景看，因生意往来引发的黑店家、黑船东谋财害命等凶案较普遍，可以想见宋时中原到江苏一带，商贸与水路的兴盛景象。还有一类是与寺庙僧人相关的强奸、私通等引发的凶杀案。如第一则《阿弥陀佛讲和》、第二则《观音菩萨托梦》、第十四则《烘衣》、第二十三则《杀假僧》、第二十四则《卖皂靴》、第三十一则《三宝殿》等，可以折射当年寺院兴盛，僧人众多而间或有行迹不端之人的情状。这从明代“三言二拍”等作品中也可见一斑。

---

① 怀效锋点校：《大明律》，法律出版社 1999 年版，第 180 页。

② 安遇时、蓝鼎元等编撰：《名臣问案牍》之《包公案》，重庆出版社 2008 年版，第 13 页。

四、折射《包公案》作者对宋明律令的专业熟稔程度

在百则公案故事中，每一则都有判词，或斩或流或徒或杖或罚或保或释，均各有所据，表明宋、明朝廷在法律知识普及方面所做的宣介和推行工作有一定的成效，也体现了中华传统法律思想根脉的传承性与一体性。

一则说明小说作者对律令格式等的熟稔。

二则作为明代人编撰出版的作品讲述的是北宋时期故事，所依据的律令及适用，总体上不出《宋刑统》所载。而《宋刑统》前承《唐律疏议》，后接《大明律》，大体一脉相承，只是有些微的不同。比如，对"和奸"和"强奸"奸情的判罚宋与明有所不同。宋代较宽松，而明代较严，但凡强奸案，不论是否发生命案，《大明律》处以极刑，而《宋刑统》则判徒流。如第八十三则《遗帕》，讲的就是恶徒赵嘉宾与李化龙、孙必豹合谋将曾氏轮奸，包公判道：三人"轮奸曾氏于山中。败坏纪纲，强奸不容于宽宥。毋勿首从，大辟用戒乎刁淫"。查《宋刑统》并未有死罪的判处规定，倒是《大明律》"刑律八"之"犯奸"条明确规定："强奸者，绞。"可以推论，作者作为明人，是参考《大明律》下的判词。而其他多数案例的判词，大体贴合《宋刑统》的规定，从而折射出当时关于包公断案的民间传说与文人追记，总体上有着相当的"职业"水准，也印证了中华法律传统，关于刑律的典籍，从汉、魏、六朝到隋朝，较为繁杂，而到了唐律，才相对稳定完善。宋刑律承继了唐律传统，故宋朝从官吏、士人到普通百姓，对名例律、户婚律、职制律、贼盗律、斗讼律、讼律、诈伪律等北宋律令体系应是大体知悉的。也可以折射出当时民众的法律意识普及程度和法文化氛围。

三则说明《包公案》小说刊行的年代，当时的朝廷在法律制度和律令条文的宣介、推行方面，有一定的成效。如朱元璋本人是非常重视律令的推广和告知天下的。洪武三十五年刊行的《御制大明律序》中即称，"欲民畏而不犯，作大诰以昭示民间，使知所趋避，又有年矣。然法在有司，民不周知。特敕六部、都察院官，将大诰内条目，撮其要略，附载于律。其递年一切榜文禁例，尽行革去。今后法司只依律与大诰议罪。"[①]由此可见，明代对普法工作的极端重视。在《大明律》卷第三"吏律二"开首之"讲读律令"条，即规定"百司官吏务要熟读，讲明律意，剖决事务。每遇年终，在内从察院，在外从分巡御史、提刑按察司官，按治去处考校。若有不能讲解，不晓律意者，初犯

① 怀效锋点校：《大明律》之《御制大明律序》，法律出版社 1999 年版，第 1 页。

罚俸钱一月,再犯笞四十附过,三犯于本衙门褫降叙用"[①]。从本条规定可以发现,朝廷尤其重视中央到地方各级官员对律令的讲读和知晓,每年都要考试,检查对律令的熟稔程度。如果不能讲解,初犯罚薪金一个月,再犯就是要挨笞刑了。对官吏施用笞刑,可谓严法酷刑了。由此可以推论,明代官吏对司法制度和律令条文的把握还是较为普及的,这在明、清公案小说、"三言二拍"、笔记小说等中,都能得到一定的佐证。

---

① 怀效锋点校:《大明律》,法律出版社 1999 年版,第 36 页。

第三章

从《毛公案》看明代家庭的分化与世风的恶逆

毛公（毛登科），祖居直隶冀州，枣强县人氏，明朝嘉靖年间两榜进士出身，钦点翰林院庶吉士。当差期满后，被嘉靖皇帝委任都察院一职巡按直隶。《毛公案》[①]就是描写毛登科微服私访涿州过程中所发生的一则恶兄害弟，而昏官贪赃枉法的故事。全书虽仅六回，但却从中折射出当时明朝官场的黑暗，以及家庭财产继承纠纷引发的社情民风。

第一节　卖良为娼，罪非事小

故事说的是明朝嘉靖年间，涿州良乡县姚家庄有位姚员外叫姚凤，妻子高氏生了二子，长子姚庚性情奸狡，娶妻刘氏同样悍泼不贤，生有一子玉磬。次子姚义性情敦厚孝悌，妻杨氏素婵也知"三从四德"，生子金钟。一日姚凤病重，自知不久于人世，担心死后长子姚庚夫妇欺侮老伴和次子一家，故将亲友请到，将家产对众平分，兄弟两人各分一半。将宅院也分两院，各自居住。不久姚凤就故去了。

高氏知道长子姚庚夫妇不孝，故只与姚义夫妻居住。一日，她对姚义说，虽然分得一份家私，但不能坐吃山空，不如带几百两银子外出贸易一番。姚庚夫妇知道后，刘氏挑唆丈夫姚庚，乘机在半路上将姚义杀了，而后家产就全归自己了。于是姚庚在半道上截住弟弟姚义，持刀朝姚义头上砍去。

① 参见安遇时、蓝鼎元等编撰：《名臣问案牍》，重庆出版社 2008 年版。

上天神明护佑，姚庚莫名其妙用刀背砍到姚义头上，将姚义头颅打破，鲜血直流。慌乱之中，姚庚以为已将姚义杀死，于是将银两和被褥行李抢走，直奔回家并偷藏起来。

姚义昏死在地上，路遇一行贩卖绸缎的商客。姚义苏醒过来，不好意思说是被自己兄长所害，只得说自己是开封府祥符县人氏，外出经商路遇劫匪，被抢去褥套行李和三百银钱。其中有一客商叫梁法的，心怀恻隐之心，赠给姚义三百银钱，作为资本，再去贸易。姚义感激不尽，遂直去杭州，一待就是一载有余。

高氏、杨氏久未得到姚义消息，不免心里担心挂念。不想姚庚夫妻并不肯善罢甘休。刘氏再出恶招，让丈夫姚庚假托家书给杨氏，谎称姚义在外病重，让杨氏前往探视。其实暗中找到王媒婆，让其寻到南京的乐户刘清，将杨氏以三百两银卖给刘清为娼。出门之时，杨氏并不知情，姚庚以孤男寡女行路不便，让杨氏与王媒婆作伴而行。其实是到王媒婆家，暗中让刘清相人。刘清见杨氏貌美，心中暗喜。于是对王媒婆说道，“快令她主子将卖身的文书写来，我就兑银”。王婆遂令姚庚写了契，王婆作保。刘清兑清了银锭，在城外三岔路口等候领人。

杨氏发现上当后，被一口痰堵住咽喉昏了过去。待醒过来，就在车上打滚撞头，啼哭不止。哭了多时，带怒含悲对王婆说道：“王婆子，你与姚庚通同作弊，卖我为娼，我必告到当官。你与姚庚其罪非小！”这段话说明杨氏有一定的法律常识，知道私下诈欺，卖良人为娼，“其罪非小”。

王婆冷笑威胁：“别说你要伸冤告状，就是盼个人来瞧瞧也难。事已至此，若不叫你口服心服，怎能在路行程？”于是示意刘清用些手段。刘清掏出皮鞭，对杨氏说：“你休生妄想！老爷既买了你，就不怕王法。你即撒泼放刁，当时先管教管教你！”说着抡起皮鞭照杨氏身上乱抽。这一段对话说明王婆、刘乐户是知法犯法、有意作恶的。

品析：

上述情节讲到因兄嫂不孝、刁蛮，兄弟分家别居。但兄嫂却不罢休，动了恶念，必欲置亲弟、亲弟媳于死地。虽是极端个案，但也说明到了明朝中期，家庭的分化、宗族势力的渐衰，以及民风道德意识的败落。

故事中，不仅叙述了姚庚欲杀亲弟的恶逆之罪，还描写了其伙同王媒婆将亲弟媳卖给乐户为娼的恶迹。

历代朝廷对拐卖人口、卖良为娼都有严法惩处。《大明律》卷第十八“刑律一”之“贼盗”条有“略人略卖人”款规定:“凡设方略而诱取良人及略卖良人为奴婢者,皆杖一百,流三千里。为妻、妾、子、孙者,杖一百,徒三年。因而伤人者,绞。杀人者,斩。”[①]卷第二十五“刑律八”之“犯奸”条有“买良为娼”款规定:“凡娼优乐人,买良人子女为娼优,及娶为妻、妾,或乞养为子女者,杖一百;知情嫁卖者,同罪;媒合人,减一等。财礼入官,子女归宗。”[②]又有“买良为娼条例”规定:“若乐工私买良家子女为娼者,不分买卖、媒合人等,亦问罪。俱于院门首,枷号一个月。妇女并发归宗。”[③]显然,王媒婆做媒合人,与姚庚设计诱使杨氏出门上车,其罪已经触犯刑律。而乐户刘清明知杨氏是良家妇女,还执意要花三百两银买下,也是知法犯法,且性质和量刑比王媒婆还重。但有意思的是,即使是非法“生意”,也还是走了貌似“合法”的手续:即作为伯兄的姚庚与刘清签了买卖文书,王婆还作为保人见证。

第二节　状词善恶两分,案情瞬间翻转

接上节,刘乐户正打得高兴,不想身后忽然有人问话。回头一看,是一个寒儒老学究,原来正是微服私访的毛公。

小说写道:“列公,明季最重斯文,但凡举人、秀才,到处有体面。刘清不敢轻视,遂拱了拱手,口呼:‘相公,小人难以详细言之。问她便知详细。’”[④]这一段描写,突出表明当时监生、秀才、举人等但凡有点功名的人,在社会上都有地位。

毛公问了杨氏为何被打的前后原委,不觉心中大怒,心想先规劝刘清、王婆子,如不听良言再一齐拿他们治罪不迟。于是劝刘清说道:“为何做这伤风败化、买良为娼损德之事?天理昭彰,神天不佑,一朝败露,犯法按律定罪,生死在眼前。做此恶事,离人骨肉,唯恐近报自身,远报儿女。依我看,

① 怀效锋点校:《大明律》,法律出版社1999年版,第144页。

② 怀效锋点校:《大明律》,法律出版社1999年版,第200页。

③ 怀效锋点校:《大明律》,法律出版社1999年版,第433页。

④ 安遇时、蓝鼎元等编撰:《名臣问案牍》之《毛公案》,重庆出版社2008年版,第754页。

不如弃邪归正，大小做一经营买卖，强如娼门，被人轻贱，不如人类。你再思再想我这良言。”①

一席话将刘清和王婆子都说动了，只是顾虑已经花费了三百两银。毛公借机又劝说：“你若真改恶迁善，我倒有一个主意。待学生替你们写一张呈状，到州衙去告姚庚私卖弟妇。按律定罪，姚庚难逃法网。我学生保管判案定将原银追回。你一则替杨氏报了仇；二则显出你之大义；三则你的阴功倍大，非同小可。上苍必然佑你昌大。”②王婆也受到感染，在旁接言：“刘大爷，你若肯替杨氏鸣冤，老身就做个硬干证。”剧情到此来了一个大反转。

毛公遂写了状词递给杨氏：“你们速往州衙去告。我也同你们前去，在州衙外听听州官怎样断法。”

我们来看看毛公的状子是怎么写的：

“具状民妇姚杨氏，祖居涿州良乡县姚家庄。为伯兄势恶盗卖弟妇事，恳恩传究，以儆刁顽。

窃氏夫姚义，伯兄姚庚，亲胞兄弟，遵父命分居各炊。

氏夫出外贸易。不料夫兄姚庚暗生不良之心，暗写假信一封，内言氏夫病在旅店，令姚庚同氏前往接氏夫回家。氏婆媳信以为实，遂同夫兄前去。孰料夫兄姚庚暗起不良之心，行同禽兽，将氏卖与南京乐户刘清之手。氏不允从，被鞭毒打。是氏苦苦哀告，刘清方回心转意，遂领氏并王媒婆前来控告氏之夫兄姚庚，传究科其罪名，宜追还氏之身价银三百两。氏含冤负屈，不得不叩乞正堂太爷恩准传究，实为德便。上呈。”③

品析：

这张状子将杨氏自己的籍贯、亲属关系、案情缘起变故交代得简洁明了，案情重点突出，即夫兄姚庚暗起不良之心，将自己卖给乐户(即娼家)。同时，也捎带点了乐户刘清鞭打自己，后来幡然醒悟的经过。而对直接设计拐卖的王媒婆则没有点出恶行，主要是为了让刘清和王媒婆做干证指认姚庚的罪行。状子要求明确，就是“传究科其罪名”。其中，还特别提到“亲

① 安遇时、蓝鼎元等编撰：《名臣问案牍》之《毛公案》，重庆出版社2008年版，第754页。
② 安遇时、蓝鼎元等编撰：《名臣问案牍》之《毛公案》，重庆出版社2008年版，第754页。
③ 安遇时、蓝鼎元等编撰：《名臣问案牍》之《毛公案》，重庆出版社2008年版，第755页。

胞兄弟，遵父命分居各炊”的表述。在封建社会，没有家长之命，是不能擅自分家各居的。《大明律》卷第四“户律一”之“户役”条中即有“别籍异财”款规定：“凡祖父母、父母在，而子孙别立户籍，分异财产者，杖一百。”[①]当然，其司法解释中也注明了，“须祖父母、父母亲告乃坐”。不告则官不究。

一行人赶到涿州，来到州衙门前，正赶上放告（即定期挂牌准予告状的日子）。王婆搀扶着杨氏同到公堂前跪倒，双手举呈状子，口称冤枉。知州刘子云遂接下杨氏的诉状，阅后不觉大怒道：“姚庚凶徒太恶，无理之极。”当即发传票，差衙役张龙、李虎前去拘拿姚庚当堂对质。吩咐杨氏、王氏在班房候审对词。

张龙、李虎私下找到姚庚，告知他杨氏告其私自卖她为娼，王婆见证，买主是刘清。姚庚大惊。两人借机给姚庚出主意，说他们可以私下在州衙上下打点。“我们太爷拿个错，把杨氏、王婆、刘乐户一同治死，一则保你无事，二则泄你之恨，三则也显一显我弟兄的手眼。此乃是两全其美事，不知姚大爷意下如何？”[②]从这段对话可以看到明代嘉靖时，官府刑狱中的黑暗。两个衙役可谓明目张胆，直言不讳。而且从言语中也可以推论出，以往他们行事，也是把知州老爷拉下水的，所以敢出主意、打保票。姚庚问他们上下打点要多少银两。两衙役说：“官府跟前须得三百银，少了难以讲话。其余门子、管事的、书办等项内外使用，也得三百两。”[③]两衙役基本将要疏通关系的环节都点到了，官府老爷单要三百两，其他人如门子、管事、书办，合起来三百两。

结果刘知州收了银子，把一桩事实清白的案件颠倒黑白，非说是杨氏与刘清私通后私逃，反诬告姚庚。于是对杨氏动刑。众皂役“赶奔近前，把拶子套在杨素婵十指上。刘知州把惊堂木一拍，吩咐一声：‘收！’两旁皂役一收绳”，杨氏昏迷过去。

王婆在一旁，心中不忍，仗义执言说出实话：“太爷，那姚庚私卖弟妇是实，身价三百两，有他亲笔文约，现在刘清手内。刘清一时发了善心，才来太爷台前控告。太爷想情，哪有私逃反来投案告状之理？”面对如此确凿证言，刘知州根本不为所动。反而“将王婆拶起。王婆年纪已老，受刑不过，昏过去了”。

① 怀效锋点校：《大明律》，法律出版社1999年版，第51页。

② 安遇时、蓝鼎元等编撰：《名臣问案牍》之《毛公案》，重庆出版社2008年版，第755页。

③ 安遇时、蓝鼎元等编撰：《名臣问案牍》之《毛公案》，重庆出版社2008年版，第755页。

之后又斥责刘清，与杨氏通奸，伤风败化，串通合谋，妄告讹诈姚庚。“本州若不给你一个厉害，大约也不肯实招。”遂吩咐两旁用夹棍对刘清用刑。“众皂役一声答应，近前把刘清鞋袜扒下，以麻辫匝头，脚腕套上三根无情木，知州吩咐：‘收！’两边皂役一拢，刘清只疼得死去活来。”①

小说详细描写了大堂上行刑的细节与过程，说明作者对明代的刑狱制度较为熟稔。上述三次行刑，也说明知州徇私枉法、动辄行刑、滥造冤狱的恶劣行为，已经成为一种“常态”。

杨氏一看王婆、刘清也受了刑，已明白知州必贪姚庚之赃。为不连累他人，自己只得屈招。“刘知州见杨氏屈招，暗喜，遂画了供，吩咐禁卒：‘将她本人收监下狱，姚庚释放回家候传’”这里点明了明代司法中对案件审断完毕后，被告的处理方式：释放回家，但又要随时准备“候传”。

第三节　“秀士”闯堂理问，被杖陷狱暗害

姚庚出了衙门，与张龙、李虎两人私下相庆，不想被毛公听了个仔细。毛公于是闯进公堂，以秀士穷儒名义直言刘知州“竟听信姚庚的一面伪词，并不严究姚庚，反行苦拷杨氏三人，屈打成招，亦不应掐监下狱之罪。既食皇家俸禄，理当秉公判断曲直，方不愧民之父母也”。

刘知州闻言，“心中不悦”，但碍于毛公是秀士，也不好一上来就动粗。先是开言辩驳：“你这狂生，依仗黉门（古时学校，这里泛指读书人）秀士，空读诗书，不知国家法度，竟敢闯衙闹堂，藐视现任，欺压当官！本州岂不知第一尽忠报国，第二为国怜民，第三凡民情必须着意详究，不敢屈了百姓？本州秉公判断，哪有冤枉黎民之案件？”②这段自辩颇有意思。说秀士依仗黉门，闯衙闹堂，藐视现任，“欺压当官”。“欺压”两字充分说明了当时读书人，有功名之人，的确在社会上有着较高的地位，不得随意讯问。

毛公继续责问刘知州，“依学生愚见，望州尊休枉法冤民，复讯判断，才是除暴安良”。结果刘知州不由恼羞成怒，无名火起，喝令将毛公责打四十手筒。毛公更是大怒并大骂“好一个赃官”“与你誓不两立”。刘知州此时遂令禁卒：“把他先是收了禁，再禀明府台，再追他性命不迟。”这里，特别提及

---

① 安遇时、蓝鼎元等编撰：《名臣问案牍》之《毛公案》，重庆出版社 2008 年版，第 757 页。

② 安遇时、蓝鼎元等编撰：《名臣问案牍》之《毛公案》，重庆出版社 2008 年版，第 759 页。

需要“禀明府台”，而不敢擅自决断。在明、清两代，知府的地位比直隶州的散州（相当于县）的地位要高。所以，有疑案或要事，涿州的知州还需要向上司保定府知府再请示。

品析：

对于官员贪赃枉法，历代朝廷均有律法严处。《大明律》卷第二十三“刑律六”之“受赃”条“官吏受财”款规定：“凡官吏受财者，计赃科断。无禄人，各减一等。官追夺除名，吏罢役，俱不叙……有赃者，计赃从重论。”[①]其中，有禄人枉法，受财二十贯，杖六十，徒一年；五十五贯，杖一百，流三千里；八十贯，绞。八十贯就要被处以绞刑，可见，明朝对官员受财并枉法处罚是极为苛刻的。

而对于官吏并未受财，但案件两造私下受赃致罪的情况，也有“坐赃致罪”款规定：“凡官吏人等，非因事受财，坐赃致罪。各主者通算，折半科罪。与者，减五等。”其中，“一贯以下，笞二十。一贯以上至十一贯，笞三十。”“五百贯之上，罪止杖一百，徒三年。”[②]此外，另有“官司出入人罪”“断罪不当”等款，都是对官吏断案、审判过程中动刑与量刑不当给予的处罚。此案中，刘知州受贿三百两银，数额巨大，显然应当受到严厉的惩处。

话说姚庚回到家，将案情私下说与妻子刘氏，不想被儿子玉磬听到，深以父母恶行为耻。第二天趁上私塾之际，偷偷告知了堂兄金钟。金钟闻听大骇，奔告祖母高氏。高氏痛斥孽子姚庚，反被姚庚推倒在地，挥拳要打。刘氏劝阻下来，却以高氏要将姚义的家财、田产尽数交付给自己一家为条件，否则就将高氏和金钟杀害。

第二天，高氏悄悄出门前去官府告发，被姚庚夫妇发觉，半道上被孽子姚庚追上，欲举刀杀母。高氏抬手一挡，五指落地，血流不止，昏倒在地。姚庚复又举刀来杀，忽平地一阵狂风将高氏卷走，不见踪影。姚庚回到家，夫妇两人又要谋害上学堂的金钟。幸得玉磬听闻告密，堂兄弟两人商议一同逃走，以免日后受害。不成想，半道上，遇到一只猛虎，兄弟两人各自逃散。

高氏被风吹到通往杭州的大路，巧遇了姚义。原来当年他受了梁法的

① 怀效锋点校：《大明律》，法律出版社 1999 年版，第 183 页。

② 怀效锋点校：《大明律》，法律出版社 1999 年版，第 187 页。

三百两赠银，往来贸易，生意兴隆，得利倍增。一日清算账目，途中听闻一老妇在路旁痛哭，仔细一看，正是自己的老母，母子相见，悲喜交加。高氏遂将前后经过一一述说。母子两人商议，听说皇上钦命了一位巡按毛大人，忠正无比，"咱母子赶到保定府鸣冤雪恨"。

刘知州将毛公收禁后，退堂暗想："这个秀才虽然搅扰公堂，并无大罪，倘若上司闻知，多多不便。不如暗将狂生害死，以绝后患，岂不少些周折？"于是，私下找来禁卒王彪，让其暗中将此秀才害死。

王彪心里害怕，又听说新任巡按不久到任，日后被访查出来，非同小可。于是写了辞差事帖，又悄悄到了牢狱中，偷见了毛公私下告知其刘知州的阴谋。毛公遂私下写了密信一封，央求王彪送到京城吏部尚书黄景隆府上。

信中写道："钦命直隶巡按毛登科，因私访逆案，涿州知州刘子云贪赃卖法，屈打成招，逆徒逍遥法外。卑职一时恼怒，闯堂理问，被责掐监，意欲害卑职灭口。幸蒙圣主福庇，禁卒王彪泄机。赴京到吏部府投书转奏，冤民幸甚。上呈。"这里，值得读取的关键词有："私访逆案""贪赃卖法"，"闯堂理问，被责掐监"。刘知州竟然敢对钦差下手，意欲灭口，当然是犯了大逆不道的死罪，所以说是逆案。贪赃枉法自不必多说，因贪赃而更改案情原委，颠倒黑白，故勘平民，冤枉良人，比一般受贿减轻罪责的性质还要严重。

黄尚书启奏皇上，皇上下旨："即命刑部大堂胡炳章带领火掌赴涿州锁拿知州刘子云，交与毛登科按律治罪，不可徇私轻纵。"[①]值得重点解读的是："交与毛登科按律治罪。"一则是继续由钦差亲审；二则是要按律；三则是不能轻纵。

于是，胡炳章带着圣旨来到涿州，锁拿了刘知州，救出毛公，便在涿州州衙公堂上审讯刘知州。此时的刘知州已是懊悔不已，被毛公打了四十杖板，伏地不语。

此时，毛公又接到姚义母子两人的诉状。

> "具状孀妇高氏，年六十四，住良乡县姚家庄，告长子姚庚为逆伦杀母，绝义害弟。恳恩拘惩，以儆刁恶事：
>
> 窃氏生子二人，长子姚庚，次子姚义，异居各炊。不料姚庚逆恶不伦，其妻刘氏悍恶助虐。姚义出外贸易，姚庚途中劫杀。姚庚、刘氏合谋诱卖弟妇，以银贿知州屈打成招，掐监下狱。氏闻此

---

① 安遇时、蓝鼎元等编撰：《名臣问案牍》之《毛公案》，重庆出版社2008年版，第768页。

信，来州告姚庚之逆。姚庚赶至中途，胆敢持刀杀母，现将五指削去为证。现同次子姚义来辕，叩乞院宪大人恩准，以救母子蚁命，实为德便。上叩。"①

这则诉状，与前述毛公亲写状子一样，言简意达，寥寥几百字将案情经过交待得清清楚楚。同时，也保持一份平和与中立的态度，并没有在诉状中加上过多的主观感情色彩，特别是并没有带着情绪要求对被告进行究问甚至用刑折狱。这与《包公案》中记载的诉状格式、内容和传达的意愿相比，在法律意识上有更大进步。

如《包公案》第九十八则《床被什物》中，也较为完整地记录了原告丈夫孙诲控告光棍张逸、李陶调戏自己的媳妇，反而追打自己，并反诬孙诲妻子卖淫诈要他们银两却不与他们成就好事的案情。孙诲即具状告县：

"告为获实强奸事：朋党聚集，与山居野育者何殊。帘帷不饰，比牢餐栈栖者无别。棍恶张逸、李陶，乃嫖赌刁顽，穷凶极恶。自称花酒神仙，实系纲常蠡贼。窥诲出外，白昼来家，挟制诲妻，强抱恣奸。妻贞不从，大声喊叫，幸诲撞入，彼反行凶，推地乱打，因逃出外，邻里尽知。白日行强，夫伤妻辱。一人之目可掩，众人之口难箝。痛恶奋身争打，胜如采石先登。喊声播闻，恰似昆阳大战。恨人如罗刹，幸法有金刚。

急告。"②

对比上述诉状风格，可见《包公案》中所录诉状，文字渲染的成分较大，希望用文辞修饰来增强诉状所诉告案情的感染性和严重性。而姚义母子的诉状风格显然要直白和平实。

最终，毛公提笔定罪："姚庚逆伦杀母，刘氏阴谋助虐，俱问凌迟处死之罪；州官受贿贪赃，苦打按院，问成立斩；姚义无辜被害，两股家产归一掌管，回家孝养老母。"

"处决已毕，遂拜本奏明圣上。"由于有圣旨在前，毛公将姚庚夫妇以及赃官斩立决。之后再上报圣上。这也符合古代中国司法制度的"程序正义"。

---

① 安遇时、蓝鼎元等编撰：《名臣问案牍》之《毛公案》，重庆出版社2008年版，第769页。

② 安遇时、蓝鼎元等编撰：《名臣问案牍》之《包公案》，重庆出版社2008年版，第227页。

品析：

《毛公案》六回故事，案情并不复杂，也没有以往公案小说中案中案的疑难纷繁，主要展现的是兄弟相残的逆伦、赃官的枉法。

姚庚欲杀弟弟及母亲，已经属于十恶之“恶逆”。判处凌迟合于大明律令。

在《大明律》卷第十九“刑律二”之“人命”条中，有“谋杀祖父母、父母”款规定：“凡谋杀祖父母、父母，及期亲尊长、外祖父母、夫、夫之祖父母、父母，已行者，皆斩；已杀者，皆凌迟处死。”[①]姚庚事实上已经付诸行动了，而且，要不是“老天有眼”，刮来一阵狂风，事实上，姚庚两次行凶都已经得逞。故判处凌迟甚为合律。

再则，姚庚还辱骂母亲，目无尊长。又私下卖弟媳入娼门，属于十恶之八，《大明律》卷第一“名例律”之“十恶”条：“八曰不睦。谓谋杀及卖缌麻以上亲，殴告夫及大功以上尊长、小功尊属。”[②]而卷第二十一“刑律”之“骂詈”条之“骂祖父母、父母”款规定：“凡骂祖父、父母，及妻、妾骂夫之祖父母、父母者，并绞。”[③]可见，在古代，对尊长之孝悌具有特别重要的地位。在本案中，姚庚不仅辱骂自己的母亲，如第一回描写道：“母亲，你枉活了六七十岁，太也糊涂……”其妻刘氏更是变本加厉。第二回写道，刘氏对婆婆高氏用手一指说：“你这不懂理的老狗！我和你虽是婆媳，如今各衣另饭，并无所辖。你如何胆大欺心，开言骂我！我今给你一个厉害，非打你一顿不可！”[④]说着就要动手。足见刘氏猖狂跋扈到何种地步，按律当绞。但在现实中，民不告官不究，高氏忍气吞声，也只是作罢而已。

而刘知州，一则受贿得赃银三百两，数额巨大，且枉法冤判平人。二则谋害钦差，每一条都是死罪。所以，毛公判处“斩立决”，也符合律法。

《毛公案》小说精短，案情并不曲折难断，但其中折射了明代嘉靖年间的司法制度、官场黑暗与民风民情。

第一，朝廷对巡按制度虽仍重视，但具体到州县，难掩地方吏治的腐败、司法制度的崩弛。此案中，上到知州，下到一般皂役、门子、书吏等，已经勾

① 怀效锋点校：《大明律》，法律出版社1999年版，第151页。

② 怀效锋点校：《大明律》，法律出版社1999年版，第2页。

③ 怀效锋点校：《大明律》，法律出版社1999年版，第173页。

④ 安遇时、蓝鼎元等编撰：《名臣问案牍》之《毛公案》，重庆出版社2008年版，第750页。

结成为了一个利益链，所以低级的衙役，都敢明目张胆私下与被告勾兑，承诺颠倒案情，曲法冤人。

第二，此案的主角和内容主体，是关于家庭财产纠纷和兄弟关系。固然像姚庚这样素来居心不良、谋杀亲母和亲弟、拐卖弟媳的“恶逆”之人少之又少，但也从一个侧面反映出，明代传统家庭关系已经不甚紧密，分家争产似成常态。姚风分家时，是“即请亲友到来，对众平分，兄弟二人各分一半，把一所大宅分为两院，各住一院”。族人、族长在其间所起的作用已经式微。像姚庚如此恶逆行为，理当请族人、族长出面，主持公道正义。而小说全案，除了分家时提到“亲友”，几乎看不到族人、族长的调息和族规的德法作用。

第三，到明嘉靖时代，社会风气渐趋奢靡淫逸，而拐卖人口等行为也较为普遍。姚庚“自从父亡后，就任意胡为，吃酒嫖妓，交些狐朋狗友无赖之徒”。而王媒婆与乐户刘清，也是干些低贱而违法的勾当。按历朝律法，是不能私卖良人入乐户的。在本案中，起初王媒婆与乐户刘清均有威胁并鞭打杨氏的行为，已属于合谋诱取、略卖并伤人之罪。好在经毛公一番规劝，幡然改过自新，还勇于作证，指认姚庚，与毛公一道受赃官的严刑之苦，其行为可赞。也说明，他们也知道略卖人口、逼良为娼的法律后果。这要归功于明太祖朱元璋开始倡导的，全民知法、普法，官员“讲读律令”的制度，对于普及法律知识、塑造法律文化，起到了重要的推广作用。

第四章

“三言二拍”中的法文化认知

“三言”，即明代冯梦龙所编刊之《古今小说》（后又称《喻世明言》）、《警世通言》和《醒世恒言》，“二拍”，即明代凌濛初所著《拍案惊奇》和《二刻拍案惊奇》。其中，冯氏所编刊、润色乃至创作的“三言”是宋、元、明以来所广泛流传下来的话本小说的选集，“二拍”则是中国文学史上第一部由作家独立创制的话本小说集。“三言二拍”特别是“二拍”因其“话本”的白话特点，不仅所涉题材广泛丰富，而且贴近世俗市井人情，展现了宋、元、明尤其是明代中后期生动且深刻的政治经济、社会风情，为今天我们研究明代社会经济等诸种状况提供了鲜活的素材。“三言二拍”每种小说各四十卷，共计二百篇，所涉及的题材，至少有三分之一以上，有的甚至达到或超过二分之一的篇什描绘了形形色色的刑事诉讼案件，或以整个案件前后发展变化为主轴，或个中涉及争讼或官府办案审理情节。概括来看，涉及的官司大体两类即冤案、奇案，细分则涵盖谋杀、贼盗、婚姻、遗产、田产、奸情以及僧道术士犯案，等等。尽管是以小说的形式展现案件的情节发展故事，但较为精细地呈现了每个案件发生、报案、破案、取证、审讯、对质及判决的过程，也反映了那个时代普通士子、民众对朝廷的司法制度、法律条文以及法律意识的认知情形，因此，从中可以管窥明代及其前朝的法律制度在民间的实际执行状况，从唐到宋、明中华法文化的演进与承继脉络。由于两位作者自身具有基层一线的司法任职履历，其叙述的案情审断程序到断案依据，有相当程度的可信度，因此说，“三言二拍”是一个极为难得的中华传统法文化的解剖文本。

“三言”的作者冯梦龙（1574 年—1646 年），是明代伟大的通俗文学家、戏曲家。他早年屡试科举不中，颇为落魄，曾以私塾先生为生。明末天启元年(1621 年),宦游在外,后又因言论得罪上司,返归乡里。天启六年(1627年),受阉党逮捕周顺昌案牵累,冯梦龙也受到波及。由此,冯梦龙发愤著书,完成《喻世明言》(《古今小说》)、《警世通言》和《醒世恒言》的编选、改纂,以及《古今谭概》《太平广记钞》《智囊》《情史》《太霞新奏》等的评纂工作。崇祯三年(1630 年)方获得贡生,得任丹徒县训导,后升任福建寿宁县知县。任职期间,他"政简刑清,首尚文学"(康熙《寿宁县志 · 循吏传》),曾编修《寿宁待志》,任满归隐乡里。晚年仍孜孜不倦,继续从事小说创作和戏曲整理研究工作。清兵南下,他迁徙辗转于浙闽之间,刊行《中兴伟略》诸书,宣传抗清。隆武二年即清顺治三年(1646 年)春忧愤而死,又一说是被清兵所杀。

"二拍"的作者为凌濛初(1580 年—1644 年),据《浙江通志》介绍,凌家祖上世代为官。到其父叔辈方始从事编刻,成为当时颇负盛名的书刻家。凌濛初出身于官宦家庭,但直到 12 岁才入学补弟子员(县学生),后屡试不中。18 岁补廪膳生,五次中副车(乡试的副榜贡生),由此郁郁不得志。和"三言"作者冯梦龙命运颇为相似,皆以科场不顺,最后转向著书。直到崇祯七年(1634 年),55 岁的他以副贡选任上海县丞,管理海防事务,任职期间清理盐场积弊,颇得清誉。崇祯十五年(1642 年),他被擢升为徐州通判并分署房村,这一官职正是办案审理的专职官员。崇祯十七年(1644年),李自成农民军围攻徐州,凌濛初在房村被李自成军包围,拒绝投降,忧愤呕血而死,享年 65 岁。

两位作者其生卒年代、出生背景、个人遭际均很相近,特别是均担任过基层地方官员,冯梦龙任过知县,凌濛初当过通判,都直接处于地方社情民风案情审理的第一线,对明代职官制度、司法制度、大明律令等,均有深入的了解和切身的实践;而广泛收集文史资料、勤于著述的志向,又确保了两人所编著的作品,在史料和事实等方面有相当的可信度和贴近性。例如,在"三言二拍"中的涉案故事中,有大量破案、取证、庭审、依律令断案过程的具体描述,包括合同、状词、判词等的详细记载。《大明律》卷第三"吏律二"即有"讲读律令"款的规定,要求官员要能熟读了解律令,并接受年度的考核,不合格的将受到处罚,以此推论,两人在法律基本常识和实践上,是知识渊博和经验丰富的。小说中虽多是故事情节,但可以相信,以两人从事过的官宦生涯论,小说涉及的律法条文、典章、刑狱制度有很高的真切性。其描绘传导出的当时民众对待涉讼、争讼的做法与态度,也应当是较为真实的写照。

第一节　“婚变”凸显社会细胞分化问题

从小说所描绘篇什和涉讼情况看，明末中国社会在宗法礼教、婚姻关系、社会组织结构等方面已经出现松弛、分化的趋向。

在“三言二拍”[①]二百卷小说中，可以看到，明末中国城镇家庭结构正在趋于分化、消解，单个家庭独门分院分立过日子成为常态，而大家族几世同堂情况所述较少。许多情形是只生一子或一女，或无子女，或寡居过日，因而小说中大量涉及分家分产而引起纠纷乃至诉讼的情形，而家族、亲族介入的作用呈现式微现象。小说中描述的绝大多数情节是请亲族作为遗产分割的见证人而不是主持人；发案、告官也多是以邻里见证、陪同、帮衬为主。而封建礼法的约束，对待男女婚姻的态度大为松弛。小说中有大量悔婚、退婚、骗婚的案件，男女因私定终身产生私情、私奔乃至奸情的故事数量也相当可观。在封建社会特别讲究礼法孝道，历代律令包括《大明律》明载“十恶”之一的“不孝”“不睦”之罪均要严惩的背景下，“三言二拍”中却仍有不少有伤风化、不孝悖情的实例。

如《拍案惊奇》卷十《韩秀才乘乱聘娇妻，吴太守怜才主姻薄》，讲的是明朝正德年间浙江台州府天台县一韩姓秀才，“父母双亡，也无兄弟，只是一身”。后嘉靖帝登基，民间误传要选秀，有女儿的人家怕女儿被选入宫耽误一生，都急急忙忙要聘嫁。一开典当行的富家主金朝奉主动要求嫁女给韩秀才，后又悔婚，私下与徽州来的亲戚程朝奉商议，密谋一计主动告官，以程告金说原先就将女儿许给程的，后金又许给了韩秀才，要求官府解除金家与韩秀才的婚约。结果被吴太守识破，杖责了金、程和作伪证的诸人，将金女判给了家贫的韩秀才。此案是众多悔婚、骗婚中的故事之一，较有典型性。其中还有婚约、状词、判词等。

《醒世恒言》卷七《钱秀才错占凤凰俦》，是另一则骗婚的故事。苏州府吴江县一秀士姓钱名青，“钱出家世书香，产微业薄，不幸父母早丧，愈加零替。所以年当弱冠，无力娶妻”。而寄宿在表兄家。表兄姓顾，家里殷实，正赶上要去女方家相亲，怕因为自己相貌丑陋、才疏学浅，误了婚事，就私下强逼表弟钱秀才冒名顶替前往女方家，不想将错就错成就好事。临到成亲日，

① 本章所引用的“三言二拍”小说，均以《中国话本大系》（江苏古籍出版社 1991 年版）为蓝本，以下不再一一注明。

送亲队伍发觉不是前日来相亲的钱秀才而是丑陋的顾家表兄，两家争打起来，被县大尹当街撞见，拿到官府，结果县大尹爱惜钱秀才才貌，反成全了钱秀才，将新娘判给了钱秀才，而成地方美谈。

另一则流传更广的案例是《醒世恒言》卷八的《乔太守乱点鸳鸯谱》。故事讲的是因刘家男方病重，为冲喜而要求完婚。女方孙寡妇家怕误了女儿前程，故以女方之弟冒替姐姐出嫁，结果却与男方家小女成就好事。事发牵涉四家已许婚配的男女双方告官。乔太守也不以律断，而是成人之美，调剂周全，美满了各方姻缘。这里，女方家孙寡妇也是丈夫早逝，遗下一对儿女，与一个养娘度日，家庭结构也非常简单，遇到官司也没有其他亲属可以帮衬出头。

品析：

关于悔婚骗婚，《大明律》卷第六"户律三"之"婚姻"条"男女婚姻"款，明载要双方了解清楚情况后再订婚约，而"凡男女定婚之初，若有疾残、老幼、庶出、过房、乞养者，务要两家明白通知，各从所愿，写立婚书，依礼聘嫁。若许嫁女，已报婚书及有私约，而辄悔者，笞五十"。"若为婚而女家妄冒者，杖八十，追还财礼。男家妄冒者，加一等，不追财礼。"①

但实际上，官府判决却常依情理而灵活处置，当然，需符合礼教、人伦，"成人之美""有情人终成眷属"的理念在其中起到了主要的作用。如《乔太守乱点鸳鸯谱》一案，乔太守亲拟写判词道："弟代姊嫁，姑伴嫂眠。爱女爱子，情在理中。""相悦成婚，礼以义起。所厚者薄，事可权宜。"可见，在中国封建社会，涉及婚姻人伦，也非常重视引礼入法和情理相协。"三言二拍"故事中还有不少因丈夫失踪、死亡而不悔婚或不愿屈从改嫁的贞节烈女的故事，都赢得了世人和作者的称颂。

第二节　调息与健讼，明代社会法文化的真实写照

从"三言二拍"众多小说情节描写中，我们可以窥见明代社会中晚期，民间调解作用不彰，诉讼、健讼、唆讼之风盛行，而"讼师""法家"开始逐渐勃兴。

① 怀效锋点校：《大明律》，法律出版社1999年版，第59—60页。

许多关于中国封建社会诉讼文化的论述，基本倾向于中国封建社会具有厌讼、息讼的传统。凡事首先调解，调解不成方诉至官府。但在“三言二拍”中，我们看到的却是明代中国社会中动辄讼至官府，健讼、唆讼之风颇炽的世俗图景。而以宗亲氏族为体制的息讼、调解事例在凡二百卷的小说中却难觅其踪。

一、关于司法调解以及亲族的作用

在“三言二拍”中，二百篇小说中涉及各种刑事、民事讼事，而仅有为数不多的篇什涉及息讼、调停的事例，而且也仅有三五篇小说中具体出现了亲族、族长等参与调解的身影。

《喻世明言》(《古今小说》)第十卷《滕大尹鬼断家私》，讲的是明永乐年间顺天府香河县一个叫倪太守的人如何巧匿遗嘱，保全幼子寡妻分得遗产的故事。倪太守早年生有一子善继，夫人早逝。后到 79 岁时又娶一年轻女子生下幼子善述。倪太守为防幼子被长子所害而将遗嘱之真意以哑谜形式隐于一轴画《行乐图》中，待幼子年长告官审理方讨得家私公道。倪太守死后，长子为独得家私，将寡母幼子分出，特请来族人见证，说“都是遵依老爹爹遗命，毫不敢自专，伏乞尊亲长作证”。而后幼子寡母投诉状到新任的滕大尹，善继惊恐，“须要亲族见证方好。连夜将银两分送一党族长”，以求官府问及遗产事能“同声相助”。而滕大尹当庭审断时，也传唤了各亲族来见证，借鬼神启示破解画中哑谜，还了幼子善述一个公道。

《二刻拍案惊奇》第三十一卷《行孝子到底不简尸，殉节妇留待双出柩》，故事讲的是发生在明代万历年间浙江金华府武义县的事。族侄王俊向族叔王良放高利贷催还钱，而与族叔发生口角，乘酒后殴打族叔，而族长苦劝不住。打死被告官后，王俊慌了手脚，“苦央族长处息”。“族长见有些油水，来劝王世名(注：即王良之子)罢讼”，劝说道：“父亲既死，不可复生。他家有的是财物，怎与他争得过？要他偿命，必要简尸。他使了仵作，将伤报轻了，命未必得偿，尸骸先吃这番狼藉，大不是算。依我说，乘他惧怕成讼之时，多要了他些，落得做了人家。大家保全得无事，未为非策。”儿子王世名是一贫寒儒生，怕官司检尸辱没父亲尸骨，就准了族长调停。于是“王世名同母当官递个免简，族长随递个息词，永无翻悔，王世名一一依听了”。但其实是假应承，等生了儿子不至绝后后，才仗剑杀了仇人王俊去自首。结果轰动武义县城，人人称赞其为孝子。上司令两县县令会审，两县令感其忠孝有意保全王世名性命，但仍然要检验其父尸体，以证明是被王俊所殴死，王俊当获死罪，以此开脱王世名罪名。但王世名申述当年之所以同意息讼就是为了不使父亲遗骸遭尸检之苦,自己情愿背负不孝骂名隐忍三年,待生下儿子不绝王家根脉后,才去杀了仇人以报父仇。结果是王世名当庭自撞台阶而死;妻等三年不出殡,待幼子初长,也绝食而死。舆情悲悯之,巡按御史闻听表奏朝廷,下诏旌表。此故事中,族长的嘴脸被刻画得淋漓尽致。也说明,族长偏袒族中大户,而势微族人在种种调息止讼中常处于弱势的现象普遍存在。

与族长调解作用不彰形成对照的是,小说中大量出现邻里见证、参与调解、协助告官等的情节。如《二刻拍案惊奇》第三十八卷《两错认莫大姐私奔,再成交杨二郎正本》的一个重要转机,就是邻居外出经商发现了因私奔却被拐卖为娼的莫大姐,遂到官府写状首告。小说中写道,案发后,因莫大姐失踪,其夫徐德将与莫大姐私约但未成奸情的杨二郎告发,使其受连累入监。案破后,杨二郎觉得冤枉要与徐德厮闹,徐德心怯,“转央邻里和解。邻里商量调停这事”。结果是让杨二郎娶了莫大姐,两家消释了冤仇。

二、民词告官盛行,以自诉和邻里地方告官形式为主

在“三言二拍”二百篇涉讼案件中,绝大多数是直接告官,或自诉或连带邻里、地方诉至官府。不仅人命案如此,就是邻里纷争、婚姻、田产、奸情等,也是一旦事发就诉至官府,而官府又无有不受理的。其中形式,或自拟状词,或请人代写。告官时,看事态紧急情由,有隔日、隔几日写状词的;也有无状词,直接口诉的。如《醒世恒言》卷三十四《一文钱小隙造奇冤》,说的是明代江西饶州府景德镇的事。起因于两家邻里孩子赌钱,丘乙大家,妻杨氏,儿子丘长儿;刘三旺家,妻孙大娘,儿子再旺。再旺骗赌赢了丘长儿买椒的一文钱,导致两孩子厮打,又引发两家妇人骂战。孙大娘随口骂杨氏偷汉子恰被丘乙大听到,归家质问奸情并责备妻子,说如没有奸情就当晚吊死在刘家门前。杨氏被凭白羞辱,真的当夜去寻死。因黑夜看不清,错吊死在白铁匠门首。白铁匠怕说不清,趁夜抛尸入河,由此引发一系列奇冤。先是尸体被本镇一大户朱常发现,随后被用作两省交界大户争田之械斗,朱常诈称尸体是自己下人卜才的妻子,出了人命以讹隔县婺源赵姓田地。小说中写道,朱常“为人奸诡百出,变诈多端,是个好打官司的主儿”。又有涉案人田牛儿、赵一郎等怕被灭口,而主动告官,“那太白村离县止有四十余里,二人拽开脚步,直跑至县中。恰好大尹早堂未退,二人一齐喊叫。大尹唤入,当厅跪下,却没有状词,只是口诉”。

《喻世明言》(又称《古今小说》)第二卷《陈御史巧勘金钗钿》,讲了这么一个案件:江西赣州府鲁、顾两家男女面约为婚,而鲁家公子父母早亡家贫,

功名未就。顾家主人顾佥事后悔，而顾家母女私下周济鲁公子。鲁公子之表兄梁某冒充前往与顾小姐私会被发觉，情急之下杀了顾小姐，引出一段冤案。顾佥事"亲到县中，与知县诉知其事，要将鲁学曾抵偿女儿之命。知县教补了状词，差人拿鲁学曾到来，当堂审问"。

洪武元年颁行的《大明令》有"诉讼文簿 "的条款，明令"凡诉讼之人，有司置立口告文簿一扇，选设书状人吏一名。如应受理者，即便附簿发付书状，随即施行。如不应受理者，亦须书写不受理缘由明白，附簿官吏署押，以凭稽考"①。可见，明代司法制度对卷宗文案等规范化的重视。这一法规也体现在小说之中。

在"三言二拍"涉及官司的近二百篇小说中，提及请职业讼师等代写状词的情节极少。在二百篇故事中，仅《拍案惊奇》卷二《姚滴珠避羞惹羞，郑月娥将错就错》和卷十一《恶船家计赚假尸银，狠仆人误投真命状》提及讼师。卷二故事说的是明代万历年间，徽州休宁县荪田乡姚家女嫁给潘家，因公婆凶悍，私自出走回娘家，而中途被拐骗之事。姚家惊悉女儿走失，要打点告官向潘家要人。"一面来与个讼师商量告状。那潘公、潘婆死认定了姚家藏了女儿，叫人去接了儿子来家。两家都进状，都准了。"

《拍案惊奇》卷十一文中穿插描写了一则仇杀的故事引子。说苏州府王甲与李乙素有世仇，王甲总想百计思量害李乙。一日雨夜，王甲装成蒙面人率众强盗入家杀了李乙，被李乙妻"央邻人买状式"告到县衙。而王甲入狱后，思忖脱身之计："这里有一个讼师，叫做邹老人，极是奸滑，与我相好。随你十恶大罪，与他商量，便有生路。何不等儿子送饭时，教他去与邹老人商量？"后邹老人通过买通刑部衙门中人果真为王甲翻了案。王甲得意回家，却遇李乙鬼魂惊吓而死。可见那时一些讼师的形象已极为负面。

《拍案惊奇》卷十《韩秀才乘乱聘娇妻，吴太守怜才主姻簿》，提到程朝奉为达到悔婚目的而主动到官诬告。他"请个法家，商量定了状词。又寻一个姓赵的，写做了中证。同着金朝奉，取路投台州府来"。

从小说情节描写或可推论，明代"讼师"和"法家"开始兴起，但还未达兴盛。而"幕友"的形象则在小说中尚未发现。

三、唆讼现象花样繁多，已成社会现象

《拍案惊奇》和《二刻拍案惊奇》中描绘了明代时各种诈讼、骗讼、唆讼的

① 怀效锋点校：《大明律》之附录《大明令》，法律出版社 1999 年版，第 265 页。

故事或情节。以凌濛初担任过州府一级的刑事推官履历看,其记述的故事虽不见得是完全真实的案例翻写,但故事背后的"社会万花筒"却应该不是凭空杜撰的。

如,《拍案惊奇》卷十一《恶船家计赚假尸银,狠仆人误投真命状》描写的就是以河中无人浮尸被船家周四讹诈,后又被狠心家仆胡阿虎告官而成冤狱的故事。

《拍案惊奇》卷三十一《何道士因术成奸,周经历因奸破贼》,讲的是明永乐年间山东青州莱阳县发生的道士与寡妇通奸并习法术的事。"却不防街坊邻里都晓得赛儿与何道士两个有事了,又有一等好闲的,就要在这里用手钱。"结果纠结了几个混混去抓奸告官。

《二刻拍案惊奇》更是记叙了许多类似唆讼欺诈的案例。如第十卷《赵五虎合计挑家衅,莫大郎立地散神奸》,讲的是富翁莫翁与丫环双荷有染,双荷怀孕后嫁给卖粉汤的朱三,后莫翁亡故,绰号"铁里虫"的宋礼等五个破落光棍就到朱家夫妻那唆讼告官,以私生子名义欲分莫家家产。"我们撺掇朱三家那话儿去告争,分得他一股,最少也有儿万之数,我们帮的也有小富贵了",因而要"设法诱他上这条路便了"。之后引出了一段骗财、诬告的案情。所幸官府明辨,判决"宋礼等五人,每人三十大板,问拟了'教唆词讼、诈害平人'的律,脊杖二十,刺配各远恶军州"。这里,"教唆词讼"就是《大明律》卷第二十二"刑律五"中专列的法条。足见凌濛初身为判官的经历,引述律法的适用和精准性。

《二刻拍案惊奇》第十二卷《硬勘案大儒争闲气,甘受刑侠女著芳名》,讲的则是宋朝福建崇安县的事。小民欺诈大姓人家风水好的墓地,这一反常行为令人难以想象,连朱熹都认为只有大姓人家欺负小民,难有倒过来之理,以致还真上了小民的当,将大姓人家原来祖上之墓地误判给了小民。可见,小民欺诈大姓的官司并非没有传统。

《二刻拍案惊奇》第十六卷《迟取券毛烈赖原钱,失还魂牙僧索剩命》,讲的是欺骗田产的事。毛烈"平日贪奸不义,一味欺心,设谋诈害",设计抵赖不给收票,结果受害方陈祈告官不果。最后小说还是以阴间判官赢得正义的形式作了了结。

《二刻拍案惊奇》第二十卷《贾廉访赝行府牒,商功父阴摄江巡》讲的是明朝常州府武进县一富家陈定因邻里唆讼骗财而致冤屈事。因陈定家里饱暖、妻妾享用,因而"乡邻人忌克他的多,看想他的也不少。今闻他大妻已死,有晓得他病中相争之事的,来挑着巢大郎道:'闻得令姊之死,起于妻妾相争。你是他兄弟,怎不执命告他?你若进了状,我邻里人家少不得要执结人命虚实,大家有些油水"。结果陈定、妾丁氏平白背了人命案被入了监。丁氏为开脱丈夫自缢身死而换回陈定一命,案件才算了结。

前已提及的《二刻拍案惊奇》第三十一卷《行孝子到底不简尸,殉节妇留待双出柩》,故事中还穿插了一则故事:闽中有一人叫陈福生,在富户洪大寿家打工,因出口不逊被洪家痛打一顿,气郁而死。死前告妻子说,洪家富户,争讼难料,不如要些赔偿好日后度日。而陈福生有一族人陈喇虎,为不本分好事者,就去唆讼,未说动福生妻,就自己去洪家诈冒说,"我是陈福生族长。福生被你家打死了,你家私买下了他妻子,便打点把一场人命糊涂了。你们须要我口净,也得大家吃块肉儿。不然,明有王法,不到得被你躲过了"。没想到洪家自忖已与陈妻私了,并不在意,陈喇虎见讹诈未成,果然写了一状纸告到官府。理刑推官见有油水可捞非常上心,一心要洪家抵命。结果查了明律,"怎当得将律例一查,家长殴死雇工人,只断得埋葬,问得徒赎,并无抵偿之条。只落得洪家费掉了些银子,陈家也不得安宁"。

品析:

上述几个案例之所以有唆讼的由头,都与人命案子有关。因人命案而强索,为怕摊事而和息,借机敲诈钱财是讼师或好讼之人的动机。《大明律》是洪武十三年颁发的,其中《大明律》卷第二十二"刑律五"即有"教唆词讼"条明载:"凡教唆词讼及为人作词状增减情罪诬告人者,与犯人同罪。若受雇诬告人者,与自诬告同。受财者,计赃以枉法从重论。"①说明明代初年,社会上教唆词讼已经非常普遍,以致不得不立法约束。

另外,从《二刻拍案惊奇》第三十一卷《行孝子到底不简尸,殉节妇留待双出柩》的故事中,还可以看出,虽则诉讼黑幕众多,但官府断案还得援律而为,不敢过于恣意妄裁。理刑推官虽然想捞些油水,但查了明律,家长殴死雇工,只问徒赎,还不至于死罪。因为陈福生到洪家打工,先出言不逊才被殴打,打后气郁而死,属于过失致死。《大明律》卷第十九"刑律二""人命"条"戏杀误杀过失杀伤人"款即规定:"若过失杀、伤人者,各准斗杀、伤罪,依律收赎,给付其家。"②因此,推官所为还是依律而行的。

① 怀效锋点校:《大明律》,法律出版社1999年版,第180页。

② 怀效锋点校:《大明律》,法律出版社1999年版,第154页。

第三节 明代社会民众法文化的认知状况

法文化考察,其中重要的一条就是考察法社会状况——民众对法律的态度、对法律知识的掌握情况、对司法制度的了解情况、对自身涉及司法时的言行和权利救济方式,以及对待重大冤假错案的社会舆情,等等。

从"三言二拍"中,我们可以通过相对写实的小说故事情节,来了解明代民众的法文化意识与法社会状况。

一、对法律知识的了解情况

从"三言二拍"小说中,可以看出明代社会普通民众对律例法条的了解状况。这得益于明太祖朱元璋对律法宣讲的重视。《大明律》卷第三"吏律二"之"讲读律令"款就明文规定,"凡国家律令,参酌事情轻重,定立罪名,颁行天下,永为遵守"。不仅"百司官吏务要熟读,讲明律意,剖决事务。每遇年终,在内从察院,在外从分巡御史、提刑按察司官,按治去处考校。若有不能讲解,不晓律意者,初犯罚俸钱一月,再犯笞四十附过,三犯于本衙门递降叙用"。而且普遍百姓如果知晓法律,可以得到优待,"其百工技艺,诸色人等,有能熟读讲解,通晓律意者,若犯过失及因人连累致罪,不问轻重,并免一次"[①]。明太祖的这一政策法令,极大地促进了官吏对法律的重视,同时,也提高了民间百姓知法、守法、信法的意识。

《警世通言》第十五卷《金令史美婢酬秀童》中,提到一些阴捕为得好处而拘捕秀童并刑讯逼供。小说提及"秀童其实不曾做贼,被阴捕如法吊拷,秀童疼痛难忍,咬牙切齿,只是不招。原来大明律一款,捕盗不许私刑吊拷。若审出真盗,解官有功。倘若不肯招认,放了去时,明日被他告官,说诬陷平民,罪当反坐"。众捕盗见秀童不招,心下也着了忙。

《醒世恒言》卷十五《赫大卿遗恨鸳鸯绦》,小说描写的是明朝正德年间江西临江府新淦县,一个监生叫赫大卿,到尼庵游历而与尼姑静真成就奸情,后病重死在庵内。而尼姑静真也知事态之严重,对徒弟空照说:"你我出家之人,私藏男子,已犯明条。况又弄得淹淹欲死,他浑家到此,怎肯干休!

① 怀效锋点校:《大明律》,法律出版社1999年版,第36页。

必然伸张起来"，"怕他家盘问出来，告到官司，败坏庵院"，"这尸首无处出脱，被地方晓得，弄出事来，性命不保"。说明女尼知晓明律。而赫大卿之妻陆氏则自己四处探听取证，终于知悉庵中隐情，自率亲族童仆二十多人，拿了锄头、铁锹、斧头到庵中掘尸。因赫大卿被剃发扮成了尼姑，发掘者一看是一尼姑，慌了起来，还想再掘，其中一老年亲戚道："不可，不可！律上说：'开棺见尸者斩。'况发掘坟墓，也该是个斩罪。目今我们已先犯着了，倘再掘起一个尼姑，到去顶两个斩罪不成？不如快去告官，拘昨日说的小尼来问，方才扯个两平。若被尼姑先告，到是老大利害。"结果陆氏立马去县里告官，终得真相大白。《大明律》"刑律一"之"贼盗"条"发塚条例"款规定："发常人塚开棺见尸为从与发见棺椁为首者，俱发附近，各充军。如有纠众发塚起棺，索财取赎者，比依强盗得财律，不分首从，皆斩。"①《大明律》"刑律八"之"犯奸"条"居丧及僧道犯奸条例"款规定："僧、道不分有无度牒及尼僧、女冠犯奸者，依律问罪。各于本寺观庵院门首，枷号一个月发落。"②从小说描写看，不论是僧尼还是平民百姓对《大明律》都有一定的了解。

《二刻拍案惊奇》第二十五卷《徐茶酒乘闹劫新人，郑蕊珠鸣冤完旧案》，就从一个视角体现了一般百姓对明代法律的了解程度。小说描写的是新婚夜新娘郑蕊珠被一徐姓歹人拐骗而不得不跟从歹人的事。当她将实情告知邻居时，邻居让去告官，郑蕊珠道："只怕我跟人来了，也要问罪。"邻妈道："你是妇人家，被人迫诱，有何可罪？我如今替你把此情先对赵家说了，赵家必定告状。再与你写一张首状，当官递去。你只要实说，包你一些罪也没有，且得还乡见父母了。"事后果如邻妈所言，得报冤仇。可见，这邻妈并不是一个"法盲"，对官司及诉讼程序之事还颇为了解。

在封建社会，官官相护、吏治腐败、贿赂横行，使冤案无处不有。而百姓法律意识中，遇到冤案，通常：一是异地越诉（如，同一州府管辖下上告更高官府）、异地告官（涉及两个发案地的）；二是原地等新任官吏到任再提冤诉；三是普遍采取等御史、巡按察院等巡察冤案时再伸告。"三言二拍"中有大量类似案例和情节的描绘。

《二刻拍案惊奇》第四卷《青楼市探人踪，红花场假鬼闹》讲了明代云南两秀才因父到四川新都县讨债被杀冤屈无处伸，怕在新都当地告状反被他害，而到成都投告四川巡按石察院终得昭雪的故事。"两人背地里痛哭了一

① 怀效锋点校：《大明律》附录，法律出版社1999年版，第414页。
② 怀效锋点校：《大明律》附录，法律出版社1999年版，第433页。

场。思量要在彼发觉，恐怕反遭网罗；亦且乡宦势头，小可衙门奈何不得他。含酸忍苦，原还到成都来。”

《醒世恒言》卷二十《张廷秀逃生救父》，讲的是明万历年间江西南昌府进贤县遇荒年，张权之子张廷秀到富户王员外家做木匠被王员外招婿，而引起王家大女婿赵昂陷害而入狱。狱中有一侠义之人叫种义的指点张廷秀道，“棒疮目下虽凶，料必不至伤身。其余监中一应使用，有我在此，量他决不敢来要你银子。等待新按院按临，那时去申冤，必然有个生路”。后果然新按院巡到，种义又指点，“目下新按院将到镇江，小官人可央人写张状子去告。只说赵昂将银买嘱捕人强盗，故此扳害”。后果然伸冤。

《醒世恒言》卷二十七《李玉英狱中讼冤》，描写了明代正德年间北京顺天府旗手卫李姓武将战死后，三女一男受后母陷害之事。长女李玉英被诬奸淫罪下到大狱，被狱卒调戏。李玉英痛苦呼救引来监中人围观，有抱不平的，叫过那禁子说道：“你强奸犯妇，也有老大的罪名。今后依旧照顾他，万事干休。倘有些儿差错，我众人连名出首，但凭你去计较。”后李玉英在狱中知道“每岁夏间，在朝廷例有宽恤之典，差太监审录各衙门未经发落之事。凡事枉人冤，许诸人陈奏”。等到六月，李玉英上书朝廷，终得昭雪。

品析：

《大明律》卷第二十五“刑律八”之“犯奸”条“奸部民妻女”规定：“凡军民官吏，奸所部妻、女者，加凡奸罪二等……若奸囚妇者，杖一百，徒三年。”①此案中，狱中犯人均知，“你强奸犯妇，也有老大的罪名”，可谓对法律之了然。

二、对合同文本告官状词的了解

在“三言二拍”中，有大量民间私下往来的婚约、田契、合约的具体文字。虽然是小说文体，但也能大致体现明代社会民间的往来契约观念与基本格式。如《拍案惊奇》卷十《钱秀才乘乱聘娇妻，吴太守怜才主姻簿》就有一则完整的婚约。

立婚约金声，系徽州人。生女朝霞，年十六岁，自幼未曾许聘

① 怀效锋点校：《大明律》附录，法律出版社1999年版，第199页。

何人。今有台州府天台县儒生韩子文礼聘为妻,实出两愿。自受聘之后,更无他说。张、李二公,与闻斯言。嘉靖元年月日。立婚约金声。同议友人张安国、李文才。

而且金、张、李三人都用了花押,把婚约交给韩子文收藏以为日后凭证。

《拍案惊奇》卷一《转运汉巧遇洞庭红,波斯胡指破鼍龙壳》讲的是明成化年间的故事。文中就录有一则买卖合同文字:

立合同议单张乘运等。今有苏州客人文实,海外带来大龟壳一个,投至波斯玛宝哈店,愿出银五万两买成。议定立契之后,一家交货,一家交银,各无翻悔。有翻悔者罚契上加一,合同为照。

小说写道:"一样两纸。后边写了年月日,下写张乘运为头,一连把在坐客人十来个写去。褚中颖因自己执笔,写了落末。年月前边空行中间,将两纸凑着,写了骑缝一行,两边各半,乃是'合同契约'四字。下写'客人文实,主人玛宝哈'各押了花押。"这可视为明朝海外贸易的一个真切的写照,对研究中国与阿拉伯世界海外贸易及商贸契约方式、格式,有相当的史料价值。

《拍案惊奇》卷三十三《张员外义抚螟蛉子,包龙图智赚合同文》,讲的是宋代包公智断兄弟之间家产疑案的故事。小说中有一完整合同文本。虽说是宋代故事背景,但是明代人写的小说,也可以认为合同文本显然应是参照明代民间惯例而为。

东京西关义定坊住人刘天祥、弟刘天瑞、幼侄安住,只为六料不收,奉上司文书,分房减口,各处趁热。弟天瑞挈妻带子,他乡趁熟。一应家私房产,不曾分另。今立合同文书二纸,各收一纸为照。年月日。立文书人刘天祥。亲弟刘天瑞。见人李社长。

由上述个例推测,明代随着商业发达和资本主义萌芽的出现,家庭社会结构进一步分化,分家另立而带来的家产、田产等分割,以及婚约、买卖契约等现象大量增加,民间以立合同文书作为凭证的意识也比较普遍。其中,不论婚约、买卖契约都有见证人同时署议,成为一种惯例。

而涉及诉讼自有关于诉状文书的相关规定。洪武元年颁行的《大明令》"刑令"之"诉讼"款规定:"凡诉讼皆须自下而上,明注年月,指陈实事,不得称疑。诬告抵罪,及坐越诉者,以'不应'论。拘该官司。如应受理而不为受理者,许赴上司陈告。"[①]"刑令"之"诉讼文簿"款规定既涉及原告也涉及官

① 怀效锋点校:《大明律》附录,法律出版社 1999 年版,第 261 页。

吏文书留档，都要求有文书之类的凭证，注明年月，指陈实事，不得诬告和越诉（不受理和有冤屈除外）。因此，首告者必须要呈交状词。一时没有状词而口告者，也要补状词。

在“三言二拍”中，描写或保存了大量告官的状词和县、州等各级官府的判词，为我们了解明代司法文书状况提供了一个别样的稽考视野。

上文提及的《二刻拍案惊奇》卷之四《青楼市探人踪，红花场假鬼闹》，小说文中就附有一完整状词拟文：

> 告状生员张珍、张琼，为冤杀五命事。有父贡生张寅，前往新都恶宦杨某家取债，一去无踪。珍等亲投彼处寻访，探得当被恶宦谋财取命，并仆四人同时杀死。道路惊传，人人可证。尸骨无踪。滔天大变，万古奇冤，亲剿告。告状生员张珍，系云南人。

这张刑事诉状比本著所评的《包公案》《蓝公案》等公案小说，更言简意赅，寥寥数语，但却交代得非常清晰，既涉及事实，又有证据，还说了问题，即“尸骨无踪”。最后，也没有僭越身份，提刑拘要求，显得颇为专业。

《二刻拍案惊奇》第三十八卷《两错认莫大姐私奔，再成交杨二郎正本》的一个重要转机就是邻里外出经商发现了因私奔却被拐卖的莫大姐，遂到官府写状首告。小说中也完整地记录了一则由他人举报的状词：

> 首状人幸逄，系张家湾民，为举首略卖事。本湾徐德，失妻莫氏，告官未获。今逄目见本妇，身在临清乐户魏鸨家倚门卖奸。本妇称系市棍郁盛略卖在彼是的。贩良为娼，理合举首。所首是实。

此状词算是出首举报性质。既交代了缘由与亲眼目睹的事实，有被举报者，有涉案主角，还有地点情态，更有案情性质，即“贩良为娼”，因为是违法之事，所以理合举首。还特别强调了举报属实。《大明律》的“问刑条例”中有“买良为娼条例”，规定“若乐工私买良家子女为娼者，不分买卖、媒合人等，亦问罪。俱于院门首，枷号一个月。妇女并发归宗”[①]。可见此举报人发现违法案情，勇于举报的做法，说明其有责任担当更有法律文化意识。

《警世通言》第十一卷《苏知县罗衫再合》讲的是明永乐年间苏云进士及第授浙江金华府兰溪县令，与夫人郑氏乘船赴任途中被强盗所害的曲折故

① 怀效锋点校：《大明律》附录，法律出版社 1999 年版，第 433 页。

事。文中郑氏流落到庵中为尼,化缘到一大户家中,在告知真情后请该家主人撰写状子送巡察御史得以昭雪。状子写道:

> 告状妇郑氏,年四十二岁,系直隶涿州籍贯。夫苏云,由进士选授浙江兰溪县尹。于某年相随赴任,路经仪真,因船漏过载。岂期船户积盗徐能,纠伙多人,中途劫夫财,谋夫命,又欲奸骗氏身。氏幸逃出庵中潜躲,迄今一十九年,沉冤无雪。徐盗见在五坝街住。恳乞天台捕获正法,生死谢恩,激切上告。

此状交代清楚了事由案情,也点明了事件经过和主犯所在。更说了案件已经经历了十九年,所以激切上告。

对照上述各状,可以发现有一个大致相近的模式,即首先交代告状人身份、地址、事由。再扼要交代清楚案情经过和事实,最后简述告状目的或要求。但具体的文字表述及规范格式并没有强求一致,只是依据写状人的理解和掌握。从这个意义来说,在明代,官府虽对告状程式和文书有一定要求,但在对待状词、状纸格式上没有一定之规,只要把大致缘由写清即可。

三、对争讼成本的担忧是畏讼、息讼的根源

历朝历代不论平民富家都知道,只要打官司没有不耗财伤神且毁伤名誉的。这也是中国传统法文化中“畏讼”“厌讼”“息讼”的重要内因。而在平民百姓心目中,每逢与有权势的大户起官司纠纷,还多了一些担心,就是大户人家上下打点官府,自己势单力薄终究吃亏。在“三言二拍”中,类似的心态描写不胜枚举。

如,《二刻拍案惊奇》第十卷《赵五虎合计挑家衅,莫大郎立地散神奸》,就描写了当事人朱三夫妻在五个泼皮唆讼家产时的心态,“自古道:‘贫莫与富斗。’吃官司全得财来使费,我们怎么敌得他过?弄得后边不伶不俐,反为不美。况且我每这样人家,一日不做一日没得吃的。那里来的人力,那里来的功夫去吃官司?”在故事的引子中,凌濛初还录了一首宋人作的诗云:“些小言词莫若休,不须经县与经州。衙头府底赔杯酒,赢得猫儿卖了牛。”可见民间对诉讼成本的担忧与看法由来已久。其实,中外均有类似的民谚与民谣。只不过是中国封建社会更为突出而已。自古以来诉讼环境就始终比较恶劣,因而也影响了古代司法文明与法律文化的进步。

第四节　案件受理与“断罪引律”的考察

“三言二拍”中，刻画的司法官吏栩栩如生，对待司法总体上是认真负责的，而审案主官贪赃枉法、草菅人命等情况虽也有所涉及，但毕竟还不是主流，小说中刻画的多数主官形象基本能做到及时受理、重视证据、探明真相、依法断案的。而且基本上主官是自行审理、亲撰判词。这与明初法律对吏治的严苛有一定关系。在具体判决中，除在婚姻、孝义等方面，情理成分支配法律的情形较多外，贼盗、田产、命案等案情较为清晰、法律依据较为明确的，都能依律令而断。

一、关于受理情况

在二百篇涉案小说中，几乎无一例外地都能看到首告直接到县府衙门，不论早堂还是晚堂，知县、府尹即予受理的情节描写。如《喻世明言》第二十六卷《沈小官一鸟害七命》中，就描写了发现案情线索的两个同伴，不回客店，径去官府首告，“正是本府晚堂，直入堂前跪下，把沈昱认画眉一节，李吉被杀一节，撞见张公买画眉一节，一一诉明”。《大明律》卷第二十二“刑律五”之“诉讼”条“告状不受理”款，对官吏不受理告谋反、作乱、斗殴、婚姻、田宅等事项的，都有详细处罚规定，最高的告谋反不受理的官员，杖一百，徒三年；以致聚众作乱，攻陷城池及劫掠人民的，斩。如“斗殴、婚姻、田宅等事不受理者，各减犯人罪二等。并罪止杖八十。受财者，计赃，以枉法从重论”①。这一严律对官员及时受理各类告官案件显然有重要促进作用。

《警世通言》第二十九卷《宿香亭张浩遇莺莺》，有一段描写莺莺到官府告状的情节：莺莺因家里许配给了张浩而与张浩有了私情，但张浩难违叔父之命而与别人成婚。莺莺决意不再嫁而要自绝。父母惊骇，好言相劝。莺莺说道：“父母许以儿归浩，则妾自能措置。”父亲就说：“但愿亲成，一切不问。”莺莺就说：“果如是，容妾诉于官府。”“遂取纸作状，更服旧妆，径至河南府讼庭之下。龙图阁待制陈公据案治事，见一女子执状向前。公停笔问曰：‘何事？’莺莺敛身跪告曰：‘妾诚诅妄，上渎高明，有状上呈。’公令左右取状

① 怀效锋点校：《大明律》，法律出版社1999年版，第175页。

展视。”结果陈公命人将张浩拘到公庭，问明非张浩本意，遂于状尾判云：

> 花下相逢，已有终身之约；中道而止，竟乖偕老之心。在人情既出至诚，论律文亦有所禁。宜从先约，可断后婚。

这一故事情节令人玩味的地方颇多：一则在封建社会，父母与儿女之间也不是完全的家长制，事实上女儿的意愿也会得到相当的尊重，这在“三言二拍”故事中事例颇多。二则女儿为婚事自主，敢于抛头露面，直上公庭状告，为自己婚姻幸福争取官府法律支持，说明对官府公断有一定信赖，且是最后的办法。将婚姻诉至官府的故事，在“三言二拍”中，也不胜枚举。三则官府乐于直接受理，并未推拒，这也是许多类似案例故事中官府的做法，“成人之美”、乐当月老是普遍心态。四则断案时虽也多少依律，但情理成分也不小，而往往不追究男女既成的私情（有的也可被视为奸情，按律令也是要问罪的）。

二、关于办案取证

《大明律》卷第二十八“刑律十一”之“断狱”条中，有如“官司出入人罪”“辩明冤枉”等若干规定，对官吏重视案情真相，而不草率结案、草菅人命起到很大的制约作用。这里包括官吏因受人钱财及法外用刑，将本应无罪之人而故加以罪，或本应有罪而故意出脱无罪的，并对官吏以全罪论。又如“辩明冤枉”款规定：“凡监察御史、按察司辩明冤枉，须要开具所枉事迹，实封奏闻，委官追问得实，被诬之人，依律改正，罪坐原告、原问官吏。”[①]对造成错案冤案的官吏也要追究，使官吏问案时多了一份忌惮之心。特别需要指出的是，虽然刑讯逼供成为所有问案中必不可少的环节与方式，但《大明律》对“狱具”及其使用都有具体规定，“法外用刑”以及用刑不当也要受到处罚。

在“三言二拍”小说中，尽管刑讯逼供现象极为普遍，但也反映了一些重视证据，重视证据的证明力和完备性，重视证人证言、当庭对质、反覆勘验等的办案规范。小说中，也多处提及因证据不全，而无法定案，只得先下到监牢里的描述。如《二刻拍案惊奇》卷二十八《程朝奉单遇无头妇，王通判双雪不明冤》，讲的是发生在明成化年间徽州府的事。富家子程朝奉看上卖酒的李方哥之妻，即想以银两游说李方哥及其妻，以成好事，结果惹出离奇人命案。李方哥发现妻子被杀即行告官，王通判恼他奸淫起祸，哪里听他辩说，

---

① 怀效锋点校：《大明律》，法律出版社1999年版，第218—219页。

"要把他问个强奸杀人死罪,却是死人无头,又无行凶器械,成不得招。责了期限,要在程朝奉身上追那颗头出来"。后经程朝奉反覆对质辩白,王通判也觉得有道理,便派出捕快私下访得凶手。"众应捕商量道:'人便是这个人了,不知杀人是他不是他。就是他了,没个凭据,也不好拿得他。只可智取。"结果让一少年应捕穿女服化妆成被害的无头妇人,在僧人回庙路上诈尸要和尚还头,而使和尚说出实情,方得以破案。

再如,《警世通言》第三十五卷《况太守断死孩儿》,讲的是明代宣德年间扬州府仪真县里发生的一桩因主母与仆人私通生下一男孩,被溺死而引发的连环案。在知县已验明主母自缢尸体和仆人得贵尸体以为结案情况下,却被苏州府太守况钟侦得实情,将幕后主使支助捉拿归案,使得真相大白。况钟写判词道:"宜坐致死之律,兼追所诈之赃。"此为重视证据的一个典型案例故事。

又有《喻世明言》第二卷《陈御史巧勘金钗钿》,讲到江西赣州石城县内发生的故事。鲁公子父亲在世时与顾佥事家订了婚约。鲁父一介清官,去世后家贫,而顾佥事想悔婚。但顾家夫人和女儿私下密约鲁公子相会,却被鲁公子之表兄梁某私下冒替而引出一桩人命案。知县将鲁公子屈打成招,以因奸致顾家女儿羞愤自缢害死人命之罪"合依威逼律问绞。一面发在死囚牢里,一面备文书申详上司"。但正好有个陈御史"专好辨冤析枉",其父与顾佥事又是同年登榜进士,顾佥事此前也请陈御史出面为顾家报女儿被鲁公子所害之忿。正好陈御史奉差巡按江西,听说此事,觉得蹊跷。认为"不究根由,如何定罪?怎好回复老年伯?"便暗地微服私访、取证,将元凶梁公子抓获,"合依强奸论斩,发本监候处决"。

三、关于"断罪引律令"

《大明律》卷第二十八"刑律十一"之"断狱"条之"断罪引律令"款规定:"凡断罪皆须具引律令。违者,笞三十。若数事共条,止引所犯罪者,听。其特旨断罪,临时处治不为定律者,不得引比为律。若辄引比,致罪有出入者,以故失论。"[①]《大明律》卷第一"名例律"之"断罪无正条"款规定:"凡律令该载不尽事理,若断罪而无正条者,引律比附。应加应减,定拟罪名,转达刑部,议定奏闻。若辄断决,致罪有出入者,以故失论。"[②]

① 怀效锋点校:《大明律》,法律出版社1999年版,第221页。

② 怀效锋点校:《大明律》,法律出版社1999年版,第23页。

在"三言二拍"小说描写中,我们也可以看到这种"断狱引律令"的意识和做法并不是个例。如《喻世明言》第三十五卷《简帖僧巧骗皇甫妻》讲一恶和尚设计拆散人家而骗得其妻的故事。事情败露后被告官,被判:"和尚大情小节,一一都认了,不合设谋奸骗,后来又不合谋这妇人性命。准'杂犯'断,合重杖处死。"此故事发生在北宋年间,所引述的律法正符合《宋刑统》的律例名称和归类,在《宋刑统》中,"诸色犯奸"正是归类在第二十六卷"杂律",而《大明律》则在刑律中单列了"犯奸"条,共计十款。作为明代作者,没有引述大明律,而是引用了《宋刑统》,说明作者对《宋刑统》《大明律》的谙熟,也说明故事发生在宋朝,宋人的传述对本朝律法也是了然的。

又如,《二刻拍案惊奇》第三十八卷《两错认莫大姐私奔,再成交杨二郎正本》,兵马司将盗拐徐德妻子莫大姐的郁盛抓获并给判,"喝教把郁盛打了四十大板,问略贩良人军罪,押送带去赃物给还徐德;莫氏身价八十两,追出入官。魏妈买良,系不知情,问个不应罪名,出过身价,有几年卖奸得利,不必偿还。杨二郎先有奸情,后虽无干,也问杖赎,释放宁家。幸逢首事得实,量行给赏"。这里,是按"略人略卖人条例"。

即使是冤案,也要以律令为由,而不敢妄断。如,《二刻拍案惊奇》第二十卷《贾廉访赝行府牒,商功父阴摄江巡》,讲的是明武义县知县因贪欲帮其同乡暗地里参与唆讼,而将陈定妻子生病加怄气死亡,说成是陈定与妾共谋害命。结果,知县"竟把陈定问了斗殴杀人之律,妾丁氏威逼期亲尊长致死之律,各问绞罪"。之后是丁氏在狱中承担了所有罪责而自缢,陈定方得以被释放回家。

类似的情形在"三言二拍"中的近二百篇涉案小说中,多为常见。说明官府断案引律令的意识已较为自觉和普遍。这些案例对于考察中华传统法律思想中的"成文法"意识和"罪刑法定"意识都是有力的佐证。

四、关于冤错案处置

关于冤假错案,大明律令中多有严苛规定,这在小说中也多有体现。如《醒世恒言》卷三十三《十五贯戏言成巧祸》说的虽是南宋发生的故事,但在明代写作,自然烙上明代法律的影子。小说最后是新任府尹将冤案昭雪,判决道:"静山大王谋财害命,连累无辜,准律:杀一家非死罪三人者,斩加等,决不待时。原问官断狱失情,削职为民。崔宁与陈氏枉死可怜,有司访其家,谅行优恤。王氏既系强徒威逼成亲,又能伸雪夫冤,着将贼人家产,一半没入官,一半给予王氏养赡终身。"这里,依《大明律》之"杀一家三人、支解人条例”,律名引用准确,律法规定,对主犯是锉碎尸首,是枭首示众。可谓斩加等。同时,要将其财产给付被杀之家。说明作者对明代律法确实熟悉了然。

再如,《喻世明言》第二十六卷《沈小官一鸟七命》中,将一则冤案告破,判决道:“随即具表申奏,将李吉屈死情由奏闻。奉圣旨,着刑部及都察院,将原问李吉大理寺官好生勘问,随贬为庶人,发岭南安置。李吉平人屈死,情实可矜,着官给赏钱一千贯。除子孙差役。张公谋财故杀,屈害平人,依律处斩。加罪凌迟……”

尽管明代法律对冤错案原问官吏有较为严苛的处罚规定,但现实中因官吏靠刑讯逼供、主观臆断、草率定案导致错案冤案的也不在少数。以致凌濛初也多有感慨,在小说中多次提及审案官吏务必要详审而不能轻易上刑,靠逼得口供定案。《二刻拍案惊奇》第二十一卷《许蔡院感梦擒僧,王氏子因风获盗》开篇即发了一通感言:“话说天地间事,只有狱情最难测度。问刑官凭着自己的意思,认是这等了,坐在上面只是敲打……见得说道:‘重大之狱,三推六问。’大略多守着现成的案,能有几个伸冤理枉的?至于盗贼之事,尤易冤人。一心猜是那个人了,便觉语言、行动件件可疑,越辨越像。除非天理昭彰,显应出来,或可明白。若只靠着鞫问一节,尽有屈杀了再无说处的。”这里讲到法官的“心证”问题,主观臆断加上刑讯鞫问,难免屈打成招,屈杀枉杀便难以避免。凌濛初自己作为判官生涯所见所感,尚且发出如此感慨,从一定意义上说明,封建时代的司法制度,尽管朝廷和各级负责任的官吏,努力做到“明镜高悬”“辨明冤枉”以及依律决罚,但由于法律体系的不完善、法律专业素养的不足,依靠刑讯逼供的做法甚为普遍,也是酿成冤案的重要原因。

“三言二拍”的二百篇小说,不仅为我们展现了一幅明代及其前朝中国社会丰富而真切的风情画,而且其中所涉及的各种案例,也为我们提供了极为丰富的史料背景与庭审素材。例如,小说中就有许多当庭对质的详细和精彩的片段,尽管只是小说,但以冯、凌两位的人生和从政经历来看,有着相当的可信度和历史背景价值。对“三言二拍”进行更全面、深入的研究,相信对我们了解中国古代社会法文化图景有着积极的助益。

第五章

从《蓝公案》看清代唆讼之风

《蓝公案》[①]原名《蓝公案奇案》，又名《鹿洲公案》《公案偶记》，是作者蓝鼎元根据自己在清朝雍正年间出任广东普宁、潮阳县县令时，断案折狱经历所记的笔记而编撰的一部文言体公案题材短篇小说集。全书记录的二十四则案例，因是作者亲历而具有一般公案小说所不具备的史料性、真实性，对研究清代司法制度和刑狱状况有着直接而生动的参考价值。

第一节　讼师唆讼之道叹为观止

在《蓝公案》二十四则案例中，涉及讼师恶意唆讼、谋讼的占相当比例，而其手段甚至令官府也无可奈何。这只是广东相对偏远一隅县域的情状，由此可以想见其他经济文化发达地区兴讼状况。

一、讼师互通共谋案

《蓝公案》第二则《三宄盗尸》，讲的是潮州县民王士毅到县衙告状：自己的弟弟阿雄随母亲改嫁到普宁县民陈天万为妾，结果陈天万正妻出于嫉妒，毒死了阿雄。王士毅还出具了"诬告反坐的甘结"，似乎证据凿凿。

结果蓝公前往勘验，发现尸体不见了。审讯了十余证人，都说不知道尸

① 参见安遇时、蓝鼎元等编撰：《名臣问案牍》，重庆出版社 2008 版。

体埋在哪。阿雄病死时也没见到其亲哥哥王士毅来见一面。蓝公审看了陈天万及其患有大腹病的妻子,心里明白非陈妻所为。于是现场审讯王士毅,“夹讯之”才招供出了真相。原来王士毅与陈天万因祖屋问题有仇隙,王士毅遂私下找了讼师王爵亭、老讼师陈伟度三人密谋,雇了乞丐夜里发掘坟墓,盗出阿雄尸体,并诬告陈天万妻毒杀阿雄,希望通过打官司“和息”,以此骗一大笔赔偿,借以发财致富。

此案破案过程没有什么悬念,原来阿雄是得了痢疾,病了两个月后死的,并非被人毒害。倒是判罚予人省思:“或劝余将此案通详,则官声大震。余曰:‘普邑当连年荒歉之后,吾莅兹月余,地方未有起色。三宄之罪,固不容诛;通详解省,牵累多人。吾不忍沽一己之名,使民受解累之苦也。’因将王士毅、王爵亭、陈伟度各予满杖,制木牌一方,大书其事,命乡民传擎偕行,枷号四乡周游示众。普人快之。”①

此处判决,蓝公自己承认,如果上报朝廷,自己官声大震,但押解到省里,会牵累一大批人。蓝公出于当地荒年、安抚地方的考虑,只是施以杖刑,枷号游街而已。显然,这种自作主张的判罚,是违法的。但出于地方维稳考虑,地方官自我决断,并未受处分,反而受到了朝廷的肯定,从一个方面也说明,朝廷实施刑法律令,目的是保一方安宁,以防民变。这个目的达到了,是否严格按律处置,倒在其次。这也是历代封建王朝的立法司法出发点。

仔细品味此案,重点是三人共谋诬告良人。其中,又有雇人“发塚”盗墓偷尸的重罪,还有职业讼师——王爵亭及老讼师陈伟度如何教唆词讼的反覆共谋的曲折故事。此则案例比较完好地呈现了讼师王爵亭供称的三人如何谋划、老讼师陈伟度如何献计的具体方案。王爵亭指着陈伟度说:“汝我三人,在乌石寨门楼中商谋此举,汝授杨令公盗骨故事,教我等偷尸越境。一则不忧检验无伤;二则隔属不愁败露;三则被告者惧罪灭尸似实,陈天万弟兄妻妾,乡保邻里,皆当以次受刑,夹拶糜烂;四则尸骸不出,问官亦无了局,我等于快心逞志之后,开门纳赂,听其和息,莫敢不从,致富成家,在此一举;五则和息之后,仍勿言其所以然,阿雄尸终久不出,我等亦无后患。迨偷尸更埋之后,三人欢欣痛饮,共称奇计,谓神不知鬼不觉,虽包龙图复生,不能审出真伪。”②

这段供述很好地披露了老讼师的精明算计,如何规避大清法律制裁的谋划:比如,一则找不到尸首无从检验毒伤。二则将尸体偷出移到邻县埋了,还涉及属地不同,不容易败露。再则被告人和乡邻证人害怕,又要受到夹刑;审官找不到

① 安遇时、蓝鼎元等编撰:《名臣问案牍》之《蓝公案》,重庆出版社 2008 年版,第 455 页。

② 安遇时、蓝鼎元等编撰:《名臣问案牍》之《蓝公案》,重庆出版社 2008 年版,第 454 页。

尸体,无从结案。最后结果只能是"和息"了事,三人拿到和息的赔偿,"致富成家"。

看似考虑周密,但却过于自信,因为凡是负点责任的提审官都会以尸骸为核心找到证据。而蓝公略施小计,让王士毅承认自己雇人移尸,但支支吾吾不供出讼师姓名。蓝公假意审结此案,却密派差人访查王士毅从潮州到普宁时住宿客店的同宿之人,由此抓获了讼师王爵亭。又给王爵亭纸笔让其写供词,比照原告的状词,发现也是出自王爵亭之手,由此,再供出了陈伟度。整个案情于是真相大白。

品析:

此案虽属边地潮州和普宁,但讼师唆讼如此,可见清康、雍年间,不良讼师猖獗、活跃的程度。从《唐律疏议》《宋刑统》再到《大明律》《大清律例》,可以看到讼师开始出现并活跃的轨迹。唐、宋讼师已经出现并开始活跃,到了明、清则完全成为一种职业现象。有的起到了帮助民众维护自身权益、代撰诉状文书的作用;也有的专为官府提供法律参谋、撰写判词文书等服务而演变为师爷、幕府的角色。但也有相当一批成了专事词讼,以此挑事、好事、谋事之徒,扰乱了地方的司法制度与社会治安。《大明律》即在卷第二十二"刑律五"之"诉讼"中,单列了"教唆词讼"条。而到了《大清律例》卷三十"刑律"之"诉讼"中,不仅完全继承了《大明律》此条内容,而且还又增补了更为详细具体的六条条例:

如,"代人捏写本状,教唆或扛帮赴京,及赴督抚并按察司官处,各奏告强盗、人命重罪不实,并全诬十人以上者,俱问发边卫充军"。

"凡将本状用财雇寄与人赴京奏诉者,并受雇、受寄之人,属军卫者,发边卫充军;属有司者,发边外为民;赃重者,从重论。其在京匠役人等,并各处因事至京人员,将原籍词讼因便奏告者,各问罪,原词立案不行。"

上述两条侧重在教唆词讼赴京诬告,所以处罚尤重,发边充军。可见古代封建王朝更重视流民聚集京城闹事、唆讼。

为了防止讼师借代人书写诉状之机,教唆生事,朝廷干脆考虑自己培训代人写状之人,以绝"体制外"讼师的饭碗。如规定:"内外刑名衙门,务择里民中之诚实识字者,考取代书。凡有呈状,皆令其照本人情词,据实誊写,呈后登记代书姓名,该衙门验明,方许收受。如无代书姓名,即严行查究,其有教唆增减者,照律治罪。"这一规定堪称严格,也算是一种可行的治理办法。

另外，就是被讼师蛊惑受雇诬告之人，也有相应惩处条例。“凡雇人诬告者，除受雇之人仍照律治罪外；其雇人诬告之人，照设计教诱人犯法律，与犯法人同罪。”这是对雇者和受雇者同时惩处的双管齐下的办法。

再如，对如何治理教唆词讼者，《大清律例》也作了更有效的追踪掌控，其中一招就是对地方官进行追责。如规定：“讼师教唆词讼，为害扰民，该地方官不能查拿禁缉者，如止系失于觉察，照例严处。若明知不报，经上司访拿，将该地方官照奸棍不行查拿例，交部议处。”地方官对及时摸查教唆词讼的讼师负有属地管理的责任。如果不知道被上司访查出来，就要被交部议处，这是相当严重的惩处了。①

上述条例基本涵盖了教唆词讼，以及讼师胡作非为、教诱他人生事滋事的可能情况及其惩处办法。可见，在清代，朝廷对教唆词讼的讼师痛恶到何种程度。

而在本案中，王士毅、陈伟度的所谋所为也的确令人发指。蓝公将其施以杖刑，并枷号游街四乡，也可谓起到了以儆效尤的作用，故而“普人快之”。

二、讼师与官府书吏、恶棍、奸保串通唆讼勒财案

《蓝公案》第七则《龙湫埔奇货》，将讼师串通各不法之徒集体勒索之事，叙述得环环相扣，令人眼花缭乱、叹为观止。

话说龙湫埔溪畔泥窟中发现一具死尸，据说是窃贼王元吉的。结果一帮好事者找到贼弟王煌立，到官府状告白墓洋杨姓一帮人杀死了自己的兄弟。

蓝公仔细批阅状子，发现了其中的端倪。判断王煌立一定有陪同而来的地保，果不其然发现保正许元贵，并将其提审到案。许元贵以为事情败露，很快就招供出了幕后的指使者李阿柳——原来是普宁县衙门被革职辞退的工房书吏。

通过审讯李阿柳，又供出了同谋的讼师萧邦棉、恶棍张阿束，以及蓝公衙门案前承办刑书的郑阿二。

蓝公当场审讯郑阿二，由此知道了整个诉案的由来内情：李阿柳在普宁县屡次惹事上身，躲避到潮州，与萧邦棉、曹阿左等人臭味相投混在一起。

① 田涛、郑秦点校：《大清律例》，法律出版社 1999 年版，第 490—491 页。

后来听曹阿左说窃贼王元吉死了,因之前与白墓洋的杨如杰发生过口角,听说杨家挺有钱,于是几个人就找到了王元吉之弟王煌立,让王煌立去栽赃杨家。但王煌立表示为难,因为家贫没钱打官司。萧邦棉就给了王煌立二百钱,又让李阿柳代书状词,将杨鸣高、杨如杰等十几人罗织在诉状内。然后让曹阿左找到保正许元贵出面,去白墓洋告诉杨家,撮合双方,"事可和息,须费银八十两"。

同时,又让蓝公案前的刑书书吏郑阿二从中说合,被诸位杨氏拒绝。过了几日,又让恶棍张阿束,以及书吏郑阿二、李阿柳轮番吓索。从八十两到四十两、二十两,最后到十两。眼看要和息了,结果还是杨如杰的母亲吴氏认为既没有殴杀王元吉,家里又贫寡,最后只得以"藉尸勒诈"名义告到官府。此案经蓝公审讯,才曝光了这样一起官府书吏与讼师、恶棍、地保内外勾结,唆讼勒财的令人发指的大案。

蓝公由此写道:"此案之兴,实由此一班讼师、宄棍、奸保、蠹书傍风生事所为。"所有涉案欺诈勒索之人都被判罚。

那么,王元吉之死又是怎么回事呢?原来王元吉与张阿左、钟阿表、黄阿瑞等一帮贼盗屡次偷盗,为害地方乡民。某天夜里他们去行窃被事主发觉,乡邻等棍棒齐下,王元吉、张阿左、钟阿表等人拒捕逃脱,但王元吉因饥饿而落在后头,被众人群殴,头部受了重伤,没几天死在黄奕隆瓦窑里。黄奕隆、其弟黄奕茂,以及黄阿瑞等人害怕惹事上身,将王元吉尸体移到旷野之处。

最后蓝公又是如何下判的呢?"拟欲通详律究,因念荒歉后,解累艰难,将萧邦棉、李阿柳、郑阿二、张阿束、许元贵,及案贼曹阿左、钟阿表、黄近启、罗阿钱、买赃移尸之黄奕隆、听唆诬告之王煌立,分别杖责枷刺,各蔽阙辜。""自是,潮邑讼师、土棍、衙蠹、猾保、奸宄、盗贼,皆人人震恐。地方大治。"①

从此案所描述的情况看,当时潮州、普宁地界一带,社会治安状况的确令人堪忧,讼师唆讼、聚讼现象严重,而官府中的书吏、基层坊里地保与讼师,以及贼盗相互勾结,勒索民众钱财的现象尤其令人触目惊心。面对这样恶劣的社会治安环境,蓝公没有一味严刑峻法,而是以惩戒为主,以改善地方治安风气为本。加之,地方穷困、民生凋敝,所以如果动辄解送一批囚犯上省府,人力财力都吃不消。以"杖责枷刺"之刑,谋地方大治之果,倒也是无奈之中最好的办法。从这点说,一如历代律令所要求的,必须依律断罪,不可轻更法度,但在实际中,恐怕变通的时候更多。礼、德的因素在儒家士人的思想中,依然占据着主要的地位,也成为断案审判的主要依归。

---

① 安遇时、蓝鼎元等编撰:《名臣问案牍》之《蓝公案》,重庆出版社 2008 年版,第 466 页。

品析：

此案中，王元吉一伙去盗窃被当场发现，被追殴头部受伤，之后自己伤重而死。对照《大清律例》，卷二十三“刑律”之“贼盗上”条“强盗”款规定：“其窃盗事主知觉，弃财逃走，事主追逐，因而拒捕者，自依罪人拒捕律科罪。”①而卷三十五“刑律”之“捕亡”条“罪人拒捕”款规定：“凡犯罪逃走，拒捕者，各于本罪上加二等，罪止杖一百、流三千里；殴人至折伤以上者，绞；杀人者，斩；为从者，各减一等。若罪人持杖拒捕，其捕者格杀之，及囚逃走，捕者逐而杀之，若囚窘迫而自杀者，皆勿论。”②

卷二十四“刑律”之“贼盗中”条有“窃盗”款即规定，如果窃盗临时拒捕，为首杀人者，照强盗律，拟斩立决，而从犯发边疆为奴充军。又有条例规定：窃盗“如银不及十两，钱不及十千者，俱杖一百、流三千里。”③可见，在本案中，王元吉等同伙前往偷盗，被发觉而拒捕脱逃，在被追逐过程中被殴伤致死，是可以“勿论”的。而“发塚”开棺见尸，按《大清律例》，是要受“绞刑”的。一般毁尸、弃尸的，要被杖一百、流三千里。本案犯蓝公只是判杖刑、枷号、刺字，应该是从宽处罚的。

三、讼师幕后出谋指使诬告案

《蓝公案》第八则《死丐得妻子》，讲的是保正郑侯秩之妻陈氏来状告，自己的丈夫因与匿契抗税的萧邦武理论，被萧邦武等一帮人到家群殴，逼得郑侯秩跳水而溺亡。其子郑阿伯还用船载了一具已经无面颊的尸体来相验。蓝公通过观察尸体，发现其已经腐烂且无伤痕，而萧邦武等人只是普通贸易朴民，又从萧邦武等人的家屡次被盗而保正郑侯秩却纵盗殃民的过往表现，判定此案为诬告之案。实际上，正是郑侯秩怕自己的恶行被新上任的县令蓝公所纠察，自行逃遁，而让妻、子找一早已死了多日的流浪乞丐尸体来冒充自己，以图蒙混过关，更栽赃陷害萧邦武一帮人。后来郑侯秩被从惠来县

① 田涛、郑秦点校：《大清律例》，法律出版社 1999 年版，第 377 页。
② 田涛、郑秦点校：《大清律例》，法律出版社 1999 年版，第 543 页。
③ 田涛、郑秦点校：《大清律例》，法律出版社 1999 年版，第 392、393 页。

活捉而回。"陈氏、阿伯含羞伏地,叩头请死。因究出造谋指使之讼师陈阿辰,并拘坐罪,潮人快之。"

四、讼师刁诈,越诉呈控竟然得逞

在明、清时代,讼师按理说是处于尴尬、夹缝之地,容易被官府究治的"黑户",然而,讼师却有操控司法,胡搅蛮缠,搞得官府焦头烂额的本事。《蓝公案》第二十二则《猪血有灵》,虽是个例,但可谓经典,也令人唏嘘。

话说在草湖乡有一讼师名叫陈兴泰,"穷凶极恶,终日唆讼为生。常创诡名,架虚词,赴道、府控告素不相善之家,或指海洋大盗,或称强寇劫掠。上司提解羁絷牢狱久之,以无原告对质,释宁行销。其人已皆磨累破家,不堪复问矣。而教唆命案,代告包诉,平地兴无风之波,尤兴泰长技也"[①]。开篇这一段实际上已经交代清楚了陈兴泰其人的一贯伎俩和"特长"。就是跑到道、府一级的衙门去诬告,因其所告常是江洋大盗、强盗劫掠的重案,道、府不敢不受理,但常因没有被告(江洋大盗、强盗形影无踪,所以难抓捕到真凶算常理)对质,所以不了了之。而被牵涉之人却早已经"磨累破家"。

蓝公自己就亲身经历了这么一个过程。

案情很简单:蔡阿灶、蔡阿辰、蔡阿完、蔡阿尾弟兄四人,家贫无妻无房,共宿神庙内。一日蔡阿灶煮偷来的红薯,瓦罐爆裂,被开水烫烂双脚不治而死。陈兴泰借机将蔡阿辰、蔡阿完、蔡阿尾三兄弟叫到自己家里,用粥、米诱使三兄弟将蔡阿灶尸体抬到陈兴觐家门口,诬陷陈兴觐杀人。

陈兴觐大惊,连忙招呼蔡姓族人及陈姓族人陈孟皆、陈孟发等一起抗辩、斥责三人。三兄弟理屈承认并供认是陈兴泰指使。

陈兴泰大失所望,但仍不死心,居然将蔡阿尾诱养在自己家中,自己亲自代写状词,咬定就是陈兴觐找人打死的蔡阿灶。还亲自明目张胆地告到蓝公县衙。蓝公一看供词,就觉得命案"全属子虚""但未讯明,不敢臆度",准备差人起尸检验。不巧,蓝公因公到省里办事,耽搁了几天。蔡阿尾受陈兴泰唆使借机到郡里复诉,请求邻县来检验。而无端受到牵连的陈兴觐及陈孟皆、陈孟发等人,也到郡里上告伸冤。结果郡里发文重回县里复审。

陈兴泰恨之入骨,居然串通族人叔兄弟侄等人和拳师张福等人,持器械跑到陈孟发家,将陈孟发、陈绍赞痛打成重伤,又将陈兴觐于和平桥截住,

---

① 安遇时、蓝鼎元等编撰:《名臣问案牍》之《蓝公案》,重庆出版社 2008 年版,第 509 页。

"剥衣从殴",陈兴覲赤身奔逃。

蓝公从省上回县,派差人拘讯。众人皆言陈兴泰伤天害理,凭空嫁祸唆讼,"宜正法以靖地方"。陈兴泰也如实招供了自己如何唆讼殴人的情节。蓝公令差役将其责杖四十,拟依律解送。不想陈兴泰潜逃了,用"血书"以"贼劫""县讳"(自己被强盗贼人所劫,而县里避讳不愿上报案情)的名义控告到省里道台衙门,结果上司批复让邻县海阳县查审。陈兴泰洋洋得意,终日在道台辕门附近游荡,不肯回县。

蓝公以人命案不敢迟滞为由,差衙役将陈兴泰抓捕归案。陈兴泰又偷偷让其父亲再次到道台衙门控告喊冤。

结果海阳县差人要提陈兴泰到案。而蓝公则以诬告命案、诬告贼盗事关重大为由,上书请示是否还应该在事发县即蓝公所治普宁县确审为妥。可等到批复回来,确定还是在普宁审理时,蓝公已经离任了。蓝公由此感叹,要不是血书呈控道台,"何能文移往返数月? 掣肘迁延,竟至吞舟漏网哉"。

最后,上司来文,对陈兴泰仅仅是"从宽拟责",戴枷锁一月,追缴三千文钱入官的处罚。陈兴泰拊掌笑道,还是用猪血写的血书灵光呀。

品析:

这则案例,典型地反映了讼师的刁蛮和狡诈,也说明讼师陈兴泰的确谙熟司法运作程序,善于钻法律的空子。例如,知道以盗贼等重案而县里有意隐瞒不报的理由,越诉申告到省里。道台不明情况,一定会移文到邻县察审,这样就能拖延时日,耗费周折,陈兴泰便可从中得利。像陈兴泰这样的刁恶讼师,最后竟然得到了"从宽拟责"的处罚,不能不说是陈兴泰的诡计得逞,而蓝公只能无奈感叹而已。

五、林军师幕后操纵,唆使刁民反告田主

《蓝公案》第二十则《林军师》,不得不令人对讼师之刁钻和反告的伎俩而嘘唏。

故事说的是下垄的吴云凤告监生郑之凤、郑之秀霸占官溪,强令凡到官溪捕捞者要日纳钱三十文。吴云凤因缴纳迟缓,被郑之秀率家仆等十余人,

击碎小船，并将吴云凤抓到其船舱内私刑。吴阿万等四五个证人均各有呈词，且异口同声。蓝公私下想，田主郑之凤、郑之秀是当地巨族，兄弟是监生，霸溪专利、毁舟斗殴似有可能。

不想，郑之凤也来禀告，吴阿万等人抗租不缴，态度蛮横，杀伤田主郑之秀，还抢夺衣服与银钱。蓝公差人验讯，果然看到郑之秀裂颅破鼻。但吴阿万等人拒不到案，还分派亲人到省、府各级各衙门督、抚、藩、臬、道、府告状，说郑氏霸海横行。

蓝公不敢大意，于是将两造召集到庭，经了解发现，抗租逐殴是实，横抽毁船是虚。蓝公担心是乡民顾忌郑氏大族淫威而不敢告诉实情。又找来里长、保正、乡长、里民等人对证，皆说郑氏冤枉，如有不实，宁愿代郑氏坐罪。

最终真相大白。吴云凤交代，是因为吴阿万等人欠旧租数石，田主到家追取，态度暴戾，蔡阿万令其群起逐殴，将田主追到下地乡，田主跌倒在地，被吴云凤挥拳伤其口鼻，吴永祥用木棍击打其头颅。

蓝公感叹到，虽已查明实情，但到省城遍控、告状霸溪横抽的之事，一定有高人在后面指点。由此供出了幕后指使的当地“当今第一利害有名之人”、善为词状者林军师。吴云凤托叔父的女婿找到此人，先送礼物三两五钱，许事毕后，谢金十二两。林军师遂出主意：“我有奇计，竟置欠租勿道，反控田主霸占官溪，横抽虐民。一面遣人赴郡、赴省遍控上司，以壮声势。县官闻控列宪，自然不敢拘审。他日奉宪准行，则我为原告，势居上风；使其不准，亦已迁延月日。欠租细故，时过事灰，此万全之策也。”此段供述，将林军师的妙计和盘托出，要点是反告、壮声势、让上司追查以钳制县官、拖延时日、不了了之。

蓝公审出原委，下判道：“林军师情罪重大，非此案所可完结。先将吴云凤、吴阿万、吴阿添、吴永祥、吴云万各杖三十，追出所抢赃银、衣服被帐，及原逋租谷，给还田主。仍枷号两月示众。羁林军师于狱，候究明包揽别案词讼，赃银确数，按律尽法创惩，以快一邑人心，永垂鉴戒，为移风易俗之一助。”①

结果正如林军师所料，蓝公正恰因公赴省，又被急调去番禺任职，最后“林军师遂扬扬出狱”。

---

① 安遇时、蓝鼎元等编撰：《名臣问案牍》之《蓝公案》，重庆出版社2008年版，第504页。

品析：

此案与上述讼师陈兴泰一案的结果极为相似。也说明经历宋到明，再到了清代讼师这一行业已经坐大，连官府往往也奈何不了。此案从一个侧面，可以看到清代讼师浑水摸鱼、钻法律空子继而颠倒是非、坐收渔利的伎俩。从前述各案有关讼师的操控过程看，讼师善于利用朝廷逐级上报、逐级按察的原本用于防范冤假错案的制度，谙熟朝廷繁文缛节的行文程序和迁延周期，而达到浑水摸鱼、大事化小、小事化了、不了了之的目的。这种结果，可谓是对朝廷律制及良好用心的一大讽刺。

第二节　亲族纷争，和息为贵

《蓝公案》第六则《没字词》说的是亲戚之间因田产和赡养起的纠纷处理。案情不复杂，但却反映了清代民间户田民事纠纷的真实场景。

话说，一日蓝公在衙门仪门外见一少妇与老妪跪在大门远处，头顶一片楮树叶（楮树可造纸，古代代指状子），却没有字。让衙役去问，是要告状，但却不识字。蓝公让衙役破例收了楮树叶，问，如果有冤屈，为何不直接书写成诉状呢？答："不识字，又短于财，代书者为李阿梅所阻，莫我肯代。"

蓝公受理了案件。老妪郑氏已经八十六岁，少妇刘氏，乃郑氏寡媳。蓝公讯问所告案情。郑氏诉说，儿子李阿梓，去年十二月初五被族人李阿梅逼死。本来想来报官，李阿梅恳求族人中的监生李晨等人劝说不要诉讼，许诺代为安葬，又给房屋居住，还赡养其老幼。结果才九个月，李阿梅就变卦了。自己和儿媳求诉族里监生李晨等人，都互相推诿，没有办法才来告官。

蓝公斥责说，"人命至重，汝不应私和"。遂派人将李阿梅拘到案。初时李阿梅巧言抵赖，经蓝公一番严辞加情理的讯问，李阿梅才吐露了实情。原来李阿梓是李阿梅从兄之子，去年十二月向李阿梅索求田价，李阿梅不依，李阿梓就自寻短见，服毒自杀了。李阿梅央求了族人李晨、李尚等说合，还给了郑氏十二两银，还将旧日十五两借据也收回，并许诺为其养老。

郑氏上诉道，原先李阿梅答应给两间房屋，赡养一年的。后来却拆去了房角之瓦，离一年还差四个月呢。为何如此昧了良心？

李阿梅回应，房瓦是大风吹掉的，自己会再给整修好，还是会让婆媳居住；

以后每月给米一石，但四个月满一年后，则“不干我事”。郑氏、刘氏都说可以。

一个亲戚间的纠纷就这样和解了。

蓝公如此下判：“李阿梅应加刑责，以儆无良，惩欺诳。姑念片言一折，辄自服罪，据实输情，如约补过。此亦非甚顽梗不化之民也。从宽，令其修屋、给米，免行笞杖，以全亲亲之谊。俱各和好如初。”“郑氏、刘氏皆大悦。李阿梅亦欢欣叩首，转身吐舌而去。”

品析：

本案案情中，有若干细节值得探究。

一则，“代书者”被李阿梅所阻，说明清初为人代写词讼的职业代书者群体已经形成。正像上述引述的《大清律例》中“教唆词讼”条所规定，要求各地方官培养官府所属的代书者，这从另一方面说明，社会上的代书者势力实在较大，逼得官府要去培养自己的人。

二则，蓝公责斥郑氏、刘氏，人命官司不应“私和”。对此，《大清律例》有着明文规定。如卷三十四“刑律”之“杂犯”条“私和公事”款规定：如果发现在官府层面，“凡私和公事，减犯人罪二等，罪止笞五十”。但如果是私和人命、奸情，各依本律。[1] 即民间百姓私下和解人命、奸情是不算数的，还得按人命案、犯奸案的律法治罪。

三则，亲属之间发生纠纷，首先会找族内辈分高、有身份地位的族人，特别是族长等出面调解。如果调解不成，才会去官府呈告。此案正是族内监生李晨等人先出面不让郑氏去告人命官司，算和解了。但等事后李阿梅反悔，李晨等人互相推诿，郑氏婆媳才无奈告到了官府。

四则，看蓝公的判词。按理李阿梅“应加刑责”，因为他“逼死”人命，又反悔赡养，有霸凌和欺诓的言行。但经蓝公一番严辞相劝，李阿梅自己能够据实坦白，所以蓝公“从宽”处置，“免行笞杖”。从官府的角度看，更愿意“息讼”，特别是属于邻里族门之类的纠纷，“以全亲亲之谊”“俱各和好如初”。关于逼死人命，是要负责的。《大清律例》卷二十六“刑律”之“人命”条“威逼人致死”款规定：“凡因事户婚、田土、钱债之类，威逼人致自尽死者，杖一百。”[2]

---

① 田涛、郑秦点校：《大清律例》，法律出版社 1999 年版，第 536 页。

② 田涛、郑秦点校：《大清律例》，法律出版社 1999 年版，第 438 页。

《蓝公案》第十一则《兄弟讼田》同样反映了互争家产过程中，族人作用的弱化。其讲述的是兄弟分居后互争父亲遗下的七亩田产，“亲族不能解，至相争讼”。此案非常典型地体现了蓝公断案的儒家思想，以德孝为本。蓝公通过给兄弟两人共系一条铁索，让两人同起居同饮食同便溺，令兄弟俩体会到两人骨肉不可相离的道理。蓝公又让兄弟俩都从自己所生的两个儿子中，只选择其中一人留下，以免日后也互争田产的方式，令兄弟俩及妻彻底悔悟。表示“永相和好，皆不爱田”。“于是族长陈德俊、陈朝义皆叩首称善教。”此案令人思考之处是，到了清代康、雍年间，家族的作用实际已经大大消解，族长的权力和权威，已经弱化甚至颇为无奈、无能为力了。调解当然是其主要职能，但如果当事各方不同意，似乎族长也已经无能为力，还得最终靠官府的父母官来裁夺。

第三节　与上司抗辩，重事实而不枉

在封建时代，官场上以尊上司之令为本，而不管事实情由如何，这是最基本的为官之道，也算一种“潜规则”。但蓝公却以清正廉明为本，而不惜得罪上司，甘冒被题参革职的风险，坚持以事实为依据，以法律为准绳，绝不冤枉一个好人。

《蓝公案》第十四则《云落店私刑》就是一个很特别的个案。

话说海阳县吏李振川从省里出差回来，夜宿云落邱兴旅店。夜里发现公款四两银失窃，怀疑是雇来的脚夫邱阿双所为，便与族侄李阿显一起逼供邱阿双，最终将邱阿双逼讯打死。之后只承认自己用木棍打了邱阿双的额角，而其他如头上的篾箍伤、身上的藤条伤、下体的烤烧伤等，都是云落汛兵营的管队蔡高及兵丁四人所为。同行受雇之人吴阿尾、林阿雄也作了同样的供述。

蓝公火速“填注图册通报。一面移檄云落汛，提到蔡高及店家徐阿丙”。之后，又移檄到惠来兵营，“将蔡高革除名粮，以便刑讯。一面移取纵兵职名，附详题参，复吊集犯证，虚公研审”。经过一番审讯，发现其实不是蔡高所为，而是李振川和其侄子李阿显共同设私刑罚所为。之所以说是蔡高所为，是以为营兵害怕惹事，会和息了事。

于是，蓝公判到：“拟振川抵偿，阿显杖流三千里。蔡高、徐阿丙不行劝救，阿尾、阿雄初供不实，各予八十重杖，解府审明，转解臬司。”

此案故事的精彩之处在于，蓝公最后上呈的案情及判词与初次申报的情况不符，导致上司臬司（即提刑按察使司，设按察使，正三品）极不高兴，要求蓝公以初审结果为据，重新复审改过。

“臬司以初报供指为凭，今审系振川、阿显致毙，与原详不合，檄驳复审。”蓝公认真复审，再次将原拟判词呈上，结果拂逆了臬司的意愿，臬司意欲让蔡高充当凶手，以约束兵丁不当的罪名参革。蓝公不依，竟驳回了臬司的指示。臬司“不胜愤怒，欲加以易结不结罪名，劾余落职。”但蓝公坚持正道，不想以冤枉无辜之人而保全官职功名。臬司再次招蓝公到省城训斥说，“汝恃才执性，目无上司，我原檄如何驳诘？汝竟置若罔闻！此案若非营兵凶手，何能为此酷刑？汝从前验报如彼，今日审详如此，何以达部结案？兹付汝再审，汝其慎之”。这段话透出的意思有两重：一是蓝公目无上司，拂逆了臬司欲将凶手推到营兵队长蔡高身上的意图，也说明当时长官操弄案件是多么随意。二是之所以这样做，其实也是起初蓝公先申报说是营兵所为，但现在审讯查实的却不是营兵，而是身为县吏的李振川叔侄。前后翻转怎么将此案上报到刑部结案呢，为此执意要求蓝公再次审慎复审。但蓝公却义正词严，“当时录供通报，则据所言如彼。今日审出实情，则定爰书如此。大部驳诘，亦无如何。去官事小，枉杀非辜事大，唯有静听参革而已”。

臬司听了蓝公的陈述，“跳叫詈骂，欲行揭参”。

蓝公想了一招，就是将案卷、人犯带赴本府公署会审，让府宪知府大人胡公审讯为主，自己只是从旁静听，命胥吏记录了口供。而李振川等人也“坚供如前，至死不变”。

蓝公只是更改了问语，补充了新供词，但仍将原拟定判词再次呈送臬司。可想而知，臬司“阅毕大怒”。蓝公直言坚持，请臬司自己再次亲审。结果，各相关证人和嫌犯均如蓝公之前所审一致。到了这时，臬司也无可奈何。书吏建议：“此是实情，非作手也。且将此案商之抚宪可乎？”书吏建议将案情申报给巡抚，让巡抚定夺。最后，巡抚同意“依拟题结”。没多久，凶手李振川、李阿显因受刑不过，先后死于番禺县狱，也等不到执行极刑了。①

---

① 安遇时、蓝鼎元等编撰：《名臣问案牍》之《蓝公案》，重庆出版社 2008 年版，第 483—485 页。

品析：

这则案例，除了展现蓝公与上司在"法律事实"面前的冲突，蓝公维护了正义而未枉法之外，还非常真实地呈现清代司法制度的具体运作过程：县衙办案过程及拟判建议逐级上报到刑部，涉及营兵的另行通过兵部系统参革；省一级专门刑事司法机构提刑按察司进行复审，如果与原拟报的结果不相符，刑部复核就要质疑，会发回重审而不能结案。这时，省一级的司法衙门可以先行请示地方总责官员巡抚定夺。

此案难能可贵的是，尽管经历了不少周折，但是各级地方官员，从县衙、到知府再到臬司、巡抚，基本上还是尊重审讯的事实结果的。府衙会审，按供词真实记录上报。而臬司一再发怒，主要顾忌的是与原拟的推断不同，刑部会发回重审；尽管有诬枉营兵的轻率、枉法的一面，但最后自己亲审后，也还是尊重了嫌犯和证人的证词，如实上报巡抚，由巡抚裁夺。说明清朝康、雍年间的司法生态总体上还是好的，司法制度的运行规范程度，至少在广东潮州、普宁县，以及府、省一级，还是畅通和基本公正的。

第四节　私下再嫁，倍偿负刑

《蓝公案》第十五则《三山王多口》：

村民陈阿功以急究女命告称：自己女儿勤娘嫁给邻乡林阿仲为妻，婆婆许氏憎恶勤娘家贫，素来苛刻待之。九月十三，自己去家探望女儿，发现女儿不见了，不知是被婆家打死还是另行拐卖他嫁了。

陈阿功家贫，自女儿勤娘嫁到邻乡后，勤娘借故时常回娘家。一日，陈阿功让勤娘仅十岁的弟弟陈阿居送姐姐回婆家，陈阿居只送到三山国庙离姐姐婆家还有几里地之处就返回自己家了。村民王阿盛见到陈阿居还过问了此事，算是证人。

蓝公经过提审林阿仲母亲许氏、陈阿功、证人王阿盛，以及陈阿居，有了心证："此必系阿功立心不良，欲图改嫁，故藏匿耳。"但陈阿功矢口否认，"阿功刁悍，阿居幼小，皆难于刑讯"。于是蓝公巧借三山国王庙的"国王"之口，让嫌犯陈阿功供认了实情。

陈阿功供称："为穷饿所驱，嫁在惠来县李姓者，聘金三两。愿鬻牛以赎之。"于是蓝公将陈阿功痛杖三十,戴枷于市。判令道:赎回了女儿再释放,赎不回就不放人。

于是陈阿功让其妻王氏前往惠来县赎人。李家很生气,要求加倍补偿财礼。王氏只好卖了牛,换了六两银赎回了勤娘。但勤娘的原夫林阿仲听说要花六两赎回,又对勤娘已经失节颇为在意,于是私下找到原岳母王氏商议,讨要那六两银给他另娶,而勤娘还是归李家。陈阿功被戴枷两个月,几乎毙命,后悔不已。

品析:

此案中有两个颇有意思的司法细节。

一是讲"阿功刁悍,阿居幼小,皆难以刑讯"。对于老弱幼小之人,历代法律都有明文规定,不得刑讯。从《唐律疏议》到《大清律例》皆如是。如《大清律例》"刑律"之"断狱"条之"老幼不拷讯"款规定:"及年七十以上,十五以下,若废疾者,并不合拷讯,皆据众证定罪。违者,以故失入人罪论。其于律得相容隐之人,及年八十以上,十岁以下,若笃疾,皆不得令其为证,违者,笞五十。"[①]此案中,说"阿功刁悍"难以刑讯,是说陈阿功人品刁蛮,即使用刑讯之,未必能达到目的,而不是说陈阿功年岁过老,不合用刑。对于陈阿居,则是因"幼小",才年方十岁,完全属于不合用刑及允许因亲属之故相为容隐的年龄。所以用"难以刑讯"表述,法律适用可谓是专业和到位的。

二是将一女二嫁,而受骗方李家要求加倍偿还财礼。同时,前夫发现财礼加倍,自己的女人又被另嫁,嫌其"失节",于是私下找原岳父家商议,"得金更娶,而勤娘仍归李矣"。是否合律?

此案中,主要涉及的是陈阿功嫌弃亲家太穷,故而有意诈称女儿失踪,实则是将女儿另嫁,以谋取聘礼。对于这种"重婚"罪,历代律令都有明文规定。如《大清律例》卷十"户律"之"婚姻"条之"男女婚姻"款中规定:"若再许他人,未成婚者,女家主婚人杖七十;已成婚者,杖八十。后定娶者知情,主婚人与女家同罪,财礼入官;不知者,不坐,追还财礼。给后定娶之人。女归前夫。前夫不愿者,倍追财礼给还,其女仍从后夫。男家悔而再聘者,罪亦如之,仍令娶前女,后聘听其别嫁。不追财礼。"[②]按大清法律规

① 田涛、郑秦点校:《大清律例》,法律出版社1999年版,第573页。
② 田涛、郑秦点校:《大清律例》,法律出版社1999年版,第203页。

定对照此案，李家不知道陈阿功嫁女是另嫁，当陈阿功让其妻王氏来赎回女儿时，非常生气，提出“倍偿财礼”，这一要求显然是合法的。但后来，前夫听说财礼加倍，又嫌弃妻子已经另嫁李家，提出将加倍的财礼给自己，妻子归后夫。这种“交易”，因前夫家不知前妻家会另嫁，所以，按律规定“前夫不愿者，倍追财礼给还，其女仍从后夫”，也有律令可循。只不过，这里的“倍追财礼”没有规定谁来出，由后娶其女的男家出，只要后夫愿意，女家也乐得其成。

《蓝公案》第十七则《忍心长舌》，说的也是因贫而另嫁卖女的案例。

故事说的是，林振龙的女儿林贤娘嫁给刘公喜十一年，生一子一女。某日刘公喜外出，回家不见了妻子，到岳父家也没有见到。刘公喜私下打探，知悉是岳母钟氏私下让儿子林开乔和人贩中介郭阿连将林贤娘及幼女另嫁卖到邻县惠来的甲子所李姓家。刘公喜气急，告诉了族人刘文实和一众同族，到林家要人，并毁坏林家田园里的薯芋。钟氏眼看无法退众，拿刀自划脖颈，大家惊骇而走。但钟氏只是受了轻伤，并无大碍。不想二十多天后，钟氏得了场重病死了。林家借机以刘文实主谋聚众行凶、逼杀钟氏为由告到官府，而告词后开列的元凶则是刘公喜。刘公喜也以林振龙拐卖另嫁妻子为由上告。

蓝公差人拘捕到郭阿连以及一干证人，反覆审讯林贤娘、郭阿连等人都“不实供，刑之不变”。林贤娘更是诬称自己的丈夫为私生子、没有固定居所、是个赌徒，不顾妻子无衣无食，自己是被刘文实、郭阿连等所卖。即使打脸二十、拶指、拷刑三十，林贤娘均“声色不动”。

而通过讯问刘公喜、刘文实，以及邻里、乡保，都证实刘公喜素来守本分，无丑行，以贸易为生，亦无赌博，室庐完固。孰是孰非已经了然。

在蓝公怒发冲冠、揭开真相之后，林贤娘乃服，说道：“并非与阿连有苟合，但连年饥馑，卖女者多，不只吾父母。”而林振龙、林开乔父子也承认把林贤娘和其幼女卖到了甲子所。蓝公命林家赎回林贤娘和幼女。

蓝公遂问刘公喜，是否还敢要这样的妻子。刘公喜连称“不敢”。“乃听归后夫”。“郭阿连按律枷杖，林开乔以母丧，故开一面之网。追聘礼，贫无可偿。劝刘公喜姑置之，勿以污秽之财，差及阿堵，使觍门第者，以为有不祥之气。而林振龙以年老姑宽。”①

① 安遇时、蓝鼎元等编撰：《名臣问案牍》之《蓝公案》，重庆出版社 2008 年版，第 495 页。

品析：

此案断罚也可谓情理相协。刘公喜不要林贤娘这种不贤之妻，所以听归给后夫。但因为原岳丈家贫，又死了岳母，所以蓝公劝刘公喜就不要追讨当初的聘礼了，免得以污秽之财玷污门第。林振龙因老迈、林开乔因母亲钟氏刚死尚在居丧时期，都得到了宽免。倒是专职贩卖人口的郭阿连没能幸免，被"按律枷杖"。对照《大清律例》卷二十五"刑律"之"贼盗下"条"略人略卖人"款规定，"若和同相诱，及相卖良人为奴婢者，杖一百、徒三年；为妻妾、子孙者，杖九十、徒二年半；被诱之人，减一等。"[1]郭阿连仅枷杖，还是属于相对轻判的，而林贤娘诬告自己的丈夫，也应按律"反坐"的，这里却没有判罚。林振龙因年迈，所以他转卖（转嫁）自己女儿和亲孙女的罪责得到了宽免。其根源都是因为家贫，由此可见蓝公判案的基本人道主义思想。

① 田涛、郑秦点校：《大清律例》，法律出版社1999年版，第405页。

第六章

《林公案》折射清末法治状况图景

《林公案》[1]描述了林则徐一生仕途之路和其主要政绩。以林则徐不畏权贵、一心为民,平冤断案、造福地方,整治河漕、查禁鸦片等为主线,将其正大光明、为民请命、智断疑案、惩治腐败的形象刻画地栩栩如生、跃然纸上,展现了一幅清末官场政治、社会治安、市井生活、民情风俗等画卷,所涉及的奇案疑案、侦查审断、公堂质对、讼师幕友、司法流程、法律适用等方面,为我们提供了丰富、生动、具象的图景和佐证。虽是公案小说,但也可作为清末官场与社会法文化流脉的一种质证。

第一节　入幕府佐理案卷,破奇案平冤狱声名鹊起

第一回到第三回,记叙林公二十岁得中举人,即被福建闽清县知县谢选门延聘作为幕府,佐理案牍,连破两件离奇冤狱而声名大振的故事。之后便被福建巡抚张思诚延揽到幕府专司折奏,又协助破获漳州府官盗大案的故事。

一件冤案是杜成妒杀倪根案。

杜成的妻子许氏,当堂供认凶手非杜成,指认是陆大杀人,陆大受不住刑讯,只得诬服。林公偶阅供词,觉得情节可疑,遂报告县令谢选门私访暗察,终究水落石出,还民清白。

① 安遇时、蓝鼎元等编撰:《名臣问案牍》,重庆出版社2008年版。

杜成家居闽清县东城外,父母早殁,幸有舅舅陈大松、舅母陈刘氏抚养其长大,并替他聘娶了许氏为妻。杜成一向在城内米铺做伙计,早出晚归。许氏便与倪根暗中有了私情。一日杜成回家,路遇一帮孩子叫他“杜乌龟”,由此揭开了这桩丑事。杜成回到家假意说要外出讨账,暗中发现了许氏与倪根私会。杜成愤恨之余,回告舅母,又不顾舅母劝解,夜里偷偷回到自己家中,摸黑将倪根挥刀杀死。又寻不到许氏,只好慌忙跑到舅舅家告知杀人的事情,追问淫妇许氏是否来过。舅母陈刘氏吓得目瞪口呆,知道人命非同儿戏,劝他连夜远走高飞。杜成便连夜逃往福安县,在裕康米铺中做了伙计。

陈刘氏未见许氏前来,便前往家中探望,发现一切如常。许氏还追问杜成下落,以为杜成并未杀人,自己收敛守节,足不出户。这样过了数月,陈大松因事去福安,偶遇了杜成,说起许氏种种情状,杜成也觉得此事并未张扬,回家也无妨。这样舅甥两人回到家中。杜成、许氏夫妻和好如初,同在舅舅家吃了晚饭方才回到家中。杜成问,听说倪根被人杀了。许氏含笑答道:何苦惺惺作态,你自己就是杀人凶手呀。杜成便问缘由。许氏回,自己睡梦中发现有人进院,就偷偷爬到橱柜顶上,目睹杜成杀了倪根,又找不到自己,遂开后门而去。自己点灯一看,倪根身首异处,死在血泊之中。惊骇之余,想了一条毁尸灭迹之计:将尸体肢解煮烂,将骨取出藏在箱中,肉糜就用米糠拌和,按日喂猪。所以第二天舅母来家未看出破绽。

没想到夫妻两人的交心话,被一墙之隔的邻人陆大偷听到了。陆大平常就垂涎许氏美色,心恨许氏私下与倪根相好。知道了真相后,便找到倪根胞兄倪大,两人一同到县,找了书吏,写了状子,投入衙门。

县令谢选门准状,差人提审杜成、许氏。结果许氏承认了自己的奸情,一口咬定凶手是陆大,并作证杜成早在事发前就去福安米铺当伙计了。许氏招供说,在与杜成成婚前,就被陆大引诱成奸。嫁给杜成后,与陆大关系渐渐疏远。后又被倪根引诱,不再与陆大往来。此事被陆大知悉,陆大乘那夜自己与倪根私会,越墙而入,将倪根杀了,又威胁自己帮助毁尸灭迹,否则也将自己一刀两断。自己只好将倪根尸身砍成七八段,用锅煮成肉糜,拌糠喂猪。以后陆大便时常来纠缠,自己不答应,陆大便教唆倪大,捏词告状,还望青天大老爷明鉴。

县令谢选门“颇觉有理,即提陆大到堂对质”。许氏一口咬定。“以后历用刑讯,许氏坚执前供。选门信以为真,遂用严刑鞫讯陆大,陆大不堪其苦,诬服画招,冤狱构成。”

但谢县令“终觉情节离奇,不敢冒昧定案上详”,便与林公商议。林公也觉得此案有问题:陆大如果真是凶手,早已远走高飞,岂肯反作见证,同倪大来县告发?于是林公想出一招,故意让差役带许氏、陆大见面,对他们说:你俩已经定案,明天就要处决,特备一桌酒菜,你二人开怀畅饮,叙叙旧情。结果两人敞开心怀,互相说出了真相。而这些话都被隔间的林公听了个真切,此案遂得以告破。林公对许氏说道:"要知杜成杀奸,罪或可恕,你以前的行为虽不正当,此次回护亲夫,情本可原,只不该诬攀陆大。且待县尊酌议定案。"此段话,体现了林公对大清律令的熟稔和情理相协的适用才能。

谢县令再次提陆大、许氏、杜成审讯。杜成、许氏两人照实供认。"陆大无罪,当堂开释。"又让林公写案卷上报,"拟定杜成、许氏徒罪,成全了二人性命"。大家都称谢选门为谢青天,却不知皆出自林公之手。

品析:

此案初为冤案,造成冤案的根本是听信许氏一面之词,又在严刑下让本来无罪的陆大屈打成招。好在谢县令还是一位认真负责的县官,心里总觉得有问题,遂让林公重审,冤案方得以纠正。

此案牵涉杜成杀死奸夫、私下通奸的许氏又毁尸灭迹还诬告他人。对照《大清律例》卷二十六"刑律"之"人命"条"杀死奸夫"款,该款规定:"凡妻妾与人奸通,而本夫于奸所亲获奸夫、奸妇,登时杀死者,勿论。若止杀死奸夫者,奸妇依和奸律断罪,当官嫁卖,身价入官。"[①]就是说,如果在现场捉奸捉双,当时杀死奸夫、奸妇,可以不追究。

那么,如果不是在奸所当时抓获奸夫、奸妇呢,那就另当别论了。《大清律例》比其他朝代规定地更精细、全面。例如,此款下的"条例"中就罗列了各种情况:

"奸夫已离奸所。本夫登时逐至门外杀之,止依不应杖。非登时,依不拒捕而杀。"

"奸夫已就拘执而殴杀,或虽在奸所捉获,非登时而杀,并须引夜无故入人家已就拘执,而擅杀至死律。"[②]针对此案,杜成在自己家中,抓获奸夫、奸妇现行,当时杀死,本可以"勿论"。但杜成先有预谋,后又逃走,故最终被拟"徒罪"。

① 田涛、郑秦点校:《大清律例》,法律出版社1999年版,第423页。

② 田涛、郑秦点校:《大清律例》,法律出版社1999年版,第424页。

而奸妇虽毁尸灭迹，是帮助亲夫掩盖，后又回护亲夫，诬告他人也是为了保护亲夫，很符合封建“三纲五常”的道德行为，属于值得“赞赏”的行为。若按和奸罪定案，也只是杖刑。《大清律例》卷三十三“刑律”之“犯奸”条规定：“凡和奸，杖八十；有夫者，杖九十。”[①]所以，许氏也不至于判死罪。但诬告人则要反坐。《大清律例》卷三十“刑律”之“诉讼”“诬告”条规定：诬告“至死罪，所诬之人，已决者，反坐以死。未决者，杖一百、流三千里。”[②]所以，判许氏“徒罪”是合律例的。

第二个离奇案件，说的是闽清县西乡朱村，有寡妇王周氏，膝下只有一女儿叫秀姑，赘婿何金生，素性刚强，夫妇时常口角。原本王周氏欲将婿做子，见金生脾气太坏，又过继族侄永福为嗣子。

一日恰巧镇上敬神演戏，金生、永福两人同去挤入人群观看，金生走失，一连数日不见踪迹。村里好事之人知道金生夫妇平常多口角，又同继子一同出门，便有了种种怀疑之论。金生父亲何子青便托讼师撰状捏词赴县控告，称继子永福与妹通奸而谋害了夫婿金生。

代理知县许鼎阅状批准，提王寡妇、永福和秀姑三人到案，初时三人极口叫屈，无一供述，遂用刑讯。三人难以承受，只得诬服。等知县谢选门回来再审，三人供词仍一致，并未翻供，似无可疑之处。谢知县征询林公意见，林公答：“三人供词合一，虽无可疑。但原告诉称赴镇观剧后谋杀，次日假称失踪，至今尸骸未得，生死未明。倘冒昧定案，一旦何金生复出，又将如何？”谢知县深以为然。正待详加审讯，忽接省里钱臬司来文，要求将此案解省。原来许鼎与钱臬司是亲戚，许鼎卖弄自己才能，事先详告了此案。钱臬司信以为真，却久未见解省，“只道已受贿私和，姑用札饬提省”。谢县令让林公详细列明疑点上报，臬司批阅后送发审局细心研讯，一经审讯，即知有冤，就又发回县里重审。

林公将三人隔别，分别问尸首处置的情况，三人却各说其话，显然不是共谋杀人。于是林公出了一招，到各处张贴赏格，悬赏二百两找寻金生。果然，在永泰县有个木客陈小亭发现自己的商行中有一新伙计与赏格中所描述的金生非常相似，一问果不其然。原来，金生在家被看不起，自己寻思外出打工攒点钱再回家，免受老婆憎厌。金生知道因为自己私自出走险酿人

① 田涛、郑秦点校：《大清律例》，法律出版社 1999 年版，第 521 页。

② 田涛、郑秦点校：《大清律例》，法律出版社 1999 年版，第 481 页。

命大案，于是星夜赶回闽清，一则可能的冤案就此结案。林公因这两案而声名鹊起，结果被巡抚张思诚延请为幕府，办理折奏。

后来，协助张巡抚破获了漳州府知府李太守官盗大案。原来李太守早年是江洋大盗，捐了巨金而谋得漳州知府太守之职，原以为可以搜刮巨资，不料未能如愿，故而以官职为掩护重操旧业，每每乘夜偷盗地方巨富之家，共计数十起，一时闹得地方人人自危。地方久未能破案，龙溪知县苏希东因为许多盗案不破，已经受了革职留任的处分。张巡抚让林公暗中查办，林公密派原闽清县退役捕快童顺到地方暗中蹲守巡察，终于发现了知府大人的大盗行径。盗官被押解到省，"当下画供之后，定成死罪"。

品析：

代理知县许鼎之所以差点酿成冤案，是只偏信三人一致的口供，而未实地勘察，获得物证。而林公提出，"至今尸骸未得，生死未明"即点到了要害处。所以卷宗到了省里，也发觉疑点甚多，发回重审。龙溪知县苏希东因为许多盗案不破被革职留任，说明在清代对职官的管理还是严格的。当其听到省里派来的名捕童顺探知李太守的重大嫌疑后，苏希东道："我是他的属下，他是堂堂四品黄堂太守，未曾参革，怎好去拿捉他？还是你赶快回省请示机宜，然后下手为是。"[①]这里，既体现了苏知县知道上下级的规矩，也体现他对大清律法的基本了解。对照《大清律例》卷四"名例律上"之"职官有犯"款，规定大小官员有犯公私罪的，须先奏闻请旨，不能擅自勾问。"文武官犯私罪"款的条例中规定："凡外任各官，遇有钱粮、刑名事件，应行革职者，该督抚题参时，即行摘印委员署理，俟奉旨之日再行开缺。若有奉旨宽宥者，仍准复还原任。"[②]名捕童顺回省请示后，巡抚衙门下了密札，派了协镇官兵前往太守府将李太守缉拿归案，即体现了律例的法律要求。也说明该书作者对律法是非常了解的。

之所以判李太守死罪，不是因为他是官员、大窃贼，而是因为他是江洋大盗。属于强盗，而非窃盗，故按《大清律例》，不论首从，皆斩。

① 安遇时、蓝鼎元等编撰：《名臣问案牍》之《林公案》，重庆出版社 2008 年版，第 527 页。

② 田涛、郑秦点校：《大清律例》，法律出版社 1999 年版，第 91 页。

林公后来从张巡抚衙门辞职参加会试，得中进士，初被授翰林院编修职，后任江西、云南、江南等地正主考，所收门生如赖恩爵、李廷玉等，皆为文武兼备的人才。嘉庆廿五年，林公被补授御史，他察吏除奸、切实弹劾，不避权要。后来，因时任兵部尚书穆彰阿收受万金保举绿林出身的张保仔出任厦门总兵一职，被林公力阻未能得逞而怀恨在心，种下日后屡次欲谋害林公的祸根。而穆彰阿因其兄弟敬敏在京城大街上恣意纵马踩死寡妇幼子，而被林公参奏到嘉庆帝前，穆彰阿被罚俸三月，因而对林公也恨之入骨，为日后落井下石陷害林公埋下伏笔。

第二节　首任江苏按察使，惩治恶霸慰民心

林公从杭嘉湖道任到淮扬道任，治理私贩私盐的长江帮等帮派再到江苏转任按察使，接到其恩师潘世恩来函，信上说明皇上传谕即速赴任外，还说近闻苏州三霸为害地方，务必密查确实，惩一儆百。

《林公案》第八回到第十三回描写的是林公查访并惩处苏州三霸的案情事。林公赴任途中，在吴县地界距离苏州城有十数里地，因口渴欲觅一茶坊解渴，在市梢口，目睹了一个三十多岁的麻面骡夫与一壮汉争论，与壮汉发生口角，两人相殴，被壮汉打死。一帮人将壮汉扭住，地保也闻讯赶来。壮汉自称查斌，在协盛镖局当伙计，自言明人不做暗事，失手伤人，理当到县里自首，地保就同他入城投案。

因天色已晚，林公当晚就在市上小客栈歇宿。借机访查出苏州城三霸来历。一个叫铁头太岁潘金城，家住胥门内；一个叫小天王赖英，家住金鸡湖；一个叫金面魔王葛大力，家住枣站。

第二天，林公付账出门，又正好碰到众人涌往东市梢看验尸，吴县知县赵鸿正带着仵作等人在那里相验。离奇的是：死者并非昨天三十多岁的骡夫，而是更年轻的少年。且验得死者浑身有铁器伤三十一处，其中致命伤两处，一处在太阳穴、一处在头顶，系生前被人用铁器打死。县官吩咐填明尸格，尸身无人认领，让地保买棺收殓。林公一听一看，便觉得其中有诈。考虑到此案迟早要申报到自己这里，就没有当场点破。

县官回衙审讯查斌，斥其分明是恃蛮杀人，而非误伤人命。查斌极力喊冤，县官反责其狡猾游供，几次提审，屡用大刑，查斌受刑不起，只得含糊招认。于是知县赵鸿以照律论抵，申报到林公按察使处。

第九回讲的是，林公明知查斌是失手误伤人命，按律自无死罪，一定是有人私下偷换了尸身，于是亲自审讯，将地保何二提审到堂。何二交代，当夜看守尸身的是伙计朱四。移尸调换，实不知情。林公立刻饬提朱四到案。朱四交代，自己那晚去看尸，因为天寒，喝了三碗酒，精神疲倦，就在尸身旁睡着了。半夜醒来，忽然发现尸身不见了，害怕之余，忽然想起前些天李根寿把自己叫到他家，给了四两银子，两人共同把一个被打死的少年放入棺中，抛到荒地。于是自己跑到那荒地，劈开棺盖，将那少年尸首移到尸场。知县来验尸，也未深究，就含混过去了。

林公追问，那李根寿家住哪里，靠什么生活？朱四答，在金鸡湖旁赖英的湖滨别墅当保镖教习，而赖英正是号称小天王的恶霸。平素游荡成性，最喜欢养鹰，周围笼络了一群混混。李根寿仗着有些武艺，也来投奔，担任了教习。“后来赖英放鹰玩得厌了，就专在女色面上做工夫。瞧见有姿色的小家碧玉，先命庄丁去通知，不管人家答应不答应，竟自留下一百两银子为聘礼，择日派人去接；倘若女家不允，便恃蛮强抢，被他看上眼的，谁也休想躲过。但是金鸡湖离城不远，强抢良家女子，为什么没有人向官厅告发呢？只因赖英声势浩大，他父亲在日曾做过提督，门生故旧着实不少，当地绅士与他都牵些戚谊，地方官吏也有往来，平民百姓怎敢和他作对，只好忍气吞声，自认晦气。赖英的胆子，由此愈闹愈大。”[①]这段交代，把小恶霸赖英强抢良家女子等恶行交代得一清二楚，同时，也点明了平民百姓不得不忍气吞声的缘由。

林公随即进行了一次险些丧命的别墅探访。林公化妆成算命先生到湖滨别墅庄外，被李根寿请进庄内，想给自己算上一卦。结果被赖英等人识破。他们一不做二不休，将林公囚禁在白石洞，本想暗中谋害。不料，赖英有一个堂侄叫赖恩爵，在林公典试江南时，得中第十一名武举，家就住在湖滨别墅附近，平日里对赖英的行为就很不以为然，屡进忠言，反被赖英嫉恨。幸好赖恩爵夫人周氏到赖英府上，听说了林公被囚一事，转回家告知了赖恩爵。赖恩爵便乘夜偷入别墅救出了林公。

赖英第二天得知林公被救走，一时乱了方寸。对李根寿说道：“放他回到衙门，这场祸事就不小，明天必定派兵来捉人。那时束手就缚，固然心中不甘；若和他对垒，又得担个拒捕的罪名，乱子愈闹愈大，这便如何处置呢？”[②]这里，赖英自己也点出了“拒捕”罪名不小的担忧。

---

① 安遇时、蓝鼎元等编撰：《名臣问案牍》之《林公案》，重庆出版社 2008 年版，第 546 页。

② 安遇时、蓝鼎元等编撰：《名臣问案牍》之《林公案》，重庆出版社 2008 年版，第 550 页。

结果，李根寿献计，商议投奔从闽海被追剿逃到太湖为寇的蔡牵。

第十一回到第十二回，讲述众英雄如何将李根寿等贼寇一网打尽的。赖恩爵知悉赖英等逃走，对夫人周氏说，“这便如何是好？他犯下弥天大罪，擅自囚禁命官，已该万死；如今竟去做起强盗来，益发罪上加罪。我奉了林大人之命，特来监视他行踪，如今走了，连我都脱不了干系”。

之后，赖恩爵联系了自己的师傅，少林俞派大家张幼德，以及师兄弟等人，深入太湖马迹山设伏捉住了李根寿。而赖英则早跑到北京走门路，欲将林公参革。

在大堂上，林公将朱四带上与李根寿对质。李根寿供称：“少年死尸，名叫许森，家住娄门外，因姊姊翠菊被赖英强抢，欲行非礼，自行撞死白石洞中。许森连日到别墅中，索人吵闹。赖英命咱用铁尺把他打死，尸体入棺，由朱三、朱四扛出。至于移尸一案，实不知情。”“林公命他画了供，上刑具收监，一面备文申详，一面传许森家属领尸。等到京详复转，李根寿斩首，朱四监禁三年。”[①]一桩移尸案遂告一段落。

此段叙事，讲了赖英强抢良家女子而致人死亡，又令李根寿打死许森。因此，李根寿被判斩首也就是罪有应得。

李根寿案之后，苏州城对林公敢作敢为的公义之举，口碑相传，告状之人便蜂拥而至。其中，告恶霸潘金城的案子最多，占了十分之六七。而事实上，论罪恶，则葛大力实居三恶之首。葛大力原本是沙棍出身，私通大盗，无恶不作，原有家产二千多亩沙田，都是武力抢夺而来。家中养了一百多打手。开销既大，沙田租息又薄，以致日不敷出。于是又勾结大盗，做些坐地分赃的勾当。因为其兄葛大椿在京担任御史，是穆彰阿的爪牙，府县惧其势大，就算有人控告，也不敢为难葛大力。

再看林公如何惩治恶霸潘金城、葛大力的。

葛大力依仗着自己会些功夫，且又网罗了一批江湖武师。尤以风、雷、火、电四个教师最为凶猛，一蓬风肖仲、轰天雷裘狮、火眼豹冯虎和电光腿褚宗，平素为所欲为、横行无忌。林公知其势力大、又有武师相助，捉拿并非易事，便令赖恩爵师傅张幼德等人前往其庄院密拿。

张幼德吩咐赖恩爵在城中保护林公，以防不测。自己带着赵猛、裴雄、周培、杨彪等英雄，乘夜扑奔葛家大院。

杨彪闯入葛家大院，在一处院落发现了葛大力与一个美貌姨娘一起吃酒，由于立功心切，贸然挑帘闯入，不料被陷坑和网兜罩住而被生擒。好

---

① 安遇时、蓝鼎元等编撰：《名臣问案牍》之《林公案》，重庆出版社2008年版，第556页。

在葛大力并未急于杀死杨彪,只想审出主使,而被周培搭救。张幼德、赵猛、裴雄随后也发现了葛大力所在,便杀在一处。就在师徒三人被肖仲、裘狮、冯虎以及众庄丁围住,苦战不下,渐渐不敌之际,赖恩爵带着大队官兵杀入庄中,终将葛大力、肖仲擒住。而冯虎、裘狮和褚宗等人则乘机逃脱。

第十三回详细描述了林公如何审明案情、申详刑部,如何被题参冤枉,又终究因家母寿终回籍奔丧,而令葛大力得以轻脱的过程。由此也可知晓清代中后期朝纲松弛、朋党为奸、贪赃枉法的官场怪相。

林公提审肖仲及被捕庄丁,好言劝导,直言如能把葛大力平日所为照实供明,立即开脱。那肖仲原本只是做保镖出身,被葛大力重金聘为护院师爷,原未料到葛大力另有用意,见其收容巨盗,坐地分赃,心中十分不自在。于是,便将葛大力怎样收留漏网巨盗,坐地分赃;怎样硬夺沙田,强抢妇女,细细供明,当堂画了供。其他庄丁所供与肖仲完全相符。

林公得了实供后,才提审葛大力到案严讯。可见林公办案,首重事实凭据,而不是直接靠刑讯乃至逼供。但在事实面前,葛大力仗着朝中有人,依旧狡赖。林公立即将肖仲等人取出到堂质讯,可谓当面质证。葛大力见他们多已招认,心中甚是怀恨,但仍自强辩道:"五木之下,何求不得,这显见你滥用刑讯,肖仲等受刑不起,只好诬服。"尽管是葛大力狡辩,但从一个侧面折射出,当时民众也知道官府"滥用刑讯,受刑不起,只得诬服"是普遍现象。也从另一个侧面,反映出葛大力还懂得用法律知识来保护自己,知道"诬服"违律,可得伸冤。

林公勃然大怒道:"你且问肖仲受过何刑?事到如今,还敢巧言欺人!"说着把收下的一叠状纸,掷到他面前道:"肖仲的供词,是本司用严刑逼出来的,这许多状子,难道也是本司用严刑逼出来的?"葛大力到此,也哑口无言。肖仲在旁劝道:"大丈夫一身做事一身当,你还是照实供认了罢!"葛大力道:"好!都是你们这班无用的东西,坏了我的事,还叫我供些什么?"林公就将肖仲供词照录一纸,提给葛大力画供。葛大力只好撳了手印。各犯仍旧还监收押。林公晓得这件案子必有反复,当即拟定罪名,叠成文案,申详刑部。[①]

① 安遇时、蓝鼎元等编撰:《名臣问案牍》之《林公案》,重庆出版社2008年版,第561页。

品析：

这里可以注意到：一是葛大力并未自行招供，只是在别人指认的供词上撤了手印。这为他日后翻案也提供了说辞。二是林公审案颇有经验，懂得多用旁证和当堂质证。如果不是肖仲等人以及平日告状者的状词，葛大力就是狡辩不招，还真拿他没有更好的办法。三是林公知道葛大力有其兄葛大椿御史在朝中，一定会为葛大力翻案，故立即拟定罪名，先行申报刑部。

果不其然，葛大椿为了自己避嫌，托了同事朱御史，上疏揭参江苏按察使林则徐诬陷良民，越俎理政等罪状。同时还有个江御史受了脱逃到京城的赖英的贿赂，也揭参林则徐诬良邀功，希图考绩等罪。道光皇帝素知林公贤明，但同时见到朱、江两御史先后揭参，心中也不免怀疑，便将二疏交给大学士潘世恩阅看，潘中堂进言，林公在苏州如何中正不阿，平反冤狱，严拿势恶，口碑载道，深得民心。这才使道光皇帝将二疏搁置不提。不巧的是，此时林太夫人寿终，林公只得告假回乡。接替林公代理臬司的苏子青原先就与葛大椿有些关系，因此借故将葛大力从轻发落。

第三节 赴任陕西臬司，平反冤案名声再播

林公在老家侯官故里为母守丧期满，先是奉旨赴南湖督修堤工。一连数月，亲自督察，堤工告成。旋即又被派往陕西按察使任上。《林公案》第十四回到第十五回着重叙写了林公到任即破了一起奇冤之案的过程。

书中叙述道，“那陕西本系关中之地，民风强悍，仇杀及奸杀时常有的，更经蠹役滑吏恶讼从中教唆挑拨，构成许多冤狱”。此段文字展现了陕西当时的社情、民风及司法状况。直指官吏与恶讼勾结，教唆词讼、酿成冤狱的“常态”，而林公刚赴任果然就遇到了一宗民女高尤氏谋杀亲夫、亲子的奇案。

原来，某夜，高尤氏的丈夫、儿子同时被杀死在自家门外，高尤氏赴咸阳县报案，请验缉凶，日久一无所获。此事为西安知府毛东明所闻，勒限咸阳知县吕骏破案。吕骏只好勒限捕快缉凶，三日一限，五日一比，迁延一月，捕

快受不得打,大半告病辞职。吕骏格外焦急,为保全自己的功名,便向师爷屈仲昭求计。屈师爷出了一损招,让知县出五百金私赏,密授其计。吕骏找来捕快何德,给其二百五十两银子,让他私下觅人顶罪。于是一宗杀夫冤案就此酿成。

何德身为公门中人,手下自然有几个鸡鸣狗盗的伴党。他找到小偷王三密商,许诺给其二百两银子,说通他到公堂供认自己与高尤氏通奸,若被问起谋杀案,则坚称不知,都推到高尤氏一人身上。王三初时顾虑再三,何德连哄带骗又威胁:"此去大不了坐几个月监牢罢了。就中有了这一层关系,你到里边,自然有人照顾,终不成真个叫你吃苦,将来本官一定另有好处给你,这种机会,岂不比你在外边干偷鸡摸狗的勾当高些么?"[①]王三架不住何德的一番言语,应承下来。

于是,高尤氏莫名其妙从原告变成了被告。何德就把王三解案到堂,吕知县升堂审讯,王三供认与高尤氏通奸,而谋杀案则完全推到高尤氏身上。吕知县即提高尤氏到堂对质,高尤氏极口称冤,但经不住大刑,只得诬服。尤氏一族中尽知其冤枉,所以共同具状,让其只有十二三岁的女儿高贞贞到林公案下呼冤。

林公接案,阅过状词,又细细讯问高贞贞,高贞贞哭诉了整个冤案的经过。林公说道:"本司审案,素重事实,你妈妈如有冤枉,自当昭雪,你也不必啼哭!"[②]"素重事实"可谓点睛之笔,与今天"以事实为依据,以法律为准绳"的司法审判精神是一致的。林公便派差到咸阳将王三、高尤氏提到案,一经审讯即曝光了全案真伪,高尤氏当堂开释。林公一面将何德逮捕到案,一面即派张幼德去秘访此案凶手。张幼德身藏密查文书,一路明察暗访。结果在潼关一客店歇夜饮酒,巧遇何二、许福在高谈阔论高尤氏一案。张幼德用计诳出凶手何二的真话,又将两人灌醉。当时就通知了地保,将二人拿获到案。一审何二就彻底招供了。原来那夜何二越墙行窃,不料犬声惊醒了户主。男主追出门外,将何二辫子揪住,反被何二抽刀杀死。之后,又追出一少年,也被何二用刀杀了。

一则冤案由此平反。林公"备文申详刑部,等到部文复转,何二枭首示众,咸阳知县革职充军,何德和王三也按律治罪"[③]。

---

① 安遇时、蓝鼎元等编撰:《名臣问案牍》之《林公案》,重庆出版社 2008 年版,第 565—566 页。

② 安遇时、蓝鼎元等编撰:《名臣问案牍》之《林公案》,重庆出版社 2008 年版,第 566 页。

③ 安遇时、蓝鼎元等编撰:《名臣问案牍》之《林公案》,重庆出版社 2008 年版,第 568—569 页。

品析：

西安知府闻讯勒限知县吕骏破案，说明地方官吏对造成地方舆情动荡的凶杀案还是认真对待的。而知县被逼无法，不得不听从师爷损招，找人顶替以圆此案。知县可谓知法枉法，人为故意制造死罪冤案。因此，其不仅被革职并且被充军，算比一般的职官犯错更为严重。

对照《大清律例》，卷三十六"刑律"之"断狱上"条有"故禁故勘平人"款，指官员怀挟私仇故禁平人，要受杖刑。如致死，则要抵罪。卷三十七"刑律"之"断狱下"条有"官司出入人罪"规定："凡官司故出入人罪，全出全入者，以全罪论。"其中的条例规定："承审官改造口供故行出入者，革职；故入死罪已决者，抵以死罪。其草率定案，证据无凭，枉坐人罪者，亦革职。"[①]如果此冤案被执行，高尤氏被冤杀，那知县还要抵死罪。所以，流放充军的处罚还是恰当的。

《林公案》第十五回讲了又一则奇案。

一日韩城知县赵焕文晋谒林公，就朱姓疑案禀见请示。案情是，韩城县朱家坪，朱姓者居多。朱有成次子朱小成娶城中胡秀姑为妻。朱有成生有二子一女。长子早夭，次子即朱小成，女儿名淑贞，幼年许配给瞿姓，已择定吉日行将出阁。就在仅隔嫁期两日时，忽然淑贞被人杀死在卧榻上。朱有成一面向瞿氏讣告，一面请县官莅验。韩城县知县和仁到场验尸，发现刃伤咽喉，气食二管俱断。但检视门户屋顶，绝无痕迹。经现场细查各房，在胡秀姑随嫁婢女小桃房枕头下，发现了一封密函，上称小桃姐、下署一瞿字，并无名字。函中写道：

> 耳目众多，事宜缓图，请姐早晚留神！将来我与秀姑，决不负姐！淑贞前不可轻泄。

和县令得到此函，以为是谋杀证据，便将胡秀姑、小桃提到，讯问二人。小桃目不识丁，莫名其妙，极力呼冤。而胡秀姑也同样叫屈。和县令哪里肯信，多次刑讯，主、婢二人受刑不过，只得诬服。和县令遂以胡秀姑恋奸谋毙小姑淑贞灭口罪论死，小桃为从犯。

胡秀姑父亲得悉，急赴臬司衙门上控。前任俞按察阅禀，以为和县令有

① 田涛、郑秦点校：《大清律例》，法律出版社1999年版，第579、585页。

草菅人命之嫌。刚好和县令也因其他过失被上司题参免职，于是代理知县赵焕文接手此案重新审讯。恰巧林公接替了俞按察，赵知县便特来禀告请示。原来，赵知县私下派得力差役将淑贞的未婚丈夫瞿如玉拘捕到案，开始还抵赖，等将朱小成传来对质，后才照实供认。原来瞿如玉是个轻薄少年，时常到朱家串门，见小桃娇小玲珑，私下就与小桃勾搭，被朱小成屡次看在眼里，并未声张，及至被传讯，这才供认出来。但瞿如玉极力否认信函是自己所写，要求对比字迹。赵知县遂令给纸笔，瞿如玉疾书数十字呈上，果然非瞿如玉所写，赵知县不得要领，只得暂行收监。

林公于是亲自审讯。先令瞿如玉书写，果然不是他的笔迹。又令朱小成书写，朱小成不得已照录一纸呈案，虽然刻意掩饰，但对比笔锋，发现与私函字迹如出一人之手。提审朱小成，朱小成辩称，“小民没来由，为什么要谋杀胞妹？就算笔迹相符，也与胞妹被杀绝无关系”。说得很是在理。

林公又将瞿如玉带到讯问：“私函不是你亲笔，何以叙你的姓？你要脱罪，从实供来。”瞿如玉这才供出：私函是朱小成交给他的。因为朱小成嫌妻子胡秀姑貌丑，打算休妻另娶，苦无出妻把柄，特用此函，陷胡秀姑于不贞，借此休妻。如果不从，就将瞿如玉与小桃的奸情宣扬出去。自己无奈才转给小桃，不知她为何藏在枕席之下。至于淑贞被杀，实不知情。

林公觉得案情更加离奇。虽暂时还理不出其中的要领，但不外乎是奸杀和怒杀两种。林公又传家里男女佣人到堂，细细讯问。先问瞿如玉与小桃关系，众口一词发现两人确有首尾，时常厮混在一起。又问被杀的小姐平日如何，可有与其他男子往来。一干丫鬟都说，小姐守身如玉，为人和善。就是瞧见未婚姑爷到来，也远避不遑。林公这时有了心悟。小姐平常守身如玉，即可断定不是奸杀，而是妒杀。于是又审瞿如玉。要其供认除小桃外，还有其他几个外遇？瞿如玉供出：“外遇除小桃外，只有个屈大娘，她与死者比邻而居，前日闻悉我吉期将届，和我争吵过好几次，要我强逼退婚，我因她是个寡孀，不能与她成为正式夫妇，婉辞拒绝，她因此怀恨，曾说：‘必须设法破坏。’此后她绝不与我往来了。”

林公点头，立刻标了朱签，提屈大娘到案。因为有了瞿如玉的佐证，自然一讯即招。供称不愿见薄幸人与人成花烛，于是乘夜从露台上越入朱宅，趁淑贞熟睡时将她杀死。

林公当即判胡秀姑、小桃无罪开释。将屈大娘判了死罪。朱小成、瞿如玉行止不检，存心不良，各责手心二百，命家长领回严加管束。一重疑案，就此大白。

品析：

此案中，提到朱小成因娶了胡秀姑，嫌弃其貌丑，想休妻重娶，又没有正当理由，于是设计以不忠相陷害。其实，历朝历代律法，都还是极力维护夫妻家庭关系的，对于"出妻"有着明确的严格的界定和规定，即"七不出"。如《唐律疏议》卷第十四"妻无七出而出之"条规定："诸妻无七出及义绝之状，而出之者，徒一年半；虽犯七出，有三不去，而出之者，杖一百。追还合。"[①]（七出：一无子，二淫佚，三不事舅姑，四口舌，五盗窃，六妒忌，七恶疾。三不去：经持舅姑之丧；二娶时贱后贵；三有所受无所归。）

而《大清律例》卷十"户律"之"婚姻"条"出妻"款的规定与唐律几乎一样："凡妻无应出及义绝之状，而出之者，杖八十。虽犯七出，有三不去，而出之者，减二等，追还完聚。"[②]此案中，朱小成处心积虑要栽赃自己丑妻有不贞行为，即七出之二"淫佚"，以便出之，故与瞿如玉达成交易。

此案中，瞿如玉与小桃私下成奸，属于"和奸"，但也触犯了刑律，理应得到处罚。如《大清律例》卷三十三"刑律"之"犯奸"条"犯奸"款规定："凡和奸，杖八十；有夫者，杖九十。刁奸者，杖一百。""其和奸，刁奸者，男女同罪。"[③]所以，林公判小桃无罪释放，还是有些失当的。

第四节　江宁布政查赈灾，揭惊人真相

《林公案》第十七回说的是林公到江宁任布政使，亲自查勘赈灾实情，发现了逃荒恶习背后的惊人真相。

原来江苏江北泰兴县一带，十年九荒，非但国税无着，反而连连下拨国库公帑赈济。林公为此受命前往查勘治理。到任没几日，林公便同张幼德、杨彪扮成商人，雇舟前往江北，先到里下河一带查看。只见地势低于运河，倘若运河水涨外溢，则里下河一带的田地尽成泽国，因此地方常常报水灾，乞公帑赈济。当时雨水调匀，有几处底田，禾稻种得很盛。有几处却是一片

① 刘俊文点校：《唐律疏议》，法律出版社 1999 年版，第 290—291 页。

② 田涛、郑秦点校：《大清律例》，法律出版社 1999 年版，第 212—213 页。

③ 田涛、郑秦点校：《大清律例》，法律出版社 1999 年版，第 521 页。

汪洋。林公初时以为邻近运河,有溃堤决水所致,反覆查勘运河两侧堤坝,却并未崩溃,便觉得十分可疑。第二天从原路路过,发现昨天所见的长势甚好的稻苗也淹没成汪洋泽国。暗想昨晚并未下雨,又非湖讯暗涨之期,运河东西两堤,也未崩溃,水从何来?于是逢人便问,却都是含糊对答,更增加了林公的疑惑。于是改变策略,三人假装到酒肆中饮酒,以便搭讪探听些消息。正在酒肆中与两个老者闲谈,忽见酒肆门前人声嘈杂,走过许多难民,扶老携幼,宛如乞丐。林公便问一叫何义生的老者:今年天公作美,雨水调和,为什么还有这许多逃荒难民呢?

何义生仗着几分酒意打开了话匣子:原来有一帮难民,视逃荒为一种生意。逃荒既不需要资本,而且到处有里镇乡董招待酒食,临行还有银钱相赠,因此本处有几个不肖的武举人、文秀才,因没有本领图上进,便抛弃了正当职业,情愿做逃荒难民头脑,空手出门,满载而归,由是习成风气,荒年固然要出去逃荒,就是熟年,也要做成荒年,出去逃荒。

林公听了一番奇谈,很是诧异地问道:天地荒熟,凭天所断,不荒怎样好强做荒年,逃荒出于个人自愿,谁能强制人逃荒呢?

何义生叹了一口气,一连喝了两大杯酒,方才揭开了谜底:"往往有种田的农民,遇着雨水均匀的年份,赶农忙莳秧,若不使用小费,那逃荒头脑,就同着保正来干涉,不许栽种,说是此项田亩已经注入荒册,呈报省宪,不消耕种,将来自有赈款发给你们的。你若顺从他们便没事,若不顺从,他们到了夜间,就打通堤岸灌水入内,好好的熟田,变成了满水荒田。你若到县里去告状,那状词送进,如石投水,凭你三张五张诉状,连批语都没有一字。

原来一班猾吏、劣绅、土棍、地保,通同一起,朋比为奸,靠着逃荒赈济为唯一收入。南京制台派人查办,也被他们弄得叫苦连天。故像今年本来不是荒年,也照样的要报荒请赈……不愿随他们出去逃荒;土棍就率领无数难民,赶来食宿,把你家中存储的米粮,吃个干净,这个叫做吃大户,逼得你走投无路,不得不跟着他们去做逃荒的难民。因跟他们打伙同行,家中可免骚扰,回家时还有银米分派,因此习成风气,有许多身家殷实的农民,也成群结队地出去逃荒,一面由地保土棍串同漕书猾吏,向府县衙门报荒请赈,等到上司核准,拨款赈济,那一班荒虫,便先期赶回家乡领赈。如此一来,逃荒竟有两宗收入,比较在种田的出息多上几倍,并且不劳而获。如此情形,又哪得不要十年九荒呢?"①

林公又问道:"朝廷拨款赈济,何等郑重,要派委员复勘灾区,调查灾户,

① 安遇时、蓝鼎元等编撰:《名臣问案牍》之《林公案》,重庆出版社2008年版,第577页。

编造灾民户口册，发赈又有委员会监察，司事按名发给，他们怎样舞弊呢？”

何义生又和盘托出：“这也是一种瞒上不瞒下的勾当，莫说朝廷不会得知，就是省方大吏，也蒙在鼓里，那一班吞没赈款的猾吏、土棍、劣绅、恶保，手段通天，每次赈款，少至二三万，多至十数万，由他们暗中把持包办，造册时，把家丁佃户混入丁册，领款时，派流氓乞丐持票代领，复勘时，拔去熟田中的禾稻，连夜灌水满田，变做荒田，百计把持，就是龙图再世，也难扫清积弊。至于他们领到的赈款，不论多少，概做田份分派，灾民一份，逃荒头脑与该区地保合一份，土棍和劣绅合一份，猾吏和漕书合一份。”而其中的主要头脑是里下河的陆长树，还有猾吏王玉淋、劣绅谢戒之、劣保徐浩等人。

林公查访到上述实情，便回省报告给省督衙门，并当即委派了候补知县李家驹作为勘察委员前往查勘。不料隔了几天，李家驹狼狈回省，禀告了查勘闹荒所遇到的情形。原来，李家驹正在里下河一带查勘被淹田地，发现亩数不符，次日又复查被灾户口，忽然涌来一大帮妇女和儿童，齐声高嚷要饿死了，还等什么复勘。一边说，一边抛砖掷泥，把知县的轿子打坏。更有十几个泼辣农妇，声言要把知县拖去咬死。李家驹慌忙回船，恐怕闹出什么大乱子，便马上回省请示。

林公知道，若不将陆长树、王玉淋等严办，难治其流弊。于是请示制军大人，亲自带领官兵捉拿了陆、王等人，按律重办。同时复查了受灾人口，发现原来上报的人数多达二千三百四十人，而实际才有九百一十一人。林公申斥了知县许魁，许魁每次均由乡董报上受灾户口，再派漕书复查，自己并未亲自复勘。许魁连称知罪，懊丧不已。

自此之后，朝廷更对林公褒扬倚重。

品析：

此案展现了清末基层社会民生的恶劣且混乱的一个图景，让人叹为观止。地方土棍、地保、劣绅等黑恶势力把持基层社会经济与生活，架空官府，从中也说明封建制度的肌体从根上已经失灵和失控。而从法治的角度看，正是法度失范、执法不严、存在空白和盲区，才造成整个社会基底的腐化和溃败。而对于朝廷和地方官府，虽则有心治理，无奈缺失基层治理的有效而坚决的机制和抓手，被乡董、地保、漕书等基层低级官吏所操控把持，即使有法律，也是徒然。

例如,《大清律例》卷九"户律"之"田宅"条就有"检踏灾伤田粮"款,即规定:"若初覆检踏,官吏不行亲诣田所,及虽诣田所,不为用心从实检踏,止凭里长、甲首朦胧供报,中间以熟作荒,以荒作熟,增减分数,通同作弊,瞒官害民者,各杖一百,罢职役不叙。若致枉有所征免数数,计赃重者坐赃论。里长、甲首各与同罪,受财者,并计赃以枉法从重论。"其中又有条例规定:"赈济被灾饥民,以及蠲免钱粮,州、县官有侵蚀肥己等弊,致民不沾实惠者,照贪官例,革职拿问,督抚、布政司、道、府等官不行稽察者,俱革职。"①

此案中,省、州、县各级地方官倒没有不认真对待赈济灾民,但却被一班地保、土棍串同漕书、猾吏,向府县衙门报荒请赈,弄虚作假,谎报冒领,造成国家赈济款虚报冒领流失之过,对猾吏、地保等人按律当严惩,而许知县并未亲自检踏复核,也有失职之罪。林公并未对其处罚或题参,应是网开一面了。

第五节　整治粮帮,连破奇案背后的制度失灵

《林公案》从第二十三回到第三十三回重点讲述了林公从治理黄河的河督大员,到任江苏巡抚后,奉旨清查漕运中漕粮征运存在的舞弊浮收、亏欠延抗等问题,以及处理漕运水手沿途聚众滋事械斗、扰乱地方治安等棘手事务,还漕运沿线一方太平的故事。其中,涉及了几起典型大案奇案。

当时,过境江苏北上漕运的粮船一年约有数千号,水手不下数万人,帮派众多,大多是无业游民,犷悍成性,愍不畏法,沿途作案,令地方官无从查起。林公暗想,粮船一向归漕督管束,运漕之事又属督粮道专司,自己不曾做过粮道漕督,对于粮船一切流弊完全不知,现在既奉上谕督责,只好先从调查入手,待查得真相,办理方有把握。于是让游击将军李廷玉和道台良俊分赴粮船驻泊所在地,密查暗访。

良俊经一番周密调查回到巡抚辕门向林公禀报:

"南漕水手约计一百帮,各以驻在地为帮名,最凶横的当推湖州八帮、镇江六帮、庐州七帮。粮船约有四千号,每船水手列册的,最少十人,合计约有

① 田涛、郑秦点校:《大清律例》,法律出版社1999年版,第192—193页。

四万人。以外更有短纤短橛及在岸随行的游民，更不知共有多少，因是械斗仇杀，时有所闻。”

李廷玉也回报称：“四千多号粮船，无一不由江南经过，镇江为聚集总汇，水手本来犷悍成性，动辄械斗。近年来盗贼流氓，相率投充水手，招收徒弟，增厚势力，无恶不作，更比以前来得凶顽。他们空船回南的时候，比运粮北上时更易滋事，因为重运时船上装着粮米，并且有委员押运，大家要紧赶到卸货，不适寻仇争斗，就不过沿途加索旗丁脚费罢了。等到卸去粮米，空船南归，叫做回空，既无粮米待卸，又无委员约束，途中与仇帮相遇，大家要争先行，不甘落后，一言不合，使用真刀真枪，拼命厮杀，打死了人，都向河中抛弃，并不惊动官府，故水面往往发现漂流尸首，无从究诘。还有回空水手，必带枣、梨、栗子等货物，到处售卖，计少争多，往往一言不合就和人家出手厮打，靠着官势，谁敢和他们计较。这一班人到了驻扎的地方，水手们又要争揽次年出运的头篙头纤，倘不遂意，就要互相残杀，这个叫做争窝。现在将届回空时期，天久不雨，河道水浅非常。”争路事件愈多，又不知要闹出多少械斗和人命案来。

林公诧异问道，沿途官府为何不分段弹压，任一班水手横行无忌呢？李廷玉回复，委员大都畏惧水手凶顽，且多是文官，手无实力，哪里弹压得住！林公听闻只得决定自己亲自前往镇江督察。由于“巡抚出巡，例须奏闻，所以连夜缮奏折拜发，次日带着一班文武随员，乘轿出胥门，登船取水道向镇江进发”。①

果然，沿途林公便遇到了不少离奇之事。一日在无锡段，河中船只极多。二三十号的粮帮船只挤在一处。忽听岸上一片喧闹声，岸上围着一大帮人，正是粮帮水手在那里火拼。林公随即令李廷玉带领亲兵上岸制止。

原来闹事的正是镇江前帮的水手。帮首名叫刘汝罄。此帮一向停泊在无锡蓉湖一带。湖滨居民以邹姓为最多数，向来以烧窑为生，聚集在缸尖嘴一地。而每年粮船经过不下千余艘，大家争购窑器贩卖，获利甚厚。但粮船水手生性蛮横，往往强赊强买，邹姓子弟历年忍辱受亏。后来，邹尚义等人向崆峒派高手、城北环秀庵的老尼五空学就一身武艺。刘汝罄一日率众又在邹尚义店中欲以半价强买，被邹尚义的一通两手捧起十只巨缸的武功所震慑，悻悻而归。夜里刘汝罄又偷偷派了五名水手到各缸店放火，不料被早有准备的众人擒住。刘汝罄更是怒火中烧，天明后纠集了百余人各自带了武器，前来报仇。两方人马正厮杀，恰被林公遇见，即派李廷玉上岸制止。

① 安遇时、蓝鼎元等编撰：《名臣问案牍》之《林公案》，重庆出版社 2008 年版，第 604—605 页。

一班水手齐向船上奔逃。李廷玉便讯问邹尚义缘由,并将邹尚义带回船上。邹尚义见了林公禀明一切。“林公即令旗牌到粮船上将刘汝罄拿下,连同昨夜邹氏弟兄擒下的五个放火犯人,一并发交无锡县衙门按律重办。”①此事算是惩戒了一帮平素爱滋事的水手。

品析:

对于械斗和放火烧房,《大清律例》均有明确规定。如卷二十六“刑律”之“人命”条中“斗殴及故杀人”款中就有“条例”规定:“凡同谋共殴人,除下手致命伤重者,依律处绞外,其共殴之人,审系执持枪刀等项凶器,亦有致命伤痕者,发边卫充军。”②可见惩处还是很重的。又如,《大清律例》卷二十七“刑律”之“斗殴上”条“斗殴”款即有“条例”规定:“凶徒因事忿争,执持刀枪、弓箭、铜铁简、剑、鞭、斧、扒头、流星、骨朵、麦穗、秤锤凶器,但伤人及误伤旁人,与凡剜瞎人眼睛,折跌人肢体,全抉人耳鼻口唇,断人舌,毁败人阴阳者,俱发边卫充军。若聚众执持凶器伤人,及围绕房屋抢检家财,弃毁器物,奸淫妇女,除实犯死罪外,徒罪以上不分首从,发边远充军。”③

而对于有意纵火,同样要依律严惩。《大清律例》卷三十四“刑律”之“杂犯”条“放火故烧人房屋”款规定:“凡放火故烧自己房屋者,杖一百。若延烧官民房屋及积聚之物者,杖一百、徒三年。因而盗取财物者,斩。杀伤人者,以故杀伤论。”④

在此案件中,刘汝罄聚众斗殴,强买抢夺,又派人故烧房屋,因而林公将其交由无锡县按律重办,在法律适用上是准确、合法的。

再说林公抵达镇江稽查。时值十一月初八,不料赶上异常天象,先是入冬以来天久不雨,河道水浅粮船难行,后又忽然雨雪纷飞,北风怒号,运河水势虽涨,但却雪后奇寒,运河冰冻,且越结越厚。各帮粮船被冻在河中,借口粮食吃尽,向店铺中强赊强买。还有一班凶顽水手,奸淫仇杀,无恶不作。仅林公在丹徒镇驻扎不到几天,收到的奸杀仇杀案件竟有二十几起。林公一面札饬镇江营参将继伦严拿犯案水手,就近解交丹徒县讯明核办,一面札

① 安遇时、蓝鼎元等编撰:《名臣问案牍》之《林公案》,重庆出版社 2008 年版,第 607 页。

② 田涛、郑秦点校:《大清律例》,法律出版社 1999 年版,第 430 页。

③ 田涛、郑秦点校:《大清律例》,法律出版社 1999 年版,第 445 页。

④ 田涛、郑秦点校:《大清律例》,法律出版社 1999 年版,第 537 页。

饬镇江府、丹徒县,多雇敲冰船只,月夜开凿,勒限两日,务将经行河道一律凿通,好让各粮船尽快回归,以免多添滋事案件。

就在此过程中,又连发了几起命案,其中涉及了镇江后帮的头脑阎大汉、丁朋铃、王七、韩老等人。

话说镇江后帮与湖州八帮向有积仇。此时两帮均被冻在竹镇集,相去不到半里地。阎大汉等人年轻气盛,因船停泊在萧成记鱼行后面,日间看见行主萧成德的儿媳妇邵氏与次女翠和在临河的南窗下做针线。翠和二十出头尚未出嫁,却生性淫荡。于是阎大汉便与翠和勾搭上了,夜里从后窗口跃入翠和的房间,两人打得火热。丁朋铃看得眼热,也想通过翠和与邵氏相好。入夜,阎大汉、丁朋铃来到翠和房间,翠和将丁朋铃引入邵氏的房间,不想邵氏刚烈不从,手拍板壁,高喊捉贼,被丁朋铃拔刀杀死。不料,间壁的萧成德听闻,发现自己的媳妇被人杀死,便与两个伙计手抄木棍追打阎、丁两人。一直追到了船上,却被阎大汉、丁朋铃、王七、韩老等人所杀。四人将三具尸首抛入河中,急急开船而逃。

萧成德老婆尤氏与翠和目睹了船上一切,放声大哭,引得众邻居围观,都知是粮帮人所为。第二天赶回的儿子萧金生见到如此变故,抚尸痛苦,请至友杨吉甫写状。杨吉甫问是哪个粮帮的,翠和一口咬定就是湖州帮王安福。因为河冻已敲开,粮船都已出口,杨吉甫就建议萧金生一面请六合县验尸存案,一面到丹徒镇向林公喊冤,必能昭雪。

很快,林公派了八名亲兵将王安福解到林公行辕,一审讯,王安福极口呼冤。王安福承认的确在竹镇集停泊过四天,湖州帮人数虽然众多,但过分凶悍的水手早已剔除,且船上不允许私带刀枪,既无利刃,当然不能持械杀人。林公听了有理,没有动辄用刑,而是暂时交丹徒县收监,将原告萧成记鱼行中的男女一并传来对质。

小说详细描写了林公如何巧妙通过当面对证解开谜团的。林公先饬提王安福到案,叫他假充看审闲人站在堂下。然后提萧金生上堂,问他案情,才知道他是听胞妹翠和所说。又提翠和上堂,林公见翠和修饰得妖妖娆娆,举止轻薄,一望而知是个轻贱女子。再问年岁及是否已出嫁,翠和供称,自己二十一岁,尚未对亲。看她的言辞举止,老练异常,全然不像黄花闺女,林公已经明白几分,于是就让翠和当堂指认谁是王安福。直到与王安福本人照了面,翠和还说不是,并指出杀人凶手只有二十来岁,光面无须,而面前这人却是麻面乌须,年纪也颇有悬殊。原来,阎大汉初时与翠和勾搭,就告知她自己是王安福,有心嫁祸他人。林公审明了原委,道:“此人便是湖州帮粮船头王安福,经你哥哥将他告下,本抚就将他传到,他既非杀人凶手,不能拖累无辜。”林公就向王安福说道:“现在准你无罪开释,且退过一边,少顷另有公事向你查询。”[①]林公另行审讯翠和。翠和情虚、涨红了脸,半晌说不出话来。“林公明知她羞于自暴私情,暗想她究竟是个闺女,在法堂上理该留还她些体面,就向她说道:‘你要替父亲伸冤,快把凶手的面貌详细供来,共有几个人动手帮凶,以外不必多说。’”[②]这里,尤显得林公有着封建士大夫所具有的“封建礼法道德”思想,在法堂上则体现出应有的体恤和“脸面”。

品析:

在封建礼法制度中,妇女是不宜公开抛头露面的,这样有伤风化。从某种意义上说,这也算一种对妇女的“保护”。而在封建司法制度中,由于礼教和德化的关系,延伸到司法中,倒是对保护妇女的“名誉权”、“人身权”和“生育权”有一定的保障。这可以视为中国封建礼法和司法制度中的一个特色,与西方的所谓人道、人权意识相比,也有其“进步”的一面。如《大清律例》卷三十七“刑律”之“断狱下”条中“妇人犯罪”款即有较为详细的规定:“凡妇人犯罪,除犯奸及死罪收禁外,其余杂犯责付本夫收管。如无夫者,责付有服亲属、邻里保管,随衙听候,不许一概监禁,违者,笞四十。”又有“条例”规定:“妇女有犯奸盗、人命等重情,及别案牵连,身系正犯,仍行提审;其余小事牵连,提子、侄、兄弟代审。如遇亏空、累赔、追赃、搜查家产、杂犯等案,将妇女提审,永行禁止,违者以违制治罪。”[③]应当说,规定不一概收监,且小事牵连和杂犯不得提审,否则按违制治罪,都是为了保全妇女的“颜面”,属于封建礼教和宗法制度的要求。在客观上保全妇女的人身“权益”,还是可取的。

林公让王安福辨认所画四人,王安福回答,极像镇江后帮帮首阎大汉,其他三人是其船上水手,丁朋铃、王七、韩老。至于假冒王安福姓名,是因为从前阎大汉强抢人家女子,被王安福阻止,由此结下仇恨,有心要诬陷他。很快,阎大汉等四人被捉归案。阎大汉此时也想开了,供认一案是死罪,供认百案也是死罪,于是从容供出了二十六起械斗仇杀重案。其他三人也供

① 安遇时、蓝鼎元等编撰:《名臣问案牍》之《林公案》,重庆出版社 2008 年版,第 612 页。

② 安遇时、蓝鼎元等编撰:《名臣问案牍》之《林公案》,重庆出版社 2008 年版,第 613 页。

③ 田涛、郑秦点校:《大清律例》,法律出版社 1999 年版,第 599—600 页。

认犯过血案若干次。林公拟就四犯罪大恶极,处以就地枭斩的文书,先请王命,再行枭首示众,以为惩一儆百。

由于粮帮人数众多,凶顽成性,各地回归的粮船,仍有好杀、仇杀、劫杀、械斗等重案发生。林公驻扎丹徒一月光景,督率文武,尽心竭力,将此次回空南下的六十二帮、二千二百零四只粮船,一律由横闸进口,分道各归水次。同时,派员逐船搜查,见有刀枪武器,一律没收,遇有闹事水手,拿交就近地方官严办,花费了许多光阴和精力,才将二千多号回空粮船完全进了河口码头。

林公回到苏州巡抚衙门理事,不料只隔了七八天,就迭接川沙、扬州、江阴、吴江等地府县禀报的粮船水手重案,只见奸杀、仇杀、谋财害命等无所不有,不由得暗自叹息。寻思治本之法,便去找杜介臣商议,想将南漕一百多帮粮船一律解散,资遣归农,将来漕粮起运,再另雇民船装运。可杜介臣却不赞成,毕竟粮船制度自雍正四年创立,订定十大帮规、设帮宗旨,如果贸然解散,恐怕激起民变。最好的办法还是一面发贴告示,劝惩并行,一面令各地勒限将犯事水手认真缉拿。这之后,又迭接三大重案报告,林公则命史林恩和王安福带着巡抚衙门的海捕文书,前往三地缉凶。

吴江为镇江帮回空船归次地。粮船只有半年装运,半年归次修整。镇江帮帮头王富贵爱赌若命,却手气不好,将赌本输光,便决意打劫。后得知金和尚网船上积累了数百金,便趁金和尚夜里带着老婆、子女摇船到虹桥打鱼时,登船将金和尚杀死,翻箱倒柜搜得三百两碎银。金和尚老婆、子女拼命和王富贵争夺,结果王富贵勃然大怒,命人将网船拖到岸上烧毁,又将两个小孩抛到河中溺毙。金和尚妻周氏还想拼命,幸得其女儿阿金机灵,拖着周氏拼命奔逃,赶到吴江城县衙,击鼓喊冤。县令刘瑞安传到签押房中,问明冤情,着母女补呈状词。幸亏阿金认得是镇江帮粮船头脑王富贵所为。但苦于粮帮声势浩大,县令不敢捉拿凶手。更令人气愤的是,王富贵令人将金和尚连带河里捞起的两个小孩,一起投入火中烧毁,等到火熄之后,用铁铲将灰烬抛入河中,并把火烧地土削去一层,以致痕迹全无。捕快回县衙禀告,刘知县无所施为。周氏母女等了半月,不见动静,便到苏州府衙门控告。知府许用霖札饬吴江县勒限缉凶,一面汇案详禀林巡抚。林公这才派了史林恩和王安福暗访。在吴江李家桥的一个小茶肆中,发现了一班赌客在披厢中赌博。原来这里终年聚赌抽头,吴江捕快高德假装成赌客诳开了门,与史林恩、王安福及一帮差役一拥而入。“伙计见了如此情形,始知不妙,便飞步奔入披厢报告,只说县差前来捉赌。”[①]经过一番恶斗,将王富贵擒住,交吴江县讯供确实,解省定罪。

① 安遇时、蓝鼎元等编撰:《名臣问案牍》之《林公案》,重庆出版社 2008 年版,第 621 页。

品析：

自古以来对赌博等恶习也是严禁的。如《大清律例》卷三十四"刑律"之"杂犯"条"赌博"款规定："凡赌博财物者，皆杖八十，摊场财物入官。其开张赌坊之人，同罪。止据见发为坐，职官加一等。"其中又有条例规定："凡赌博不分兵民，俱枷号两个月，杖一百。偶然会聚开场窝赌，及存留之人抽头无多者，各枷号三个月，杖一百。官员有犯革职。"①可见当年设立赌坊和抽头也是犯法的。以致捕快高德还得假装成赌客才能诳开门，官差来捉赌，那些参赌之人惊骇得四散奔逃。本案中，知县还是积极作为的，但一时查不到证据，周氏母女等了半月不见动静，径直到苏州府衙门控告，知府也就积极回应，饬函勒限缉凶，同时呈报巡抚衙门林公处，也可反映当时清代司法制度的体系及运作还是通畅的。

紧接着，史林恩、王安福又奔赴上海县界属的高桥，查访上报的江面二十四具浮尸大案。

高桥滨临黄浦江，接近吴淞口，是极繁盛的市镇。那里是常州帮船的归次。高桥和殷行、张华滨、蕴藻滨等，只隔了一个黄浦江面，居民商贾往来，都坐摆渡船过江。原先，渡口由南桥帮船户经营，而今年常州帮头脑缪永福非得新设一摆渡口，抢了船户们的生意。南桥帮船户与缪永福理论，缪永福说："摆渡并不是世袭你们的行业，你要阻挡我们不许摆渡，空口说白话，却是做不到，除非你们禀准官厅，勒石示禁，我们不敢不依。"②

双方言辞决裂，几近酿成械斗。亏得高桥镇董许子青出面调解，粮船帮只能设一第四摆渡口，且往来江面的渡船不得过五艘，这才得以平息。不料，隔了两个月，黄浦江迭有浮尸发现，一个月不到共捞得二十四具。上海知县陆森委派高桥巡检相验，发现均是致命刀伤，先被杀死后抛尸江中。于是勒限十日破案。捕役密查暗访回禀，听到议论都说是常州帮水手所为，但苦于没有线索凭据，兼之粮帮人数众多，不敢贸然行事。陆森便连夜草就详稿，禀报苏州太守。

史林恩与王安福商议，要破此案，只得乔装客商，携带现款，到第四摆渡

① 田涛、郑秦点校：《大清律例》，法律出版社 1999 年版，第 531 页。

② 安遇时、蓝鼎元等编撰：《名臣问案牍》之《林公案》，重庆出版社 2008 年版，第 622 页。

口坐船往来，待不法水手见财起意，就可当场拿下。于是，就近找到当地巡检，拿出巡抚衙门发的海捕札子，请地方代为筹措数百两白银，用后原银奉还。两人用此计，果然将常州帮水手倪启祥、张殿奎、王娃三人捉获。三人供称几次劫财害命、抛尸江中，均是缪永福指使。县令陆森一面派差捉拿缪永福，一面将三犯钉镣收监。

品析：

古代交通不便，修筑桥梁、道路的能力和技术有限，所以，对于关隘和津渡的管理也是重视和严格的。如《大清律例》就特别单列了"关津"的法规。第二十卷"兵律"之"关津"条有"私越冒渡关津"款和"关津留难"款。当然，这里的"关津"是有一定军事意义的关隘和渡口，有官兵把守的那类，一般民用渡口应不涉及严格的盘查、检审程序的。"关津留难"款中规定："凡关津往来船只，守把之人不即盘验放行，无故阻当者，一日，笞二十，每一日加一等，罪止笞五十。若官豪势要之人，乘船经过关津不服盘验者，杖一百。若撑驾渡船梢水，如遇风浪险恶，不许摆渡，违者，笞四十。若不顾风浪故行开船，至中流停船勒要船钱者，杖八十。因而杀伤人者，以故杀伤论。"①本案中，虽是普通民商往来的渡口，但也不是想设立、想营业就能随便开营的，还是需要地方镇、县官府的认可。因此，常州帮想霸占此渡口是不行的，必须经过高桥镇乡董的斡旋，开了第四个渡口才行。至于船到江心、谋财害命，则是常州帮肆意妄为、目无法纪的强盗行为，死罪难逃。

史林恩、王安福再往江阴，踩缉杀死邱松海全家老小五口的正凶。两人到了江阴，并不拜会当地官吏，而是径直到了京口帮粮船驻泊地附近觅寓住下，向跑堂的打听奇案缘由。此案为了一头"瘦马"而起，死了五条人命。跑堂阿春含笑答道："瘦马"，并非牲口，那是形同土娼的少妇，以做敲诈金钱的诱饵。原来京口帮帮头马九在归次之后，成天混在赌场，不几天就将领来的各伙计的工食及粮船修理费输个精光，于是想到养"瘦马"一招，欲诈些钱财。便让徒弟小沙四去寻觅"瘦马"。结果发现了邱金氏，年纪二十岁左右，丈夫游荡好赌，堂上公、婆宠子欺媳，时加虐待，弄得她存身不住，不得已找到间壁住的小沙四商量逃脱夫家的办法。小沙四一派花言巧语，连夜带着

① 田涛、郑秦点校：《大清律例》，法律出版社 1999 年版，第 330 页。

她逃到了马九处。被马九一番诱惑，让她勾引有钱人，如合意的则可自行选择改嫁，邱金氏便干起了“瘦马”的营生。

不料机事不密，传到了其丈夫邱大郎耳中。邱大郎找上门，却被马九一顿拳打脚踢，还被强逼写了字据，永远不踏入此地。邱大郎气愤不过，一拐一跷找到堂叔邱松海哭诉。邱松海是当地兜得转的人物，听了侄子的述说，勃然大怒，带着一帮江湖朋友找到马九门上，将邱金氏抢回。马九失去了摇钱树，岂肯罢休，隔了五六日，邱松海全家于半夜被人杀死。而邱大郎怕马九报复，早先偕同邱金氏搬到常州去了。他虽然得悉邱松海全家被杀，知道是马九所为，只因没有佐证，又怕粮帮人多势大，不敢出头告状。史林恩、王安福访得证据，便到江阴县衙门，投文访谒县令胡康侯通禀案情，传齐通班捕快，到粮帮聚赌所在望江楼茶坊。捕快都头童福平素与马九、小沙四相识，“童福一面向各伙计使个眼色，叫他们做下准备，一面拿出本官的火签（注：旧时官署紧急拘传人犯的一种签牌）”①，向马九阐明了林公指名捕拿的缘由。马九抽刀拒捕，被史林恩制服。

以上三大重案均得以告破。林公面加奖励，各记大功一次。一班凶徒正犯，请王命枭首，从犯俱发极边充军。自此以后，粮船水手稍知敛迹，不敢动辄行凶了。

第六节　整顿漕弊，文武两举人包揽遭革

治理了粮帮，林公得到朝廷嘉赞，于是上谕又要求其整治漕粮之弊。

原本江苏为鱼米之乡，产米大区，漕粮上收的漕额为各省之冠。但每年朝廷实际征收的漕银总数，大熟之年也只八成半，遇到水旱灾荒，只有五六成，甚至还要朝廷赈济。所以清帝敕令林公清查江苏漕弊，务使涓滴归公。

林公深知其弊在一帮猾吏劣绅，以及失察、失职的地方官府。于是自己又乔装商人，带着史林恩、王安福等人，出了衙门，雇坐民船，赴常熟等县私行查访。

在常熟县的茶肆中，林公探听到常熟县的田产、漕赋，除一部分显宦巨绅仍旧自行完纳外，基本被蔡文举、浦武举两人包办经手了。两人在漕赋上做手脚，在各小粮户上截长补短、添出种种名目，使得那些小户一亩粮赋，要

① 安遇时、蓝鼎元等编撰：《名臣问案牍》之《林公案》，重庆出版社 2008 年版，第 630 页。

缴纳一亩半的漕银,由此导致民怨沸腾。但奇怪的是,地方县官却不敢管且无能为力。

林公讯问茶肆中的老茶客,方知事情原委着实令人唏嘘。

话说蔡文举人弟兄三人原都是秀才,住在北乡西洋地方,欠粮不完。县官派差役催漕,结果他们非但不买账,还自恃学过点武艺,三人出手,反而把两个差役一顿殴打,还把差船拖到岸上架上干柴,举火烧毁。差役无奈,回报县令。县官听报大发雷霆,请城守营的许守备带兵前往捉拿蔡氏三兄弟到县衙。县官问过一堂,因他们都是秀才,不便擅自重办,只好暂时看管起来,同时行文学使,要求详革蔡氏功名。哪知蔡氏兄弟先托人告到学使那,说是常熟县催粮差役如何横行不法,侮辱斯文,不留余地。学使信以为真,等接到县里呈报的详革公文,便言辞批驳,反说县里不能驾驭差役,有辱斯文。县官接到回文,气得两眼发直,又不敢跟学使顶撞,只好释放了蔡氏三兄弟。恰巧那年赶上乡试,蔡家老大竟然得中第十六名举人,从此更是吃漕规、包漕银,为所欲为,县官更不敢难为他。而漕书更是常常被他们骚扰,只好聘了几个会拳脚的在家保护。后来蔡举人更是与浦武举两人合伙包漕,几乎把常熟、昭文两县的漕银业务都把持了。

林公了解到常熟的漕赋情况是被第三者从中垄断,既非漕书舞弊,又非粮户抗欠,而县官虽想查办,又怕重蹈覆辙,不敢将他们逮捕法办。如果要整顿清理,非得将蔡、浦两人拿办详革,否则难以见效。

之后,林公又到太仓州查访。发现其地田亩虽不及常熟一半,也没有土豪劣绅把持包漕银、吃漕规的种种恶习,但每年实际征收的漕额,短绌异常,个中必有流弊内幕。果然,经过了解,发现是太仓州衙门里的漕书苏梅生一手把持,掩尽全州人的耳目,其祖父开始就做漕书,三代承袭,无人敢与他争夺,所以胆子也越来越大。将几个好一点的地区,都私下收买了。用自己的人,一面将熟田粮额移做荒田,一面私自编造田单,向粮户征收,每年都要侵吞千万以饱私囊,连州官都被蒙在鼓里。

林公又往各州县详查,不外乎漕书舞弊、劣绅包漕、刁民抗欠三种情况。查了两个半月,回到苏州巡抚衙门,马上重新选委干员,先将常熟、昭文两县及太仓州知县知州调省另候任用。让新任知县知州将常熟的蔡、浦两举人,逮捕解省,由林公自己亲自“奏革功名,按律重办”;太仓漕书苏梅生也被新任知州拿问解省,“微加鞫讯,得供后定以流罪”。那些被私下收买的地区,重新委任管理者。其他各州县也各派委员前往督察查办。[1]

---

① 安遇时、蓝鼎元等编撰:《名臣问案牍》之《林公案》,重庆出版社 2008 年版,第 637 页。

品析：

关于漕粮及时征缴纳税之规，《大清律例》也有明确且详细的规定。如卷十一"户律"之"仓库上"条"收粮为限"款，就明确要按夏、秋既定时节收粮入库。其中"条例"又规定："应纳钱粮以十分为率，欠至四分以下者，举人问革为民，贡监生员并黜革，杖六十……欠至十分以下者，举人问革为民，杖一百；贡监生员俱黜革，枷号两个月，杖一百。"又有"多收税粮斛面"款，"条例"中规定：如果有"欺凌官攒、或挟诈运纳军民财物者，杖罪以下于本处仓场门首枷号一个月发落，徒罪以上与再犯杖罪以下免其枷号，发附近充军，干系内外官员，题参交部议处。"又有"揽纳税粮"款规定："凡揽纳他人税粮者，杖六十。著落本犯赴仓照所揽数纳足，再于犯人名下，照所纳数追罚一半入官。"①

针对此案，蔡、浦两举人包揽漕赋，欠粮不完纳，还有漕书苏梅生舞弊私吞，受到革去功名、流放充军的惩处，是符合律法的。

江苏漕赋经林公一番整治，大有起色。林公深得道光皇帝器重，御笔亲书，升林公为湖广总督，迅赴新任处理要务。原来道光皇帝接到奏报，湖北监利粮书抗土闹局：监利县长江堤坝工程一向由官征民修，每年修土方六十余万，派征制钱六万余串，由该县签点董事，发给印单，收取土费。粮书、工书等人却经常用墨券私收，以致董事受到牵累，无法完工。更有库总六人，狼狈为奸，被控未结案。之前朝廷曾派干员到监利，设立总局收土，并公举诚实、正派的董事八人和领修人数十人，分段赶修，一切事宜，不假手吏胥，居民也踊跃赴工。那些贪婪书吏看无利可图，千方百计把持刁难，不许民工赴总局完工，以致一年所收土费不及三万串，而剩余的钱则被蠹虫书吏中饱私囊。更恶劣的是，库总龚绍绪勾结粮书萧之桐，纠众抗土闹局，殴辱董事秦祖恩，该县县令却不加究办。七月十五日，县令公出，有人又连夜聚众千余人，拆毁总局，劫夺册券，局中银钱衣服被抢劫一空，还殴伤了董事周超伯等多人。该县县令邓兰薰，仅拿办粮书张良佐一人，略加薄惩。而且荆州江水虽未大涨，但因蠹书张良佐等人潜往刨毁堤工，导致溃决二十余丈，淹没了毛老等一百四十三圩，下游的沔阳、汉阳等地皆受其害。道光皇帝令林公

① 田涛、郑秦点校：《大清律例》，法律出版社1999年版，第218、220、222页。

到任后，迅速查明复奏。

林公不敢怠慢，委派知府但明伦、会同前总督委任的通判刘万庆分别严查。查明的结果与上报给道光帝的不完全相符。其真实情形是：

朱三工江堤地处监利县城七十里，上年七月十五午刻，江水爆发，堤坝渗漏过水，以致冲溃，并非人为私下刨毁。

监利县令邓兰薰勤勉认真，每次出巡堤防，马夫及饭食都是自给，没有摊派之累。且总局制度也是出自他的主张。因地方辽阔，总局难以催收，所以在各乡分设散局五处，龚绍绪作为粮书签点库总，一身不能兼顾，遂令族弟龚绍琨冒顶粮书，私收土钱六十串未缴，粮书邓培元亦收土钱四千八百文未缴。

毛家口散局董事秦祖恩因粮书萧之桐承催十四年旧欠费钱不缴，命雇工朱正榜、曾祥等人将萧之桐锁拿到局，逼缴欠费。萧之桐的兄长萧之棣，及邻居黄海儿等人不服，赶到局里争闹，并将朱正榜殴伤。秦祖恩赴县控诉，饬提萧之桐到县，逼催所欠土费，缴清后释放。缉拿到黄海儿，他却不认殴伤，县里也就未曾严办。这是所谓毁局伤人的真实情况。

而朱三工江堤渗漏，该县县令邓兰薰闻讯赶往，抢护不及，以致溃决，确实无人私自刨毁堤防。

另有粮书张良佐、民人李先怀、朱德顺等五六人，声称田墓被淹，赴总局吵闹，殴伤董事周超伯和伙夫屈斯文等人。周超伯以毁局抢夺罪告到县衙，拿获张良佐，因人证未齐，羁押待质。这是溃堤毁局的实在情形。

林公据以上事实将相关人等饬提到省，亲自严讯，获得了更详尽的真实情况，并据实将拟罪意见呈奏朝廷：

> 龚绍绪充当书吏，竟敢诡列卯名（注：即指私列公职人员），侵吞土方钱至六千串，实属玩法已极，应比照蠹役诈赃十两以上例拟罪，发往极边充军；粮书邓培元、吴德润私收土费四千、三千串不等，在官人役，未便因其先侵后吐，宽免置议，应照蠹役诈赃一两至五两例，各杖一百，枷号一月；张良佐、李光怀、朱德顺、萧之棣、黄海儿等。到局滋闹，均应照律杖八十；龚经伸、龚经辉等，随同喧嚷，应照律笞四十，均已分别发落。革员秦祖恩充当散局董事，因粮书萧之桐催费不力，令雇工朱正榜擅用铁链锁拿之桐，殊属妄为，应请照违制律杖一百，革去从九品职衔；朱正榜与曾祥不应听从锁拿，应于秦祖恩罪上减一等，各杖九十；周超伯等因溃堤赴险无及，已据禀退，毋庸置议；监利县邓兰薰虽无得规徇纵情事，唯粮

书侵收土费，失于觉察；朱三工溃口，虽已培修，而抢险截流等用项，仍于续征土费内开销，殊属非是，应请将监利县邓兰薰即行撤任，以示惩儆。[1]

隔了十几天，皇上朱批就到了，如议办理。

品析：

从上面林公拟罪看，的确是铁面无私的。特别是监利县县令邓兰薰可谓敬业，没有贪赃枉法之事，但对于粮书侵吞土费有失察之责，又对于抢险应急的款项措置不当，所以被革职。应当说，处罚是较为严厉的。

颇耐人品味的是，秦祖恩为催拖欠土费，将粮书萧之桐私下用铁链锁拿，本属为了公事，但用了私刑，算是擅自拘捕，越权滥刑。按违制律杖一百，还被革职。而雇工朱正榜、曾祥是受秦祖恩指使，用铁锁拿人，虽然他还被黄海儿等殴伤，但也被惩处，参照秦祖恩的罪减一等，杖九十。说明林公能辨明是非，功过分明，按律办案。

贪赃的粮书龚绍绪、邓培元、吴德润等人，按诈赃数量分级拟罪，或充军或受杖刑和枷号一月，倒是清楚明白。对照《大清律例》卷三十一"刑律"之"受赃"条"官吏受财"款中，有"条例"规定："凡衙门蠹役，恐吓索诈十两以上者，发边卫充军。"[2]像粮书龚绍绪即被判"比照蠹役诈赃十两以上例拟罪，发往极边充军"，说明林公对大清律令之谙熟，适用精准，法度严谨。

《大清律例》卷三十九"工律"之"河防"条中有"盗决河防"款"条例"规定："有干漕河禁例，军、民俱发边卫充军。其闸官人等，用草捲阁闸板，盗泄水利，串同取财，犯该徒罪以上，亦照前问遣。"又有"失时不修堤防"款中"条例"规定："河工承修各员采办料物，如有奸民串保领银，侵分入己，以致亏帑误工，该总河将承办官参究；仍将亏帑奸民发该州、县严查追比，倘有徇纵等情，亦即查参，交部议处。"[3]对照此案，在对长江监利段的堤防及时整修和防止蠹役贪腐上，林公拟就的处罚是符合大清律法的。

① 安遇时、蓝鼎元等编撰：《名臣问案牍》之《林公案》，重庆出版社 2008 年版，第 639 页。

② 田涛、郑秦点校：《大清律例》，法律出版社 1999 年版，第 496 页。

③ 田涛、郑秦点校：《大清律例》，法律出版社 1999 年版，第 614、616 页。

第七节　禁烟有法难依，历史终难更易

鸦片之害始于清初，至康、乾年间已经风行一时。乾隆朝时，鉴于鸦片流毒几遍全国，于是通令各省厉行禁烟，颁定新律，严禁贩卖与吸食鸦片。当时英、荷商人只好暂停贩卖。到了嘉庆初年，又开始盛行，因为所颁禁烟法律惩处太轻，凡国内商人贩卖烟土，杖一百，枷一月，遣边留戍三年；内外文武官员犯者，课以革职处分；书吏差役贩卖或包庇土贩，加等治罪，杖二百，枷二月，流谪三千里为奴。吸食鸦片，准贩卖同罪。如此拟罪，不足以震慑吸食、贩卖者。隔了几年，法令松弛，贩、卖、吸更充斥于市井。到嘉庆二十一年(1816 年)，烟毒弥漫全国，比前朝更有过之无不及。鸦片不仅毒害民心、萎靡精神，更是使现银外流，银价飞涨。

道光十八年(1838 年)五月上旬，林公在湖广总督任上忽然接到兵部火票递到的加急咨文，让各省讨论鸿胪寺正卿黄爵滋关于禁烟的章程和拟定法律。黄正卿建议，当从禁烟入手，加重吸烟罪名；准给一年为戒烟限期，若一年之后还吸食，算是不奉法之乱民，定以死罪。但朝廷内外觉得过严，与“十恶”之罪没有区别，还恐怕激发民变。

林公上奏，认为应当全面禁烟，先从官吏禁起，有烟瘾的调验，勒限戒绝，逾限仍复吸食，参革撤任。但他反对限期一年之后仍吸食者就定以死刑之法，认为难收效果也难以实施。于是他亲自拟稿，三易底稿，拟就六条章程，并呈上戒烟药方四种。但奏折到了死敌穆彰阿之手，有意压下，直到道光皇帝催问为何不见林公奏折才编造托辞，说林公方案比黄正卿方案还严厉，不易实施，致使道光帝信以为真，留置不发。

过了一阵，接到军机大臣寄来的上谕：

> 奉上谕，督促各直省长官严申烟禁，烟犯拘案，加等治罪；地方官查禁不力，立予处分。禁烟成绩最优者，列为考绩，奏请破格擢升。

于是，林公在属地抓紧查禁贩卖、开馆、吸食者，收缴烟膏、烟枪、烟具，如果系自首呈缴，查明确系真心改悔，准免治罪，还酌情配给戒烟药丸，使其吞服除瘾。

话说林公再次上奏，陈述严禁烟土之利害关系，但因被穆彰阿所阻，仍

未见朝廷颁行吸食论死、兴贩开棺论绞的新律例,直接影响各省禁烟的成效。旋据汉阳县知县郭觐辰禀报,拿获兴贩鸦片烟贩朱运升,在其船上起获鸦片烟土一千三百两,烟膏八百两;又在汉口客栈旅客邹阿三的皮箱内,搜获烟土二千多两,呈请如何处置。因为按照以往律例,开馆兴贩鸦片烟土,只有杖刑徒刑,虽有绞斩枭刑的加重处罚奏请,但未获朱批颁行,所以无法援引,如果处以杖徒等轻罪,罪重轻罚,效果不彰。林公左思右想,请来刑名师爷李小梅商议,林公问到:"旧律嫌轻,新例未奉颁行,犹不便援引,此案该如何定罪,能使轻重适中?"李小梅沉思一会回道:"新例当然不适用,唯有援引旧律,如嫌失之太轻,可以加一等治罪,因二犯贩土太多,先行刺字游街,再发热闹市区站笼示众,最后发往极边充军;如此办理,一般兴贩奸民瞧见了,必然恐惧知悔,不敢再蹈刑章了。"[①]林公深以为然,就批回给郭县令办理。

不料批文正待用印发出,又接郭县令禀报,说朱运升已于前日夜间越狱脱逃,全城追查毫无下落。而所提审的邹阿三其实是邹阿三的伙计邹达才,邹阿三本人也早已回转广东。因为郭县令向来办事勤恳,林公想一定是被底下的蠹役给糊弄了。以往县官被蠹役陷害撤任是常有的事,此次,自己偏不撤郭县令,让他勒限缉查要犯到案即可,将功折罪,以观后效。郭县令接到林公批札,感恩戴德,一面勒限捕快班,缉拿逃犯,一面将原先看守狱卒钉镣收监,严刑鞫讯,以查有无得贿放纵等情由。结果那些捕役都极口喊冤,"矢不承认,捕役熬了两次合比",还是不能破案。郭县令只得再次上报林公,自请处分。林公正处于收缴烟具、严办开馆兴贩的当口,朱运升、邹阿三均是贩卖烟土最多的要犯,岂可容他们逍遥法外。于是一面申斥郭县令办事不力,再行勒限,先将顶戴摘去,逾期不获,定予撤任;一面遴选干员,到汉阳督办此案。[②] 那时官场等级制度森严,督抚差遣的查办委员,都是候补道员才行;而知府差遣的都是候补知县;司道差遣的都是候补知州运同等。林公此时便想到了陈锦堂,差其督办汉阳大案。

陈锦堂携一身武艺的爱妾凤姑前往汉阳查访朱运升下落。首先到了当地兵房书吏葛幼泉家打探消息。葛幼泉因为包揽词讼,包庇烟贩,终日门庭若市,来者不拒,一概接待。事实上,正是葛幼泉得了朱运升一万两银子的私下贿赂,替他运动狱卒,从监狱中放走他,还替他安排了一班捕役,耗去四千多两银子,朱运升才得以从容地逃回老家。葛幼泉自知此案闹得

① 安遇时、蓝鼎元等编撰:《名臣问案牍》之《林公案》,重庆出版社 2008 年版,第 660 页。

② 安遇时、蓝鼎元等编撰:《名臣问案牍》之《林公案》,重庆出版社 2008 年版,第 661 页。

太大，又在禁烟紧急的当口，省上一定会派员密查。所以，陈锦堂虽然乔装，但葛幼泉一看其气派，就知是一个大员。陈锦堂化名唐锦臣，假借母亲病重求购鸦片，托他介绍朱运升。葛幼泉便将计就计将陈锦堂引入匪窟，想借刀杀人。

陈锦堂来到仙桃镇找到胞兄总兵陈炯堂，借了两个兵官旗牌钱昌、百总汪兴，一同前往钟祥县大洪山朱运升的匪巢探查虚实。陈锦堂只身而入，假装欲购烟土。朱运升事先已接葛幼泉密信，要他将唐锦臣（陈锦堂）软禁，但不可伤其性命。风姑一直等到黄昏不见陈锦堂出来，就知大事不妙。于是施展功夫潜入洞中，救出了陈锦堂。钱昌、汪兴两人接应后，急忙驾船而去。等朱运升派人赶下山时为时已晚。

陈锦堂连夜赶回省城，报告林公探查情况。林公嘉许其只身舍命探查之举，一面密令郭县令捉拿葛幼泉与朱运升。郭县令找来葛幼泉，告知事发检举之事，令其诱捕朱运升，否则性命难保。葛幼泉只得假言自己找到了一个貌似朱运升的人前去顶替，要朱运升私下来府上商议。果然，朱运升应约而来，被捕役抓个正着。郭县令连夜亲自押解到省。林公即命将二犯解往臬司衙门，按律重办，结果问成极边充军，此案才得以完结。邹阿三也被郭县令通过暗线缉拿到案，依法惩治。

此后，林公在湖北、湖南严申烟禁，收缴烟枪、烟斗、烟膏、烟土，成效彰著。在湖北，林公为昭示百姓起见，将所缴烟土，编号列册，堆积公共场所，亲率两司道府，莅场逐一对册验明，然后命当差的用快刀将烟枪劈破，烟土敲碎，再浇煤油燃火焚烧，把一千二百多支烟枪烧成灰烬。又将收缴的烟土一万二千多两，拌以桐油燃火焚烧。烟土拌上桐油燃烧，奇臭难闻。烧成烟灰后，林公又派员监督，投入江心。两湖禁烟，是为日后虎门销烟的前奏。

在禁烟声势日大的同时，盘踞广东的英国商人查顿，乃私运鸦片的发起人，找到买办葛东明，携带七十万巨资到京城活动，买通穆彰阿等权奸，以鸦片本为药材，征收税银，早列入进口贸易表，自属合法贸易为由，说服道光皇帝，允许鸦片进口，只是通商仅限于广东，未通过广东税关进入之鸦片，一律没收。如此一来，贩烟土洋商有恃无恐，成千上万地输入鸦片，广东海关税收大旺。而流毒则复盛全国，就连林公致力禁烟的湖北，也几乎死灰复燃。此后，历经朝中正直大臣内阁侍读学士朱鐏，军机大臣潘世恩、王鼎屡次上疏，力陈鸦片荼毒之害，力劝不准鸦片进口；林公也特别上呈奏折，痛陈鸦片误国殃民之弊，道光帝阅奏动容，特地朱批林公来京陛见。由此，林公领钦差大臣命，前往广东查禁鸦片，成就了林公仕途上最为跌宕起伏、可歌可泣的一页，也成为了近代中国历史的重大转折点。

品析：

其实，关于贩卖鸦片之罪，在《大清律例》中即有较严格的规定，如卷二十"兵律"之"关津"条"私出外境及违禁下海"款中，就有条例规定："兴贩鸦片烟，照收买违禁货物例，枷号一个月，发边卫充军。如私开鸦片烟馆，引诱良家子弟者，照邪教惑众律，拟绞监候；为从杖一百、流三千里。船户、地保、邻佑人等，俱杖一百、徒三年。如兵役人等藉端需索，计赃照枉法律治罪。失察之汛口地文武各官，并不行监察之海关监督，均交部严加议处。"[①]这些规定不可谓不严。却终究难挡鸦片荼毒之势，说明还是有令不行、有禁不止，朝廷奸臣和地方官吏放纵，普通百姓受诱的结果。

① 田涛、郑秦点校：《大清律例》，法律出版社 1999 年版，第 339 页。

第七章

《彭公案》中侠义与公案精神的交织

公案小说与侠义小说，各有源流。如著名的《三侠五义》《小五义》等。而到了清代中期，侠义小说与公案小说出现了合流的现象，即融合了侠义的情节与公案断案的过程，内容丰富且有了更实在的社会市井生活场景感。如《彭公案》《施公案》等即是其中的代表。本文所品析的《彭公案》，乃清末贪梦道人所著，是上海古籍出版社根据光绪二十年琉璃厂藏版《大清全传》为底本，校以上海扫叶山房石印本《绘画彭公案全传》后，于 2011 年 8 月出版的。

《彭公案》的主人公彭朋，其原型是康熙年间的著名清官彭鹏，《清史稿·彭鹏传》记载，彭鹏，字奋斯，福建莆田人。康熙二十三年授三河知县，三河当冲要，旗、民杂居，号难治。鹏拊循惩劝，不畏强御。他“治狱，摘发如神。邻县有疑狱，檄鹏往鞫，辄白其冤”。曾任河南河工、刑科给事中、贵州按察使等职。可见，彭公真实的原型，对刑狱和司法制度是熟稔和专业的。他为官清正、爱民恤民，又有智谋胆略，断案亲力亲为、屡破奇案要案，因而所任之处深受称颂。

《彭公案》的内容偏重于侠义，有许多借鉴《包公案》《三侠五义》等小说风格与情节的演绎章节。缉匪平叛成了全书的主要线索，但贯穿其中的破案、审案、断案过程，还是能提供一幅清代初中期法律制度和司法实践的生动蓝本，展现出清代初中期民风社情的逼真画卷。其间，既有官场的黑暗，也有绿林豪杰的忠义，还有土棍、恶霸的肆行与江湖贼盗的恣情，也反映了普通市井生活，以及社会民间的基本法律意识、诉讼观念与行为取向。

本章即以《彭公案》小说脉络为经，以断案所体现出的清代司法制度、刑狱听审程序、判案依据等为纬，品析、对比清代乃至历代司法思想和律例脉络。

第一节　初任三河私访遇险，强夺霸占移尸该当何罪

小说第一回到第七回说的是，小说主人翁彭公，康熙三十九年庚辰科得中进士，被授三河县知县。履新之际，就暗下决心，要为民除害、清净地面。上任途中，在张家湾浬江寺娘娘庙大会，就亲眼目睹了三河县夏店的左奎（号称左青龙）的管家张宏，调戏妇女之事。幸好被李新庄的李七侯仗义解救。但李七侯的兄弟李八侯非但不似哥哥那般行侠仗义，反倒是为所欲为。李八侯家人孔亮，外号白脸狼，仗势奸淫邪盗，抢夺少妇长女，霸占房产土地，欺压良善之人。彭公听闻此况，决定私行访查。于是乔装成算卦先生，直接到了李新庄，正巧碰上了李八侯站在大门口。李八侯见是算卦先生，就将其请进院内，希望这个自称姓十名豆三，号双月的老者给自己算算卦。没想到被孔亮识破，怀疑是新任知县来暗访。李八侯遂命人将彭公吊在马棚内，准备拷问。彭公立志剪恶除霸，正气凛然，坦言道：自己就是新任知县彭老爷。李八侯惊吓之余，受孔亮蛊惑，害怕自己作恶之事败露，趁着几分酒劲，欲杀害彭公。

彭公身边仆人彭兴尾随主人进庄在后接应，久未见主人出来，情知不妙。急速跑回三河县城，请典史刘正卿、城守营把总常恒带兵营救。两人先到李新庄李七侯家，未见有异。又带人到李八侯家，正值李八侯拿鬼头刀欲动手，被官兵突入，捉个正着。彭公也被解救出来。

彭公拿了李八侯和孔亮，要如何审断呢？如按常规，有律可依，欲杀知县，实属谋反。彭公先是在大堂上讯问李八侯，要其将所做的恶迹说个明白。无奈李八侯嘴硬蛮横，还对彭公说："我瞧你不是好人，我要杀你！"彭公闻听，说："你这奴才，我不打你，也不知本县的利害。来人！把他给我拉下去重打，不许留情！倘有循私，我决不宽恕汝等。"皂役不敢留情，将李八侯按翻在地，抡起竹板，打了四十板子。复讯问，李八侯说："你不必问了，我已被你访明白了，何必多问哪！"

彭公又让人将孔亮带上堂。彭公为了震慑他，先来了个下马威，说道："先把奴才给我打他四十大板，再问也还不迟！"[①]彭公正待继续审问，李七侯来大堂上替兄弟求情，宁愿替弟领罪，接受处罚。彭公说："本县久闻你与响

---

① ［清］贪梦道人著：《彭公案》，上海古籍出版社2011年版，第17页。

马来往，家中窝藏盗寇，今天倚仗你那些为非作恶的人，前来搅乱我的公事，对也不对？”李七侯辩解道，自己并无一案，惟知剪恶安良，与民除害，专杀霸道土豪。彭公为了让李七侯为己所用，要收李七侯为捕快头役，以此为条件开释李八侯。李七侯钦佩彭公为官清明，同意效力于彭公。于是，彭公将李八侯又重打了八十大板开释回家，令李七侯用家法好好管教。又将孔亮重责一顿，取过一面二十斤的枷来，枷号三个月后，再行开释。

品析：

彭公亲自私访的作风，显然是沿袭如《包公案》《狄公案》等历代公案小说的情节。这几乎贯穿了《彭公案》的始终。其中，既体现了主人公如狄公、包公、林公、彭公等断案、审判亲历亲察的敬业态度，与古代昏官刑讯逼供、轻信口供的敷衍塞责形成对照，而且也体现那些势棍、劣绅、地头蛇的任性妄为，还可增加侠义小说的曲折性和可读性。

关于审讯李八侯与孔亮，都都动了刑，但并非刑讯逼供。李八侯是抗拒，还嘴硬，且私设公堂要杀彭公在先，故而用刑。对孔亮用刑，目的是惩戒孔亮诱引李八侯作恶。在此，彭公动刑并未过分。

而彭公对李八侯的处置并未严格按律施行。彭公为了收服李七侯为己所用，对抢占民女、霸占田地、素来作恶多端的李八侯和孔亮，只是杖刑及枷号，显然处置过轻。据《大清律例》卷十“户律”之“婚姻”条“强占良家妇女”款规定：“凡豪势之人，强夺良家妻女，奸占为妻妾者，绞。”[①]在此，显然有着侠义小说的变通因素，不能按公案小说断案引律看待。

彭公到任十数天，将前任未结的三十几件连同新接的七十余件案子悉数断明，立时政声传扬，三河境内无不感德。

紧接着，几起案件直指夏店号称左青龙的左奎。他仗着叔叔是当今皇亲裕亲王府的皇粮庄头，横行无忌。

一日，忽来了七八个人，大声喊冤。其中一个叫张永德的老者哭诉道：自己自幼务农，妻子早世，留一子一女。小女凤儿，年方十七，一日去街上看戏，被左青龙看上，硬行抢去。儿子张玉，年方二十，找到其家理论，被乱打一顿，受伤甚重。现在小女也不知是死是活。故特来鸣冤。

① 田涛、郑秦点校：《大清律例》，法律出版社 1999 年版，第 211 页。

又有一人呈状告诉：

具呈人徐顺，系三河县夏店小东庄民人。为势棍欺人，吓诈乡愚事。窃夏店斗行经纪左奎，匪号人称左青龙，倚仗伊叔左庄头，在外欺压乡民。民于四月初九日，在夏店街卖白麦子八十石、玉米三十石，该银五百二十两正，伊全价不给。身向伊讨要，伊带同余党三十余人，内有孙二拐子、何瞪眼、贾有礼等，反说民讹诈，手执木棍铁尺，打伤民周身二十余处重伤。先经前任老爷讯明，至今未传伊到案。因此斗胆冒犯天威，惟求恩准，传伊到案，以凭公断为感。①

品析：

此状所述平实，言简意赅，将案情交代得非常清晰，在整部小说中，也是仅有的两处如实完整呈现的状子，具有一定的文献参考研究价值。告状内容说的是左青龙欺行霸市，且抢夺、恶意伤害。状子没有过度的辞藻渲染，也没有对审判提出要求。说明写状之人并非讼师。至于把持行市，强买强卖，《大清律例》"户律"之"把持行市"条规定："凡买卖诸物，两不和同，而把持行市，专取其利，及贩鬻之徒，通同牙行共为奸计，卖物以贱为贵，买物以贵为贱者，杖八十。"②本状所述，不仅是欺行霸市，而且还是仗势欺凌。

还有人状告左青龙霸占房产、合谋勾串、私捏假字、欺压孀妇、鸡奸幼童、侵占田亩、私立公堂、拷打良民、威逼强婚等事，可谓作恶多端。

彭公下决心严办恶霸左青龙。照例，还得自己亲自查访。在查访的过程中，又遇到了一则奇案：

彭公自己骑着驴出了城，在城关夏店附近，亲眼目睹了一则因雇驴赶路而起争执并演变成过失打死人的事件：赶脚的将毛驴雇给因母亲病死而着急赶路的曹二，却嫌毛驴走太快他跟不上。赶脚的年方四十多，不听人劝先打了年方三十开外的曹二一拳，曹二举拳相迎，方一举拳，没曾想将赶脚的给打死了。一时，乡约、地方、保甲等都来了。地方孙亮让小伙计魏保英看

① [清]贪梦道人著：《彭公案》，上海古籍出版社2011年版，第21—22页。

② 田涛、郑秦点校：《大清律例》法律出版社1999年版，第269页。

守死尸。自己先将曹二送到三河县衙门报案去了。

彭公回到衙门,第二天一早,带着刑房、仵作人等一同去夏店验尸。早有人把尸棚搭好,当中摆的是公案桌儿,上边有文房四宝。刑房书办杜光带同仵作刘荣,将尸身验明回禀:"被害人周身伤痕四十四处,致命七处。"彭公一听就觉得其中有诈。于是将看尸人魏保英严讯,开始不招,打了四十嘴巴,又打了八十大板,还是不招。又打了一顿才供出了实情:夜里自己喝了四两酒在死尸旁睡了过去,等醒来后发现尸体却不见了,着急之下,想起乱葬岗中新埋了一具死尸,便偷来顶替了。

彭公继续追问,怎么知道一具死尸埋在那里?这其中一定有缘故!魏保英这才供出了醉鬼张淘气。张淘气说左青龙给了自己八两银子,让将左青龙花园内的一个死尸移出去。张淘气给了魏保英三两银子叫他帮忙,由是又牵出了另一桩命案。

正待追问昨天被殴死的尸身是怎么不见的,那人却自动现身了,到县衙来央求把雇驴的人放了,将驴还给他。原来,他叫吕禄,被殴后半夜苏醒,见毛驴没了,知道打自己的人一定被官府抓去了,才又找来。彭公审问明白,将毛驴还给吕禄,连同曹二一并释放。

彭公接着继续审魏保英移尸一案,忽听有人喊冤。原来是一个六十有余的老者。自称叫赵永珍,生了一男一女。儿子赵景芳,十八岁,在学房读书,本月十三日连续两夜未回家,到学房打听,说是被左青龙管家胡铁钉邀去吃酒。后到左青龙府上寻找却说不知道。正各处找寻,听说官府老爷在验尸,一瞧那死尸正是儿子赵景芳。

彭公回衙,即令锁拿胡铁钉,并将左青龙请到县衙。一到县衙即刻将左青龙拿下。彭公怒斥道:"你抢张永德之女,打坏了张玉,克扣那余顺的粮价,趁此给我实招上来!"左青龙不服说:"彭知县,你私捏我的罪名,打算要想我的银钱,我焉能服你?"彭公说:"带上张永德,当堂对词。"张永德一见,就指认左青龙正是抢自己女儿的人。左青龙仍不招认,被重打了四十大板,这才将自己所做之事一概承认,说:"张永德之女,现在我家花园之内。余顺的银两,我家现有可以赔补。赵永珍之子,酒醉以后被我鸡奸,酒醒之后,他说要告我,我就把他捆上打死,叫了醉鬼张二与魏保英抬出去,埋在那乱葬岗上。霸占刘四的地五十亩,全都承认。"于是叫代书写了招供,画了押。彭公定了一个斩立决罪。

正待完案将左青龙带下堂,外面来了一人,年约三旬以外,直上公堂。此人乃武举人武文华,他是武家庄人,家中富裕,有田地二百余顷,又是武举人,与左青龙结了金兰之好。他仗着自己是索皇亲索奈的义子,要为左青龙鸣不平。他说:左青龙“乃本处的绅董,家道殷富,被人妄告。老父台并不细查,严刑取供,凌辱乡绅,吾甚不平,特来请示。”彭公答道:“武文华,你倚仗着武举人,搅乱本县的公堂。左青龙身犯国法,现有对证。你岂不知王子犯法,与民同例?来人,把武文华与我逐出衙门外!”武文华愤愤不平,发誓要到京城走动人情,革了彭公三河县知县之职。①

品析:

魏保英作为看尸人,面对换尸起初不招,彭公不得不运动刑法,打了八十大板才承招出实情;而面对左青龙的狡辩和指责,彭公并未直接用刑,而是让证人张永德先对质,左青龙仍不招,才用刑。这一对比,可见彭公并不轻易用刑、迷信刑罚的办案态度。在清朝律令中,私下移尸,该当何罪?《大清律例》卷三十七“刑律”之“断狱下”“检验尸伤不实”条规定:“不为用心检验,移易、轻重、增减,尸伤不实;定执致死根因不明者,正官杖六十,首领官杖七十,吏典杖八十。仵作行人,检验不实,扶同尸状者,罪亦如之。”②

而武举人武文华,仗着有举人名号直闯大堂,彭公还不能将其怎么样,从一个侧面说明,当时乡村社会中,一些有举人、秀才、监生、生员等名号的人,并非都是斯文之士,而是顶着捐来的名头,而胡作非为,专弄唆讼、聚讼之能事,而扰乱地方治安。

第二节　玩笑斗讼也有责,奸情命案判凌迟

彭公刚办完左青龙的案子,方要退堂,忽然又有两个喊冤之人。一个是姚广礼,一个是张兴。

姚广礼诉称:自己家住何村,孤身一人,只跟姑母家度日,年方三十。昨晚在村头遇到张兴走得慌慌张张,像有急事的样子,自己便招呼他,开玩笑说:张二哥,你发了财就不认人了!他立时站住了脚,面色突变。我便让他

① [清]贪梦道人著:《彭公案》,上海古籍出版社 2011 年版,第 33—34 页。

② 田涛、郑秦点校:《大清律例》,法律出版社 1999 年版,第 591 页。

请我喝酒。张兴自称从香河县来,发了点小财,说着从怀中掏出两封银子来,放在桌上说:你要用,就给你一封。我问他从哪里得来的财?他说在和合站害了一个人,扔在井里,得了一百两纹银。小人一听吓了一跳,赶紧让他收了起来。喝了两壶酒就分开了。"小人到家,越想越不是,怕受他的连累。我今天一早起来,我要进城告他,正遇见笑话张兴他慌慌忙忙要逃走的样子,我过去把他抓住,说:'咱们两个去到城内鸣冤去!'小人拉着他来至此处喊冤。小人与笑话张兴素日并无仇恨,小人怕他犯事,小人有知情不举纵贼脱逃之罪。"

品析:

这里反映出普通百姓有"知情不举纵贼脱逃之罪"的法律意识,实属难得。也说明封建社会制度基层组织邻里街坊保甲制、连坐制的有效性和约束性。《大清律例》卷二十六"刑律"之"人命""同行知有谋害"款规定:"凡知同伴人欲行谋害他人,不即阻当救护,及被害之后,不首告者,杖一百。"[①]《大清律例》卷三十四"刑律""捕亡"之"知情藏匿罪人"款规定:"凡知人犯罪事发……其展转相送,而隐藏罪人,知情者,皆坐。不知者,勿论。"[②]可见,知他人犯法,特别是有命案或贼盗而不告发者,要承担法律责任,这样的意识在乡村基层的普及率还是较高的。这里,自然也有怕担责、受牵连这一朴素、传统思想的因素。

张兴也三旬开外,辩称道:自己也孤身一人,在舅舅家中度日,舅舅刘祥在京城跟官,舅母跟前也无儿女。昨日舅舅回家歇工,我帮助买办物件。只因舅舅买了香河县赵廷俊的六十亩田地,定明价银四百八十两。舅舅假满进京去了,让小人将定银一百两送到赵宅内。当时赵廷俊不在家,我就回家了,约好第二天再去。"走至村口,我遇见那姚广礼,他与小人玩笑。我外号人称笑话张兴。我听他说我发了财啦,我故此戏言说,我在和合站害了一个人,扔在井内。老爷详情,我要真害人,我能对他说吗?这是小人爱玩笑之过,故此才有今日之事。老爷如要不信,把赵廷俊传来,一问便知。"

彭公听了张兴之言,又见其五官良善,言语并不荒唐,便传令道:"杜明,

---

① 田涛、郑秦点校:《大清律例》法律出版社 1999 年版,第 442 页。

② 田涛、郑秦点校:《大清律例》法律出版社 1999 年版,第 552 页。

办文书,到香河县把赵廷俊传来,当堂听审。”[①]这里,因要到邻县传唤证人,所以要办文书给邻县知县衙门方可传讯。

正在此时,和合站的乡约刘升、地方李福前来禀报,和合站天仙庙前的一口井里发现了一个死尸!这使案情一下诡异起来。彭公一听,便喝问张兴,还不趁此实说,免受皮肉之苦。张兴此时如站万丈高楼失脚的样子,一个劲喊冤枉。彭公不愧是明事理的清官,并未盲目用刑,而是吩咐先将姚广礼、张兴二人看押起来,带着刑件人等,直奔和合站验尸。这里,姚广礼身为举报证人,与案情没有任何关系,只是知情举报,却也同被告一样被视为“嫌疑人”而“被看押起来”,反映了中国封建社会司法制度中,对干证等涉案人的人身权利保护意识是薄弱、缺失的。

彭公到了和合站,早有人搭好了尸棚,预备了公案桌子。彭公升了公堂,吩咐人下去捞尸。早有应役人等,把绳筐预备好了,下去一人捞上来一具女尸。又报告说,还有一具尸体,捞上来发现是男尸。刑件人等验尸完毕,报告说:女尸被绳勒死,男尸被刀杀死,没有了人头。彭公听说,心中一动,料想那张兴并不是杀人的凶犯,这其中定有缘故。正在为难之际,忽听有人喊冤。是一个六旬开外的老者叫蒋得清,自诉说,自己在何村居住,夫妇二人生有一女,名叫菊娘,嫁给本村人姚广智为妻。女婿在和合站开设清茶铺。近日发现女儿不见了。听说老爷在此验死尸,我来观看热闹,见到那女尸正是我女儿,不知被何人勒死。求老爷给小人女儿伸冤。

彭公回到县衙,派衙役马清、杜明带上姚广礼前去把姚广智拿来,当堂听审。二役与姚广礼到了和合站,先到茶铺中,未见到姚广智。问了伙计,说在东边的黄家。三人到了东边路北里,姚广礼手打门环,出来一个二旬的妇人。听姚广礼说是找族弟姚广智,便将姚广智叫了出来。马、杜二人一瞧,问清人名,抖铁链把姚广智锁上,连同妇人一同往三河县而来。

彭公先审姚广智,说:“你妻蒋氏被何人勒死,扔在井中?”姚广智一听赶紧说,“小人今日在铺中听说,正想着前来报官,求老爷恩典,给小人的妻报仇”。彭公又问说:“那个妇人是你的甚么人?你为何在他家?”那妇人说:“小妇人李氏,他与小妇人的男人是结义的兄弟。”

姚广智连忙说:“小人与他男人黄永有交情,他男人在通州作买卖,是陆陈行,常为小人由通州捎茶叶,今日我去在他家,去问茶叶可否捎来。恰遇我本族中的三哥姚广礼找我,有老爷的贵役把我连那妇人锁来。只求老爷把那妇人开放,与他无干。”彭公一听,心中早已明白。又问那妇人男人做何

① [清]贪梦道人著:《彭公案》,上海古籍出版社2011年版,第35—36页。

生理，在通州做何买卖，几时从家中走的，一年几次回家等。李氏就说，“来三两次，逢节年才来家中”。再审姚广智，就是不实招，先打了四十嘴巴，又打了八十大板，姚广智还说不知。彭公眉头一皱，计上心来，有意将姚广智、李氏一并释放。却暗中派李七侯密探究竟。李七侯趁夜黑来到和合站黄永所住的家里北房，心中说：“白昼之间公差们多粗鲁，敢把那妇人同锁上带到衙门，要是奸夫淫妇，还可以说，倘若是好人，这不是倚官欺压黎民？”[①]

品析：

这里提到，“把妇人同锁上带到衙门”是粗鲁的行为，说明当时民众中，对动辄拘提妇女到衙门公堂的失当行为还是有基本常识和基本的伦理纲常观念的，而这也正符合清代律例的规定。

其实，封建社会历代律令对妇人犯法出庭，从伦理纲常的角度还是有所关照的。特别是孕妇，还有着中国人独到的“悲悯”之心，是“德主刑辅”思想的具体体现。如《大清律例》卷三十七卷“刑律”之“断狱下”“妇人犯罪”款即规定：“凡妇人犯罪，除犯奸及死罪收禁外，其余杂犯责付本夫收管。如无夫者，责付有服亲属、邻里保管，随衙听候，不许一概监禁，违者，笞四十。若妇人怀孕，犯罪应拷决者，依上保管，皆待产后一百日拷决。若未产而拷决，因而堕胎者，官吏减凡斗伤罪三等；致死者，杖一百、徒三年，产限未满，而拷决致死者，减一等。”[②]由此可见，对妇人犯一般的罪，还是网开一面的，不能一概监禁。但对犯奸情却与犯死罪一样对待，说明封建礼教、纲常对妇人贞节的看重。而如果怀孕，即使还未产，也不能轻易动刑、拷问。这体现了对妇女生养的尊重。

李七侯夜探黄宅，正好听到了姚广智与李氏两人吃酒嬉闹的对话，真相遂大白。

彭公审问了赵廷俊，问明将六十亩地卖与刘祥并收一百两定银是实。

又讯问了姚广智。姚广智只得招认与李氏通奸的事实。李氏为了两人作长久夫妻，出主意说：“要作长久夫妻，你把你妻室害了，我把我男人害了。”“昨日他男人回家来，叫我请他男人喝酒，我也不知事务，请他男人在他

---

① ［清］贪梦道人著：《彭公案》，上海古籍出版社 2011 年版，第 38—39 页。

② 田涛、郑秦点校：《大清律例》，法律出版社 1999 年版，第 599 页。

家吃酒。我二人吃到初更之时,黄永醉了,李氏叫我拿刀杀他,小人下不得手,那李氏手执钢刀把那黄永杀死,把人头扔在炕箱之内。他叫我把我妻室勒死,小人一时间糊涂,把我妻蒋氏勒死,把两个死尸扔在井内是实。"

李氏也画供招认。彭公又派人到他家中把那个人头取来。彭公提笔判道:"姚广智因奸谋害二命,按律斩立决。李氏因奸谋害本夫,按律凌迟。姚广礼与张兴二人因耍笑斗讼,例应杖四十,免责,念其愚民无知,释放回家。当堂把蒋得清传来说:'本县念你年迈无倚靠,把姚广智的家业给姚广礼承管,作为你的义子,扶养于你,如不孝顺,禀官治罪。领尸葬埋。黄永并无亲族,家业田产断归蒋得清养老。'"当堂具结完案。①

品析:

因奸情而共谋人命,凌迟是符合律例的。这里,还有因耍笑而斗讼,"应杖四十",说明不能随便拿人命案开玩笑。但因为阴差阳错,还真牵出了真实的奸情人命案,属于"另类有功",所以彭公予以免责。值得品味的还有,彭公还管起了"家产和养老"之事,也体现了封建王朝职官制度中,地方官的"父母官"职责。民刑不分,由官府父母官断婚姻官司、遗产继承、扶老赡养等家务事,也有其合理的一面,尤体现了封建王朝对官吏所谓的"忠君爱民"的品德要求。

第三节　见色起念、为主杀女、知情隐匿,按律审判却失当

彭公办结姚广智案,方才要退堂,一只黄狗叼着一只青布靴子跑上公堂,盯着彭公,"汪汪汪"大叫三声。彭公即令杜雄跟着那狗,直到城北张家村一块高粱地当中的一座新坟,那黄狗用爪扒了半天,也刨不出什么来。杜雄回禀彭公,彭公便让手下访查出是何人所埋?地主是谁?

彭公传张家村的地方蔡茂到县衙。据蔡茂说,地主姓张名应登,是本县一个秀才,其父张殿甲,乃一翰林公,早已亡故。那座坟埋着他的奴才之妻。

① [清]贪梦道人著:《彭公案》,上海古籍出版社2011年版,第40页。

彭公又追问何时埋的，答四月间埋的。再问得什么病死的。蔡茂只得实说，是张应登的奴才武喜之妻，夜内被人杀死，不见了人头。前任知县刘老爷将张应登锁押起来。后来是他家老管家张得力来献人头，才具结完案。

彭公遂令人去张家庄，将张应登、张得力与武喜带到听审。那张应登一副秀士打扮，不经多问就和盘托出。他交代说：自己在正月元宵节拜客时，见路边一小妇人非常俏丽，仔细一看，是奴才武喜之妻甄氏，不由起了一片痴心妄想。后来，有意派武喜进城办事，自己带了五封纹银到武喜家，跪地向甄氏求欢。甄氏和颜悦色，带笑开言，把晚生搀起来说："主人乃金玉之体，奴婢是下贱之人，不敢仰视高攀。"又说："主人宜夜晚来，奴婢等候大爷。这青天白日，恐有旁人看见，观之不雅。"自己回家后走到书房顺手拿了本书来看，正是父亲家训遗稿，教导青年要知世务、为戒在色等语，还有戒淫诗一首。自己一想，淫人妻女，罪莫大焉。求功名之人，不可做无德之事。遂到自己妻子房中安歇。第二天一早起来，书童来报，武喜之妻被人杀死，人头也不见了。自己到了武喜家中，见甄氏死尸躺于地上，不见了五封银子，连妇人的人头亦不见了，连忙报官。前任老爷把自己押入监内，并说如有人头，才能放我。过了两天，我家老管家张得力来献人头，说由野外找来的。前任老爷便让我答应三件事，头一件，给武喜再娶一房妻子；二件，把人头缝上埋葬；三件，给武喜妻追修银百两。自己全都应允，当堂具结完案。[①]

彭公审问武喜，武喜答，一概不知，全是主人所为，自己并不在家。

彭公带着一干人证到张家庄高粱地坟前验尸。地方人等把坟刨开，把棺木打开，把尸身抬出来。五月天气，尸体已坏。刑房过来请彭公过目。彭公又让武喜辨认。武喜说尸身像是妻子甄氏，但人头丑陋不堪，不是我妻子的人头。

彭公将管家张得力带上来。张得力六旬以外，不敢隐瞒，如实供称：自己受太老爷之恩，看到少主人被刘老爷看押，愁眉不展。想到自己有一小女儿，二十二岁，生得丑陋不堪，无人家要她，又傻，于是用酒灌醉了，将她杀死，把人头送到县衙，救出少主人来。彭公听了，当场将武喜释放，把张应登、张得力看押。

彭公又密请李七侯找来快腿马龙、朴刀李俊、泥金刚贾信、飞燕子等十二位豪杰帮忙。让马虎等人寻访有青布靴子的人。马龙果然在张家庄东村头一家饭店遇到了同样有一只青布靴子，想买另一只靴子的神拳李六儿，就势将李六儿带回县衙。黄狗一见，将李六儿腿肚死咬不放。李六儿自然不肯实招。彭公下令打了一千竹板，打得皮开肉绽，这才如实交代了过程。

---

① ［清］贪梦道人著：《彭公案》，上海古籍出版社 2011 年版，第 42—43 页。

原来,李六儿平素闻听武喜之妻甄氏十分貌美,常生非分之念。那日在通州路遇武喜,知道他去京城买办物件,就在夜晚到武喜家,跳进院墙,见土房东间有灯光,舔破窗纸看到甄氏合衣而卧,炕桌上放着一把刀。李六儿进了房,将甄氏推醒。甄氏认识李六儿,就问来做什么。李六儿就说想与甄氏作伴,被甄氏呵斥,又喊嚷起来。李六儿因害怕就一刀把她杀死,拿走了五封银子。把人头用包袱包好,扔在开饭店的胡明的后院内。

彭公正欲派人传胡明到案,忽听有人喊冤。一个少年人拉着一人,有二十多岁,跪在堂前,说:小人刘元,要告胡明。彭公问什么缘故。刘元说:我给他当伙计,上月在后院出恭,见胡明在那里用铁锨要埋人头。小人就说,胡明你害了人啦,我要告你去。他一害怕,许给我一百两银子,定于这月给我。今天我跟他要钱,他说我讹他,还口出不逊,打了我一顿。求老爷公断。

胡明无奈,只得供称:上月五更之时,自己在后院出恭,从墙外扔进一个妇人人头,自己一害怕,遂将人头埋在后院,被伙计刘元看见,自己许他银子,是真的。彭公遂派人跟胡明去把人头找来。

至此,该案的所有证据链就完整了。彭公讯罢,提笔判道:

"张应登身为生员,以上凌下,见色起意,以致甄氏被杀,例应杖八十,念你书生,罚银五百两赎罪。张得力杀女救主,忠义可嘉,赏银五百两。胡明见人头不报,杖四十,枷号一个月。刘元、武喜免议。李六儿见色起淫心,因奸毙命,律应斩立决,候府文书施行。当堂具结完案。"①

品析:

此案判罚总体公允,有律例可循。但判张应登见色起意,导致甄氏被杀,则有违事实。张应登固然应责罚,但他知错即改,保持了秀士之德。而甄氏被杀是李六儿所为,与张应登本无关系。所以罚银五百两显然过当。

张得力杀女救主,虽为忠义之举,但毕竟属人命案,此处判罚,显然是从封建伦理纲常角度出发。但赏银五百两也属失矩。

至于刘元免议,也不合律例。因其知情不报,反而有为一百两而敲诈勒索之嫌。此案审断,彭公也有判罚失当之处。可见此案判处,既有按律审断,也有侠义小说的"侠义"因素在内。

之后,彭公因武文华跑关系,被革了职。差官将顺天府的文书送到,内

① [清]贪梦道人著:《彭公案》,上海古籍出版社 2011 年版,第 47 页。

有京报宫门抄一份，上谕："御史李秉成奏三河县彭朋舆情不洽，任性妄为，着即行革职。三河县事，着典史刘正卿护理。"

李七侯闻讯，深为彭公鸣不平，遂发动绿林英雄好汉为彭公筹款一万两，立誓也要到京城跑动让彭公官复原职。一时间，南霸天飞镖黄三太、西霸天濮大勇、镇北方贺兆熊、东霸天武万年等一众英雄都积极筹款。同时，假传圣旨，传旨三河县彭朋仍管理三河县事务。原本彭公被参之后，将自己应办和已办完案件，一并查清好交待后，拟定起身。典史刘正卿也来催交，盘问可备办否，得以清查，好详文上司。[①] 神眼季全出主意说："先派几个人去到那县衙之内报喜，只要稳住他，先叫他进退两难，走也不好，不走也不好，然后咱们大家再疏通办理。"果然，彭公不知真假，只好决定等候府内文书到来，再行办理。

品析：

《大清律例》对官到任和离任卸任期限及交接都有明确规定。《大清律例》卷六"吏律"之"职制""官员赴任过限"条中又有条例规定："汉官革职离任，交代完日即令起程，不得过五个月之限。"又规定："若代官已到，旧官各照已定限期，交割户口、钱粮、刑名等项，及应有卷宗、籍册完备。无故十日之外不离任所者，依赴任过限论，减二等。"[②] 对照律例，彭公被革职，应当即刻交割，且要在十日内必须离开任所。典史刘正卿来催交，也是出于公务、律令要求使然，而非人情薄淡，急于上任。而假传圣旨，则是欺君大罪。这自然也是侠义小说的风格。

话说李七侯等众英雄凑到了一万五千两银子，找到裕王府的皇粮庄头左玉春，将银子装在花盆、酒坛中悄悄带入裕亲王府。再托府内刘太监通关拜见了老王爷，将彭公在三河县所作所为之事，以及被武文华买通御史李秉成参革的内情说了一遍。次日裕亲王上朝面圣禀报，得到康熙帝圣旨："三河县知县彭朋，被人误参。朕念他勤慎忠直，着他官复原职，仍知三河县事。武文华势棍欺人，该三河县拿获，严刑究办。"

众英雄遂夜入武家庄，拿获了武文华。彭公坐堂审讯。武文华强辩道：

① ［清］贪梦道人著：《彭公案》，上海古籍出版社 2011 年版，第 52 页。

② 田涛、郑秦点校：《大清律例》，法律出版社 1999 年版，第 152、153 页。

“举人并不犯法，为何拿我？”彭公说：“你包揽词讼，任性妄为，目无官长，咆哮公堂，拉下去给我打！”左右差役将武文华打了四十大板。武文华说：“你凌辱绅士，责打举人，我必要到顺天府把你喊告下来。”彭公说：“我乃奉旨拿你，作恶多端，著名匪棍，还敢这样大胆，把一往所作之事，给我说来。”武文华知道事不好，忍刑不招。彭公办了“势棍不法，任性欺人，律应杖一百，徒三年”文书行于上宪。[①]

品析：

这段审断，有三点值得关注：一是包揽词讼的罪名。包揽词讼、教唆词讼按《大清律例》规定，要从重处罚，如增减情罪诬告人者，与犯人同罪。受财计赃，以枉法从重论。二是匪棍作恶多端、任性欺人的罪名如何处置。《大清律例》卷二十五“刑律”“贼盗下”“恐吓取财”款中“条例”规定：“凡凶恶光棍、好斗之徒，生事行凶，无故扰害良人者，发往宁古塔、乌拉地方，分别当差为奴。”[②]可见，匪棍、任性欺人、仗势欺凌、诈取财物者，要受到流徒等重罪惩处。三是“凌辱绅士，责打举人”，武文华要到顺天府告状。说明武文华还是有一定的法律常识的，知道随意责打举人犯法，自己有权利申诉。

对于职官以及包括举人、监生、衙役等人的犯罪，《大清律例》有相关的“保全”措施。一是不能私自动辄刑讯，必须申报部议甚至请旨方可执行。二是须先行革职为民，方可按律处罚。《大清律例》卷四“名例律上”之“职官有犯”条规定：“凡在京在外大小官员，有犯公私罪名，所司开具事由，实封奏闻请旨，不许擅自勾问。若许准推问，依律议拟，奏闻区处，仍候覆准，方许判决。”该条之“条例”又规定：“荫生，及恩、拔、岁、副贡，监生有应题参处分者，听各衙门题参。其例监生有事故应黜革者，不必题参，咨报国子监，国子监察明黜革，知照礼部。”[③]由此可知，监生的管理归国子监、礼部管理。监生犯法，当先咨报国子监，由国子监察明革去功名后，报告礼部即可。

当然，对监生、生员、举人等文人地位的尊重，并不意味没有法律节制。《大清律例》卷四“名例律上”之“文武官犯私罪”条之“条例”中有规定：“文武官员、举人、监生、生员、冠带官，及吏典、兵役，但有职役之人，犯奸

① ［清］贪梦道人著：《彭公案》，上海古籍出版社 2011 年版，第 64 页。

② 田涛、郑秦点校：《大清律例》，法律出版社 1999 年版，第 402 页。

③ 田涛、郑秦点校：《大清律例》，法律出版社 1999 年版，第 89 页。

盗、诈伪并一应赃私罪名,俱发为民。遇赦取问明白,罪虽宥免,仍革去职役。"①显然,如果不是有谕旨颁下,彭公是不能对武举人武文华动刑的。

《大清律例》卷三十三"刑律"之"犯奸"条"官吏宿娼"款中,也有"条例"规定:"监生、生员,撒泼嗜酒,挟制师长,不守监规、学规,及挟妓赌博,出入官府,起灭词讼,说事过钱,包揽物料等项者,问发为民,各治以应得之罪;得赃者,计赃,从重论。"②对于监生、生员、举人包揽词讼、挟妓赌博等恶行,也要惩治的。

此案中,武文华善于应用"沉默权"来保全自己。他知道自己的所作所为触犯刑律,但就是"忍刑不招"。没有口供,就无法定案。而彭公也没有进一步用刑逼供,倒是体现了清官风范。但既然是奉旨究办,还是得有武文华自己的招供才行。这里,小说没有进一步的交代,应是一种缺失。

第四节　侠义有道,"犯法"免究

《三侠五义》《七侠五义》《小五义》《施公案》《彭公案》等侠义小说,展现的是正义、豪侠之士仗义行侠、劫富济贫、惩恶扬善的义举。他们都有一个共同的角色定位:协助清官办案理事、维护皇家朝廷统治,剪除那些与官府作对,欺压百姓的贼盗势棍,以及贪官猾吏。有此前提,绿林好汉的"杀人""作案"行为,均被视为正面形象或义举,而不予追究法律责任。从这个意义上看,侠义小说中的断案、犯案行为与案例,其主要价值反映在民众对社会正义的渴望和寄托上。而破案、诉讼、审讯、判决的司法文化价值则退居其次。当然,尽管是侠义小说,在涉及司法制度的知识性、客观性和民间性层面,也仍然有一定的法文化审视价值。

例如,第二十三回讲绿林好汉窦二墩(即窦胜)与黄三太比武输了,自己悻悻而归。路遇假窦二墩(实名是窦二羔)打劫,发善心放了窦二羔。自己恰巧投店到窦二羔的黑店,差点被窦二羔的黑心老婆黄氏用酒灌醉图谋相害,结果被窦二墩识破,怒将二人杀死,又一把火将房屋烧毁毁尸灭迹。显然这一情节是真假李逵故事的翻版。用在这里虽没有什么新意,但从一个侧面折射自古以来的社会意识,以正压邪的行为本身虽然犯法,却可以得到

① 田涛、郑秦点校:《大清律例》,法律出版社1999年版,第91页。

② 田涛、郑秦点校:《大清律例》,法律出版社1999年版,第528页。

原谅而不追究法律责任。

第二十四回同样传递了上述意涵。因为窦成的女儿被献县知县的少爷看上，窦二墩与白脸狼马九、笑话崔三等人，闯进县衙，将贪淫花少及陪同娱乐的五人杀死。又到后院将赃官全家都杀了。会同了快腿彭二虎、闪电手高奎把银库打开，劫走了不少银子。再到狱中，将窦成救出。此时，献县城中武营老爷得报，立时调兵，一齐拥到。“窦成兄弟二人，带着群寇，把东门大开，砍死门军四个。”①大家奔出城外，窦成带着家眷等逃往古北口外去了。如此大案要案，在《彭公案》中，也是轻描淡写、很平和地叙述而过，没有再交代官府如何追查此案、捉拿要犯。

老英雄黄三太回家归隐，授徒教子。黄三太五十九岁时，儿子黄天霸八岁。彭公恰从通州知州升任绍兴府知府，想起当年与李七侯指镖借银为自己打通关系的好处，特前往拜望。但黄三太叫家人把拜帖拿回，挡驾不敢见，彭公只好回归衙中。又过一年，黄三太六十整寿，各路英雄都来祝寿。席间，濮大勇说的一段话颇耐人寻味：

“众位恩兄贤弟，我想光阴似箭，日月如梭，想你我当年结拜，都是二十余岁的英雄，如今数十年来，都成了老头儿了。要论豪杰，在北方还数李煜大哥，你历练的真好，只要红旗一展，无论那路的镖，就要送你几两银子。凤凰张七哥，他所为与黄三哥是一个样，永不须伴，孤身出马，有一千银，尚留三百两，所取贪官污吏，还是济困扶危，周济孝子贤孙，除贪官分文不取。如今黄三哥是洗了手啦！咱们大家一回想，侠义的朋友，死走逃亡，真个不少，也有遭了官司，身受重刑的，死于云阳市上；也有死于英雄之手的。今日大家畅饮，真果是‘酒逢知己千杯少，话不投机半句多’。”②

这段话真切地反映了侠义之士的生存状况与情怀寄寓。其中的不少英雄其实是“劫镖”之人，只不过，多劫杀土豪、劣绅、贪官，且还多讲江湖义气，不赶尽杀绝。劫一千银，给留三百两。所劫浮财，常用于接济贫困危难之人、孝子贤孙。因为这样的游侠行为，不少人或摊上官司、身受重刑，或死于其他英雄之手。这也是多数侠义小说正面人物的群体画像。

大家酒酣耳热，说话也就随意任性了。濮大勇说了一段话，大意是我们这些豪杰在旷野荒郊劫镖不足为奇，要是能到北京，“把当今万岁爷的物件，拿他一两样来；或在户部，把银鞘拿了他的来，那方是真正英雄。”③这句话彻底伤着了黄三

① ［清］贪梦道人著：《彭公案》，上海古籍出版社 2011 年版，第 78 页。

② ［清］贪梦道人著：《彭公案》，上海古籍出版社 2011 年版，第 83 页。

③ ［清］贪梦道人著：《彭公案》，上海古籍出版社 2011 年版，第 84 页。

太的自尊心。于是不动声色，自己悄悄去了京城，果真潜入了正阳门，正巧碰到户部解饷官压着四头骡子，驮着银鞘，正准备送往海淀交由总管太监，以备在海淀畅春园的康熙帝日用。黄三太悄悄跟到沙滩里地方，见四下无人，抽刀砍散护送众人，又将解饷官从马上拉下，将银匣子取了一个，系于自己马后，如飞而去。

失去官饷的解饷官是保定府同知吴秀章与管界当班的步军校纳光，两人又惊又怕。纳老爷对吴秀章说："老兄，今日之事，若要禀明上司，他也担不是，我也担不是，你我这小小的前程，全不容易。再者说这件事在禁城内地，会有了响马了，这件事，何人肯信呢？依我之见，你我各赔五百两银子，忍个晦气，也就完了。你也可以保住功名，不日高升；我也不能被地面不清之责。这件事，你我商量。"两人居然一拍即合。纳光又出了个主意，说："我禀明上司，就说是你的行李失去，被贼人劫抢，内有白银千两，如拿住贼人，如数奉赔。"①

品析：

这一段对话，把官场上常见的知情不报、瞒天过海、大事化了的场景生动地展现了出来。两人吃了哑巴亏，还暗自得意庆幸，完全是因为怕担责，受到惩处之故。也从另一个侧面说明，只要保住官位，还有高升的前程，还可以"堤外损失堤内补"。赔上的五百两银子，自有弥补回来的招数、机会。而按历代律令，私闯禁地轻则杖刑，重则杀头。如《大清律例》卷十八"兵律"之"宫卫"之"宫殿门擅入"条规定："凡擅入紫禁城午门、东华、西华、神武门，及禁苑者，各杖一百。擅入宫殿门，杖六十、徒一年。擅入御膳所，及御在所者，绞。"②黄三太所为，已经达到杖刑标准了。

黄三太平安出了彰仪门外，找了一家店歇了一夜。次日快马加鞭赶往家中。前后半个月，贺兆熊、武万年、濮大勇、褚彪、李煜、张茂隆等一众英雄都等在家中，大家坐卧不安。黄三太将鞘银一匣取出，把箱子打开，里面白花花二十个元宝。黄三太得意地夸口："慢说是要些银两，就是在京都求圣驾索库银，我也敢去。"濮大勇赶忙认错，自己可不敢赌了，"求圣驾犯了案，刨坟灭祖之罪，当着大众，求不求在你，我可不敢管。"③一席话又把黄三太的心气斗了起

① ［清］贪梦道人著：《彭公案》，上海古籍出版社 2011 年版，第 86—87 页。
② 田涛、郑秦点校：《大清律例》，法律出版社 1999 年版，第 298 页。
③ ［清］贪梦道人著：《彭公案》，上海古籍出版社 2011 年版，第 87 页。

来。自己非得再上京城，干出一件轰轰烈烈的大事，留下英名，传于后世。

黄三太再上京城，打探到康熙帝三月初十将到南苑围猎。便事先候在大红门，想迎圣驾。正巧南苑内一只刚入苑的老虎野性未退，跑出了笼子，又顺道出了大红门，把那些管虎的海户兵丁吓得魂飞胆颤。康熙帝闻听，急忙下了圣旨："勿论军民人等，只管把虎打，朕还有赏，恐伤了人。"

黄三太飞马闯进外围子，取出两支飞镖，一支打在那虎的左肋上，一支打中虎的前胸，登时身死。康熙龙心大悦，召见了黄三太。康熙爷看黄三太年到花甲，还有这等本领，便开金口问黄三太是何人氏、来此何干？黄三太连忙叩头："求万岁赦民死罪，我才敢明白回奏。"康熙爷说："赦你无罪，只管实说。"那黄三太磕了一个头说："小民是原籍福建台湾永和乡的人氏，寄居绍兴，练的一身武艺，保镖营生。虽说身归绿林中为寇，不劫商客，单劫贪官污吏、痞棍势豪，得了银子不乱用，周济孝子贤孙。前数年洗手，不营此业。今因民六十生辰之日，有昔年结拜的朋友濮大勇，酒后他说我年迈无能，要在北京天子脚下，作一件惊天动地之事，才算英雄。小人因一时气怒不平，我来到京都，正遇万岁爷行围打猎，遵旨打死猛虎，不敢求赏，只求万岁爷赐小民一点物件，成我之名，民死在九泉之下，也感念万岁爷的皇恩浩荡。"康熙爷还真把身上所穿的黄马褂赏给了黄三太，嘱咐道："黄三太，我赐你此物回家，务本成名守分，念你打虎救驾之功，去罢！"①

品析：

此段文字，简洁又全面地把黄三太生平以及为何到京城缘由交代得一清二楚。黄三太保镖为业，绿林中为寇，但不劫客商，专劫贪官污吏、痞棍势豪。这样一种经历和营生，还真得康熙爷赦免无罪才行。同时，黄三太还如实说出了自己受结拜朋友怂恿，才到京城干一件惊天动地之事。这既体现了侠义豪杰的胆略，也体现了侠义行为的义利观念和行为底线。小说描写黄三太如实说出，是因为有信心会得到朝廷的宽赦。事实上，侠义小说的主旨，在呈现侠客们快意人生的同时，也代表了封建朝廷安民劝善、务守本分的统治要求。在作者的观念里，侠客们再怎样行侠仗义、劫杀不法之徒，最终，还是得遵循弘扬正义、扶危济困、为民请命的主线和底限，还是得遵循封建礼教和三纲伦常的规制和律法。

① ［清］贪梦道人著：《彭公案》，上海古籍出版社2011年版，第92页。

康熙爷赏了黄马褂给黄三太一事轰动京城、声名远播。不想，激起了另一位英雄的不忿。飞天豹武七达子在达木苏王府充当差事已经有几年，一日京东乐亭县的赛毛遂杨香武来见，两人叙旧畅饮，说起黄三太，惹起了杨香武一番豪情，也立誓要在三日之内，做一件同样轰动的大事。这便演绎了一出杨香武夜闯畅春园的故事。他正遇康熙爷夜筵饮酒，于是施展轻功，潜入龙书案旁的龙椅下，趁康熙爷观赏克勤亲王进献的《八骏马图》的间隙，盗走了康熙爷适才刚饮酒的九龙杯。康熙爷十分震怒，传旨军机大臣王希见驾。王希奏道：一定是黄三太回家对绿林贼人夸自己之能，引起绿林中人效仿。如拿住这个盗杯之贼，连黄三太一并斩首，以绝后患。

于是康熙爷传旨，要将黄三太锁拿来京，交刑部审问，讯明回奏。

这道火牌文书传到浙江绍兴府，当时彭公已经特授绍兴府正堂。接到火牌左右为难，知道黄三太乃英雄义士，自从自己到任本地，并无盗案，平日无事他也不往衙门来往，真乃品行端方的人。

这时，神眼季全也急急赶到黄府，告知黄三太圣旨下来之事，让黄三太赶紧逃走。黄三太却对季全说：自己并未作犯法之事，要是不到官，恐遗笑与人。你跟我到京都，见了刑部堂官，据实说了，要是康熙老佛爷开恩，释放我回家，一家骨肉团圆。若要圣上见罪，把我杀了，你把我的尸首灵骨，带回绍兴府来就是了。说完，自己主动到绍兴府投案。

以前李七侯请黄三太帮忙借银，替彭公官复原职，黄三太一直没有见过彭公。此次是第一次见面。彭公自然尊敬有加。黄三太将自己劫银鞘、大红门打虎、圣上赦罪赏赐黄马褂的全过程如实陈述了一遍。并要求将自己解送到京，听旨发落。

彭公说："老壮士若不愿意打官司，我就放你逃走；你要打官司呢，我行文于上司，再候旨意。"黄三太主意已定，说："我候旨意打官司就是了。"彭公遂行文上司，等到圣旨，着绍兴知府彭朋押解来京，交刑部严刑审讯。钦派刑部尚书杜荣、都察院左都御史王鸿奎、吏部尚书王希审明回奏。

结果三堂会审，黄三太如实供述自己并不知情九龙杯被盗之事。小说写道，三人均是干国栋梁，见黄三太年过花甲，都有恻隐之心。三人会议，递了一个折子。康熙爷降下恩旨，给黄三太两个月限期，命他寻找九龙杯，着地面官不准拦阻他，任他各处寻找。又召见了彭公，下旨留京供职，升任工部右侍郎。[①]

---

① ［清］贪梦道人著：《彭公案》，上海古籍出版社 2011 年版，第 100—102 页。

品析：

这段描写，可谓是侠义小说精神的经典反映。倡导品行端正、敢做敢当；有情有义，情理相协。一是国法森严，对私闯禁地之人按律严办。二是体现皇恩浩荡，既给了期限，也给予了破案的行动方便。三是黄三太的行为正是礼教尊卑的体现，他对彭公的恭敬、对皇命的遵从无不反映出侠士心中的尺度与标杆。四是彭公作为官府中人，也有情有义，不忘报恩，即如他所说，如果黄三太不打官司，他可以放他逃走；如果打官司则按规则来，行文上司。五是整个案件处理上，基本还是摆事实、讲事理，也讲律法的，三堂会审，公平公正。

之后黄三太如何在限期内将九龙杯完璧奉还的经历可谓曲折多舛。先是黄三太假借庆贺得到黄马褂召集天下英雄，实则探听谁盗走了九龙杯。杨香武来贺，主动说出是自己所为，可惜在茂州北关住店时，被人反盗走，自己不敢声张怕被人耻笑。正好神偷王伯燕、通背猿刘青也在庆贺宴上，主动说出是他们盗走了九龙杯，却被刘青卖给了一个外官，得了二百纹银。黄三太听了各位英雄的话是又喜又忧。恰巧，于江、于海两人也在现场，自称他们杀了此官，得了九龙杯。黄三太喜出望外，可随即又堕入了深渊。于江、于海说，此杯被周山、李洞看见，竟悄悄把杯拿走，献给了在淮南之南、扬州之北二十里处的避侠庄的周应龙（号称都霸天）。

知道了九龙杯的最终下落，杨香武自告奋勇表示自己亲自去避侠庄，以拜寿为名拜会周应龙，取回九龙杯，以救黄三太全家老小性命。不想，周应龙听了勃然大怒表示：你拿皇上来压我，我周应龙岂是怕事之人！杨香武当面立誓，三日内必盗走九龙杯。周应龙不信。将九龙杯交给妻子李翠云贴身看护，自己在卧房四周安排四十位英雄看守，每人头上都以香火头儿为记，昼夜巡逻看护。到了第三天夜里，诸位看护都已困倦，杨香武便用熏香将李翠云熏晕，赤身裸体用被褥卷起，找了一根长绳捆着，往楼下一扔，趁大家慌乱之际，将九龙杯盗走。

周应龙恼羞成怒，带着五十多位高手一路追赶，将半道埋伏接应杨香武的濮大勇抓了，又一直追踪到黄三太落脚的客店。黄、周正大战，忽然周应龙家人来报，家中来了几个强盗，救走了濮大勇，放火烧了住宅。周应龙急忙带众人回家救火。黄三太等人也不追赶，急急赶往绍兴府衙门，知府讯问了口供，遂起了一套文书，派了一位委员，护送黄三太等七位英雄，顺大路进京。[①]

① ［清］贪梦道人著：《彭公案》，上海古籍出版社2011年版，第122页。

黄三太、杨香武二人到了京都刑部投案。刑部堂官题奏皇上黄三太盗九龙杯之事，候旨发落。没几天上谕下："朕因失去九龙玉杯，遣黄三太找回，竟有这样出乎其类之人。着刑部右侍郎彭朋带领畅春园，朕亲见盗杯之人。"

黄三太、杨香武两人到了畅春园，向康熙爷细说了盗杯又寻杯的全过程。当听了周应龙带领水旱盗寇与黄、杨等人大战时，便下旨："谕扬州府知府查抄避侠庄，拿获盗寇周应龙等，就地正法，勿容一名漏网！"同时，心中说："把黄三太、杨香武杀了，以免后患。"正要下旨，正好大学士王希见驾，便问王希黄、杨两人怎么发落，王希连忙说："论王法理应把他二人斩首号令，无奈万岁降过恩旨，今可把他二人永远充军。"不料一旁的达木苏王爷口呼："万岁！杨香武妄奏不实，他说周应龙那样严密，他如何盗得了去啦？万岁把杯赏给我，我带回花园，他如今夜盗去，此时皆真，万岁开天地之恩，把他释放。他要盗不了去，二罪归一，有欺君妄奏之罪，求万岁降旨，把他二人全皆斩首。"

康熙爷听了达木苏王爷所奏，问杨香武："你敢去么？"杨香武立誓，不等鸡叫，准能把杯盗来！

于是，杨香武上演了三盗玉杯的绝活：王爷与王希对面饮酒，玉杯就放在面前，几乎没有盗走的可能。杨香武让季全假冒太监侍候王希和王爷。自己学鸡叫，误让王爷以为天亮了而放松了警惕。又让季全扯王爷衣袍几下，王爷不知何事。季全往东边楼门一站，又向王爷一摆手，自己下楼去了。王爷、王希等人不明究里，只顾往东边楼门看，就在此时，杨香武将玉杯又盗走了，交到了王希手里。次日，王希将玉杯献上并向皇上奏明夜间盗杯实情，求免二人之罪。而达木苏王爷请罪，降旨罚俸三个月，康熙下旨把所罚银子赏了黄三太、杨香武。①

第五节　剿匪平冤，御赐金牌失盗罪非寻常

从第三十八回到第五十九回，小说主要讲述的是彭公前往赴任河南巡抚路上及到任后，查办案件，剿灭山贼，参革赃官，清静地面的事迹。期间，还穿插了康熙御赐彭公的金牌失盗又复得的主线，以及李荣和案等支线。

---

① ［清］贪梦道人著：《彭公案》，上海古籍出版社 2011 年版，第 131 页。

先是彭公与李七侯化装成客商与伙计，一路前往河南任所。其间遭遇了周应龙的党徒荒草山寨主韩寿欲抢夺冯顺之女做压寨夫人，被李七侯和恰巧路过的侠客贾亮解围。后又在黄河渡口遇到劫财船户，好在其人是如李七侯一样专杀贪官恶霸、剪除势棍土豪的绿林好汉高恒之子高通海，虚惊一场。紧接着，在元通观为避雨，两人又险些被特意在此等候彭公的道人马道玄所害。原来，周应龙被康熙下旨捉拿进京后，自己一把火烧了庄园，跑到河南紫金山当了大寨主，占山为王，四处抢劫客商，横行一方。得知彭公到任河南巡抚，有意让他的拜把兄弟开封府知府武奎暗设计谋，要报前仇。马道玄是武奎的知己朋友，事先接到书信，让他暗中动手。就在李七侯、彭公两人危难之际，接应彭公到任的开封府抚标守备彭云龙带着外号镔铁塔的常兴等官兵赶到，三人联手才将马道玄抓获。还在观中一口大钟内，解救出奄奄一息的李荣和，由此，又牵出了张耀联一案。

李荣和被从大钟下解救出来，叙述说：小人乃家住开封府祥符县城外五里屯，家有父母，生我兄妹两人。妹妹尚无有许配人家，今年十七岁，比自己小五岁。自己娶妻张氏，住在本村。本村有监生张耀联，绰号人称恶太岁，“他广交官长，走跳衙门，霸占房屋地土，奸淫少妇长女，无恶不作”。今年正月，他遣人来给妹妹提亲，做他的妾。父亲不愿，他就将我妹妹和我妻张氏抢去。小人被其恶奴郎山砍了一刀，父亲也身受木棍之伤。次日我到祥符县喊控，县太爷金甲三并未传他到案，反说小人妄告不实。小人又在开封府武大人那里递了呈子，仍批回本县。金大老爷把我传去，说我是刁民越诉，打了我四十板子，问我还告不告？小人回禀：“求老爷开恩，我实被曲含冤，又被势棍抢去妻妹，父母身受重伤。老爷不给我作主，我是有冤无处诉去了。”县太爷听了把小人收下，次日传张耀联到案。他说我借贷不周，因此怀恨，说我把我妹妹送到别处去了，又自行作伤，妄告绅士，又打了我四十板子，叫我具结完案。如要不然，定要收监。小人无奈，具了结，回到家中。母亲连急带吓，竟卧病不起，三月十六日死亡。小人把母亲埋了，料想在河南省要与张耀联打官司，如何赢得了？就找人写了一纸呈状，打算进京，跪都察院，以鸣此冤。谁想走到这庙门前，口渴想讨水喝。老道问我哪里人，我说了实话，他把我的呈状诓过去看后，就把小人抓住捆上，放在那钟底下。

彭公问明了原委，知道此案不能交府县办理，即交由臬司刘彦彬审理。先讯问了李荣和的口供，与他的来文一样。又审了马道玄。马道玄说：“李荣和因他告我的朋友，我才把他扣在钟下。李七侯也是一个贼人，我二人素日有仇，我要报仇。”被刘大人斥责胡说，被打了八十板子，还是不说，只得将二人带下去，叫李荣和对保，道人入狱。立时行文往县，要张耀联急速到案。过了两日，县里回文说："张耀联入都探亲，归无准期。"刘彦彬又催了两次，总不见传到。①

品析：

李荣和案被开封府知府武奎、祥符县知县金甲三所压制而蒙冤，展现了官绅相护、百姓有冤无处伸的真切实景。金知县以妄告不实、越诉为由，将李荣和打了四十大板，逼迫他具结完案。在这种情况下，到任的巡抚彭公才按律指示此案交由臬司亲审。并让李荣和对保，不必收押在监。同时积极传唤证人张耀联。对照《大清律例》卷三十"刑律"之"诉讼"条"越诉"款规定："凡军民词讼，皆须自下而上陈告，若越本管官司，辄赴上司称诉者，即实亦笞五十。须本管官司不受理，或受理而亏枉者，方赴上司陈告。"②此处，李荣和对越诉还是有一定常识的，只因在县里受了冤枉，才赴开封府控告。但开封府却批回本县，无法伸冤，还想前往京都跪都察院鸣冤。要不是彭公接了此案，还难说结果如何。仍对照《大清律例》，如"越诉"款有若干条例对动辄赴京告状，作了详细、严格的规定，如"擅入午门、长安等门内叫诉冤枉，奉旨勘问得实者，枷号一个月，满日，杖一百；若涉虚者，杖一百，发边远卫分充军。""凡假以建言为由，挟制官府，及将暧昧不明奸赃事情，污人名节，报复私仇者，文武官俱革职；军民人等，皆发附近充军。"③而如果冤情，"凡在外州、县有事款干碍本官，不便控告，或有冤抑审断不公，须于状内将控过衙门审过情节开载明白，上司官方许受理。若未告州、县及已告州、县不候审断，越诉者，治罪；上司官违例受理者，亦议处"④。此处，李荣和看在府、县都已经告过，却蒙受冤屈，这才找人写了状子，打算到京城都察院控告。他的做法，合法合规。说明他对大清律令有一定的了解，或得到专业人士指点，懂得到都察院去鸣冤。

彭公为探明案情虚实，决定自己亲自实地访查。不想他假扮算卦先生，刚进了张宅即被张耀联识破，被吊在马棚中，后又被转移到后花园空房内。

① ［清］贪梦道人著：《彭公案》，上海古籍出版社 2011 年版，第 145 页。

② 田涛、郑秦点校：《大清律例》法律出版社 1999 年版，第 473 页。

③ 田涛、郑秦点校：《大清律例》法律出版社 1999 年版，第 473—474 页。

④ 田涛、郑秦点校：《大清律例》法律出版社 1999 年版，第 476 页。

张耀联找来江湖上有名贼盗邓华商议对策，决定还是要将彭公杀掉以绝后患。正好被潜入庄内的李七侯探听到，及时挡住了正待动手的邓华，两人打得难解难分。李七侯慌忙中被石头绊倒也被擒住。危机时刻，一个二旬开外的年少英雄张耀宗赶来，杀了看守，救了彭公，又杀了邓华，把正在那破口大骂的李七侯也解救了。

彭公回到衙门，即派开封府行文祥符县，捉拿恶霸张耀联，速传到案。不日，府县来禀，张耀联携眷逃走。彭公心中明白，是知府知县纵放恶人逃走，只是没有深究。

彭公到任三个月，访求贤能，保举人才。若是贪昏之辈，定然参革。还兴立学校，减除弊端。一日，想起了荒草山的贼寇，结党为匪，所在延津县毫无觉察，便行文将知县撤任候参，又派副将徐光辉、彭云龙带兵剿匪，擒获四十七人，匪首韩寿等人在逃无踪。又行文各府州县务获擒拿归案。

到了九月初九，忽接圣旨，调彭公进京候用，巡抚印务，着藩司暂行护理。彭公到京，到内阁挂号访闻，才知是被福建道监察御史胡光参了两款，说他结交响马，不恰舆情，纵容家丁，凌辱绅士，例应革职。康熙为此下了上谕，着彭公来京，另便简用。彭公面圣实奏，康熙爷勃然大怒："该御史风闻误参大臣，情实可恨，理应革职。孤念他职司言路，从宽免议，以后不准妄奏。"康熙命彭公复任河南巡抚，又钦赐彭公金牌一面，上刻"如朕亲临"。

这一次一路上又比初次赴任更为凶险。先是在长辛店，就直面一个骑马而来，冒充开封府差官的刺客，直扑彭公大轿，被一旁的轿夫踢倒抓住。一审问，刺客叫谢豹，外号土太岁，奉了紫金山寨主金翅大鹏周应龙之命特来行刺，替张耀联报仇。一路上，有诸多绿林英雄，均在各处伺机行刺。彭公吩咐把谢豹交与本处地面官解送涿州知州，并严刑审讯。

随后，自己扮成穷酸书生又去私访。到了高碑店晚间入驻姜家店客店，遇到了一帮群贼追杀，幸好张耀宗暗中保护，将房间灯吹灭，背起彭公飞身上房，往南奔走。原来因为彭公卸任，群贼劫牢反狱，救出了马道玄，张耀联也归了紫金山。因此案，还连带坏了知县金甲三好事，所以群贼奉了周应龙之命，一定要杀了彭大人。

在密松林，张耀宗遇到了群贼，奋力招架，眼看孤掌难鸣、独立难支，从树上跳下一人，正是张耀宗的恩兄，天下闻名的大侠、号称小方朔的欧阳德。欧阳德施展点穴功夫，一连点倒五六个，余贼不敢动手，背起受伤之人逃之夭夭。等两人回到松林，却发现彭公不见了。

原来,彭公见张耀宗一人独挡群贼,难以取胜,自己就借机往西南方走了。因饥肠辘辘,到小吃店吃了早点,却身无分文。正为难之际,遇到了昔日任职绍兴府时一次断案中还其清白的朱桂芳。因朱桂芳正在贼寇赛展熊武连的连洼庄上做事,知道了群贼正在追杀彭公。朱桂芳将彭公悄悄带入庄内,两人商议由朱桂芳找来马车连夜出走。没曾想,被恶人潘名川偷听去了,连忙告知了庄主武连。武连将彭公捉住。而朱桂芳得到其表弟王福的通报,自行驾车逃脱。

彭公被他们捉住后,恰巧遇上在三河县时与左青龙一伙的胡铁钉外号胡黑狗的来访武连。他认出了彭公,搜身搜去了康熙钦赐的"如朕亲临"的金牌。众贼欲杀了彭公,但武连说:彭朋与我无仇,他与我的亲戚金翅大鹏周应龙有仇,把他给我送到他那里就是了。于是将彭公暂时押到土牢里锁上。又派人去买些酒肉给胡黑狗接风,厨子来福到小酒铺买酒将胡黑狗从彭公怀里掏出金牌的事给说漏了嘴,被正犯愁的张耀宗给听着了。于是张耀宗夜间潜入庄内欲救彭公。结果不幸坠入了陷坑,也被捉住。武连等人全喝醉了,命人将张耀宗杀了,取出人心做两碗醒酒汤。张耀宗被抬到西院,绑在柱子上,手下手执钢刀,方要刺张耀宗,被铁霸王杜清、勇金刚杜明从背后杀了,解救了张耀宗。张耀宗来到东村口,见到彭公正坐在那里愁闷。原来,二位英雄已先救出了彭公。

两人顺大路而行,天色微明时,到了一处村庄,村口路东有一客店叫"仁和老店"。两人正吃早饭,忽听东后院有妇人啼哭之声。忙问店小二怎么回事。店小二回说,是店后院刘寡妇家中只母女两人,女儿年方十八岁,生得有几分姿色,被这里固城东庄绰号叫花脸狼的贾虎看上,派人来说要娶去做侍妾。刘寡妇不愿意,他硬行给了十两纹银定礼,不准再嫁旁人,定于今日来轿子抬人。这贾虎,也是一个财主,又是监生,结交官长,走动衙门,包管词讼,无人敢惹他。彭公闻听,不禁怒气冲冲。张耀宗遂自告奋勇前去襄助。到了刘寡妇家,正好碰上大名府内黄县的刘芳以及高源两位少英雄。也是正住在前面店中听说此事,路见不平前来扶助。三人会合,将前来抢亲的贾虎好好教训了一顿。又让刘芳、高源两人护送刘寡妇母女前往北京顺天府投奔其外甥。

随后,彭公与张耀宗到了保定府,住进了唐家胡同顺和店内,恰巧遇到赛毛遂杨香武和其徒弟万君兆也一同住在了店内。彭公把在连洼庄失去了康熙御赐的金牌,正打算去见直隶总督,求他发官兵前去剿灭一事说了。杨香武便说:"此事大人不可声张,叫人知晓,多有不便。草民施展当年之勇,可以前去盗他的金牌。"

于是杨香武师徒连夜前往连洼庄，夜入庄内探明原来武连害怕出事，已经连带收拾细软和家眷，到河南探亲去了。彭公听了杨香武的回禀，说："这金牌乃圣上所赐的，还须追回来才好。"心中甚为郁闷。[①]

品析：

失去皇上御赐东西，其罪不小。就连平民百姓都知道不可随便声张。对照《大清律例》卷二十三"刑律"之"贼盗上"条"盗制书""盗印信""盗内府财物"等，不分是首从，均判"皆斩"罪。而失去御用之物、制书、印信等，也须抵罪。《大清律例》卷七"吏律"之"公式"条"弃毁制书印信"款中规定："凡故意毁制书，及各衙门印信者，斩。""若遗失制书、圣旨、印信者，杖九十、徒二年半。若官文书，杖七十。事干军机钱粮者，杖九十、徒二年半。俱停俸责寻，三十日得见者，免罪。"[②]此处，彭公将皇上所赐金牌遗失，虽非圣旨、制书、印信，但也是重要物件，要是被朝廷知晓，难免被参革职。所以，彭公自己也很是烦闷。

四人第二天在街市上，碰巧遇到了在街头卖艺的河南上蔡县葵花寨铁幡杆蔡庆、妻子金头蜈蚣窦氏及女儿蔡金花。又撞上了淮安一带水路上的老英雄猴儿李佩和女儿李兰馨。大家好不高兴，回到顺和店里后院叙话。由杨香武牵线，将蔡金花许配给了张耀宗，李兰馨许给了自己徒弟万君兆。大家又一同商量寻访金牌之事。正在此时，张耀宗的师兄、大侠士小方朔欧阳德也来到店中，众人推测，武连一定是投奔河南紫金山金翅大鹏周应龙了。于是大伙商议，先由张耀宗、蔡庆护送彭公到开封接任，欧阳德夸下海口，自己亲上紫金山找周应龙要金牌去，十日内定会将金牌送到开封彭公的巡抚衙门。

大英雄欧阳德亲上紫金山面见了周应龙，周忌惮其武功盖过山上所有人，原本想将武连投奔他献上的金牌送给欧阳德，不料吴太山听说出了一计。他说："寨主既要害彭朋，报当日之仇，为何将金牌复送于他？金牌不到了彭朋之手，他即不敢回奏，也不过暗暗寻找。这事要传到京官耳中，若递一个本章，参彭朋失落金牌，有慢君之罪，他必撤任。再派个能干心腹之

① ［清］贪梦道人著：《彭公案》，上海古籍出版社2011年版，第179页。

② 田涛、郑秦点校：《大清律例》，法律出版社1999年版，第158页。

人,买通门路,再递一道条陈,说盗金牌之人是杨香武、黄三太一党,请旨先斩黄三太、杨香武以绝后患,再拿盗金牌之人。这一件事,寨主不但冤仇可报,也教三山五岳的英雄,知道咱们不是好惹的人,此乃百年不遇之机会。"①

品析:

此言,不可谓不高。表明这绿林中人,对朝纲和朝廷法度还是颇为知晓,也精通办差查案参革等的程序、门路。再则,此一计策中,还特别强调了让三山五岳的英雄,也知道他们的厉害,不是好惹的,这正是江湖习气和江湖做派的真实反映。

周应龙原本就恨透了彭公和杨香武等人,自然言听计从。便隐瞒实情,推托不知金牌下落。欧阳德见周应龙言辞诚恳、礼数周到,便信以为真,下了山来。

再说那花刀无羽箭刘世昌在路上遇到保彭公往河南上任的蔡庆、张耀宗,听说了金牌之事,有心想像黄三太、杨香武一样立下奇功,因周应龙是他的拜把兄弟,便许诺前去要回金牌。没曾想,到了紫金山聚义厅,周应龙恼他前番助杨香武盗走了玉杯,此次又来要金牌,便割袍断义。刘世昌一怒之下出寨下山,在山下遇到了也是偷偷出了巡抚衙门、立功心切的黑汉镔铁塔常兴。两人入住山口外的集贤镇饭店,商议由刘世昌夜盗金牌,常兴接应。没成想,进了寨就被巡山的发现,刘世昌被毒镖打中肩头,又被群寇乱刀剁死。而前来接应的常兴虽然力大无穷,也寡不敌众,被生擒。常兴大骂道:"因你使人盗了彭巡抚金牌,我特来找你要金牌。我是抚标把总,今日被你拿住,该杀该剐,任凭于你。"周应龙听罢,知道这金牌要惹出大祸,自想:"一不作,二不休,竟等敌挡官兵,扯起旗大反河南,如事成可图王霸之业;即事不成,逃走江海之内,也有安身之处。"于是令人将常兴押到东院土牢,候行兵之日用他祭旗。②

① [清]贪梦道人著:《彭公案》,上海古籍出版社 2011 年版,第 188 页。

② [清]贪梦道人著:《彭公案》,上海古籍出版社 2011 年版,第 193 页。

品析：

这段话透露了两重意义：一是知道金牌将惹出大祸。皇上御赐之物被贼盗所盗走，于法一定是杀身大罪。二是江湖绿林之人的反叛思想逻辑。或成王业，或神隐江湖，所以，对官府并不畏惧。这也是许多侠义小说中侠义之士的理想。若论孰是孰非，在许多侠义小说中，其实界限并非那么分明。主要的评判标准在于：是否行侠仗义，剪恶除奸，专打贪官劣绅、扶危济贫，行端义正。大多数侠义小说，张扬的是"替天行道"精神，这个"天"，既有天道、天意之谓，所以绿林好汉崇尚纵情山林、行走江湖；又有为天子、皇上效力，维护皇权，祈盼皇恩雨露的心态，所以小说的情节总是以拥护朝廷一方（以忠臣忠君的面目出现）为主流，其对朝廷法度、纲常伦理的知晓以及衷心维护，也就是自然而然的事。

欧阳德下山后多方探访，知道金牌就在紫金山，欧阳德二上紫金山，结果在酒宴上被周应龙替换了返魂五灵药酒迷倒，被捆上抬到西花园逍遥阁。又被用迷魂药丸塞入鼻孔，如没有解药将始终处于昏迷之中。

《彭公案》从第五十五回到第五十八回，讲的是贺天保、濮天雕、武天虬、黄天霸四位小霸王，以及张耀宗之妹、侠良姑张耀英上紫金山，解救了欧阳德、常兴。都司彭云龙受彭公之命，带二百名马队来剿平了紫金山。高恒、高通海及各镖行众英雄与官兵联手，横扫贼寇，生擒了武连、张耀联、周应龙等一干要犯。

彭公先审张耀联说："张耀联，你霸娶民女，私抢少妇，勾串地面官倚势欺人，又抗差不遵，勾串响马，拒捕殴役，你擒李家女子合妇人，现在哪里？从实招来！"张耀联心说："还有私立公堂，殴打职官没说啦。"自己就叩头说："大人高升，我也想定也活不了啦！只求大人格外施恩。李家女子妇人不从，亦被我打死掩埋，这是实情。"彭公亦不深问，着差人把他押下去。[①]

又带周应龙。周应龙带着肘镣，跪于堂下。彭公问："你占紫金山招聚贼匪，抗敌官兵。你把我的金牌实安放在哪里？从实说来。"周应龙说："我自淮安哨聚这座山，金牌我已然扔在紫金山后山寨寒泉穴里，这是一往的实话。"又带武连一问，也是这样的口供。

彭公于是退堂让张耀宗将欧阳德、高恒高通海父子、刘世昌之子刘芳四

① ［清］贪梦道人著：《彭公案》，上海古籍出版社 2011 年版，第 213 页。

位义士请到书房，说道："金牌贼人扔于寒泉穴，此事要风闻京官耳中，恐我被参，遗笑于人，多有不便。众义士设法找找此物件。"高恒等人忙表态，舍命下寒泉穴，给大人捞上金牌来。彭公说："只要把金牌找来，我必专摺奏事，保荐你众人。"①

于是张耀宗及高家父子等众人带了五十官兵到了寒泉穴。怎奈泉深水寒，老英雄高恒年已八十，下到泉底，手已麻木，紧急坐回筐内，急摇铃铛，拉到泉口上时，已经不省人事，用火烤了半个时辰，终究没缓过这口气。

父亲已死，高通海虽悲伤至极，但是一想"为人尽忠不能尽孝，我父为金牌死于冷泉之内，我必要继父之志。"高通海复下到泉底，正觉得冷气入骨，不能缓气之际，居然顺手捞到了一个物件，正是金牌。一桩大案也就完满落幕。

彭公亲自起稿，奏明皇上剿灭紫金山拿获逆首周应龙之事，以及出力人员名单。过了几日，旨意下来：张耀宗、常兴、彭云龙、刘芳、高源等众人均得赏赐都司、游击、守备、千总等职。盗寇在本处凌迟处死示众。

过了几日，"把五里屯李荣和传到，与恶太岁张耀联对了词。派了护法监斩官，把周应龙、武连、张耀联、胡铁钉等这些个人，均皆凌迟正法示众"。彭公"自剿灭紫金山之后，设立义学，办理赈济，查各府州县之官的贤愚，贤能者必保荐，贪劣者必参革降调，兴学校，讲道德，创立捕盗之营，真是灭强扶弱，剪恶安良，河南大治，人民感德。"②

品析：

上述案情审断特别提到，将前述李荣和妻子、妹妹被张耀联强抢，自己被扣在大钟下差点也被害死一案与张耀联进行对词，体现了古代中国司法制度还是注重"当堂对质"的"质证"制度，此一做法如同现代的"程序正义"，不可或缺，否则不能具结完案。

此外，周应龙等四人被就地凌迟处死。体现了历代朝廷对啃聚山林、聚众为寇的行为处置均非常严厉。

《唐律疏议》卷第十七之"贼盗"条"谋反大逆"款规定："诸谋反及大逆者，皆斩；父子年十六以上皆绞，十五以下及母女、妻妾、祖孙、兄弟、姊妹若部曲、资财、田宅并没官，男夫年八十及笃疾、妇人年六十及废疾者并免；

① ［清］贪梦道人著：《彭公案》，上海古籍出版社 2011 年版，第 214 页。

② ［清］贪梦道人著：《彭公案》，上海古籍出版社 2011 年版，第 216 页。

伯叔父、兄弟之子皆流三千里,不限籍之同异。即虽谋反,词理不能动众,威力不足率人者,亦皆斩;父子、母女、妻妾并流三千里,资财不在没限。其谋大逆者,绞。"[①]可见谋反及大逆之罪惩罚之重,要连坐父子、祖父、伯叔父等近亲属。即使是谋划而未行动,或言词游说但未能率众者,也要被斩首。

唐律的规定,几乎被后世所完全依循。如《宋刑统》基本照搬了唐律内容,第十七卷"贼盗律"条之"谋反逆叛"款规定:"诸谋反及大逆者,皆斩。父子年十六以上,皆绞。十五以下及母女、妻妾、祖孙、兄弟、姊妹,若部曲、资财、田宅,并没官。"[②]

《大明律》卷第十八之"刑律一""贼盗"条"谋反大逆"款规定:"凡谋反及大逆,但共谋者,不分首从,皆凌迟处死。"[③]

《大清律例》卷二十三"刑律"之"贼盗上"条"谋反大逆"款规定:"凡谋反,及大逆,但共谋者,不分首从,皆凌迟处死。祖父、父、子、孙、兄弟,及同居之人……不限籍之同异,男年十六以上,不论笃疾、废疾,皆斩。其男十五以下,及母、妻妾、姊妹,若子之妻妾,给付功臣之家为奴。财产入官。"

"谋叛"款规定:"凡谋叛,但共谋者,不分首从,皆斩。""若逃避山泽不服追唤者,以谋叛未行论。其拒敌官兵者,以谋叛已行论。"其"条例"中还有:"凡异姓人歃血订盟,焚表结拜弟兄,不分人数多寡,照谋叛未行律,为首者,拟绞监候。其无歃血盟誓焚表事情,止结拜弟兄,为首者,杖一百;为从者,各减一等。"[④]

由上述律令规定,对照紫金山周应龙一伙,既结拜兄弟,啸聚山林,又有偷盗九龙玉杯等御用宝物的行为,还有周应龙:"敌挡官兵,扯起旗大反河南,如事成可图王霸之业"的不轨意图,都足以算是犯了谋逆大罪。周应龙、张耀联等人倒也知道自己的行为,属于犯上的"死罪",所以才"一不做二不休",横下一条心,要加害彭公,与官府为敌。

小说第六十一回到六十五回,主要叙述的同样是剿灭一宗欲谋反的大案情节。宋家堡赛沈万三宋仕奎在家中设招贤馆,私立教场,有庄兵五百名,专门收留了一批在案脱逃的江洋大盗,也有杀人凶犯,滚马强盗,身背众

① 刘俊文点校:《唐律疏议》,法律出版社 1999 年版,第 348—349 页。
② 薛梅卿点校:《宋刑统》,法律出版社 1999 年版,第 304 页。
③ 怀效锋点校:《大明律》,法律出版社 1999 年版,第 134 页。
④ 田涛、郑秦点校:《大清律例》,法律出版社 1999 年版,第 366—367 页。

案,在此躲避。宋仕奎图谋不轨,意欲反叛之事,被欧阳德探访到,又巧遇了少年英雄粉金刚徐胜——正是自己的师妹、也是张耀宗亲妹张耀英的未完婚的夫婿。于是两人设计,让徐胜以总教习的名义打入宋家堡,再将欧阳德、高源、刘芳、小四霸天等人引入庄上,与常兴、张耀宗带来的两营马步队里应外合,一举剿灭了宋家堡。

彭公审问宋仕奎为何要谋反,宋仕奎说:自己"捐的监生,因误听相面的李珍之言,我才起意。他说我有帝王之分,有异人帮助。我那余双人,我也不知道他是大人这里的人。他请的那位仙师华阳老祖,我也不知是小方朔欧阳德。我被他等所哄。事到如今,望求大人开天地之恩,我只求饶命,感恩不尽。"结果当然可想而知。彭公把宋仕奎图谋不轨一案奏明了皇上。"彭公把宋仕奎凌迟,全家皆斩于市。把所剿贼人资财入官,一半赏随征之将与兵丁办理。一律肃清,彭公在河南大有政声。"①

品析:

这里,宋仕奎虽受相面师蛊惑,但毕竟有具体行动,又招纳了不少江洋大盗,窝藏命案贼寇,还自封了文官武将,商定了日期要正式举兵谋反。因此,被判凌迟,全家皆被斩,资财入官。正如上述援引《大清律例》,谋逆是重罪,全家问斩,但是如果男丁是十五岁以下,以及正犯的女性亲属,则是给付功臣之家为奴。因此,这里的"全家问斩"应非所有男女老幼。

第六节　采花也遭江湖弃,失察窝盗当革职

《彭公案》小说从第六十六回之后直到小说完篇,主要叙述的是已经升任兵部尚书的彭公,在京供职不久,就又被康熙派往大同,查办原大同总兵傅国恩拐印骗兵、意图叛反的事务。其间,遭遇了三个采花大盗,其中之一还是江湖女贼。这原本是为了增添公案(侠义)小说的可读性,但也可折射江湖社会中对奸杀、采花之类极端行为的态度。

话说彭公带着高源、刘芳等人一路往大同府。在昌平州界,便有吴昆等

① [清]贪梦道人著:《彭公案》,上海古籍出版社2011年版,第240—241页。

民众拦轿喊冤：原来，吴昆之女名桃花，年十八岁，于二月十六日夜被贼人先奸后杀，还在墙上留下一朵白如意，是拿粉漏子漏的。吴昆到州衙喊控，知州问了口供，立刻验尸，验完后让把尸体装在棺材之内，候拿凶犯。过了几天，邻居黄家的女儿也被奸杀，墙上也留白如意一朵。一连七条命案，都是少妇长女。知州却不认真办理，吴昆一连递了两张催呈，知州反说吴昆刁滑。

彭公接案，到了州衙，问了知州为何不认真捕拿。知州刘仲元回禀说："卑职也严勘捕快即行拿捉，无奈贼人远遁。"彭公说："总因你不清查保甲，以至地面不安。"彭公便决定先停留数日，让高源、刘芳暗中查访。同时交代："你把吴昆等送到州内取保，不准难为他众人。"①

品析：

在封建社会的司法制度中，原告的追诉权并没有得到应有的尊重和体现，常常与被告一样，同时被押解、收监，失去人身自由。当然，也不是说一点都没有考虑到原告的权益。《大清律例》卷三十六"刑律"之"断狱上"条"原告人事毕不放回"款就规定："凡告词讼，对问得实，被告已招服罪，原告人别无待对事理，随即放回。若无故稽留三日不放者，笞二十，每三日加一等，罪止笞四十。"其"条例"又有规定："督抚应题案件，有牵连人犯，情罪稍轻者，准取的保，俟具题发落。"②这里，虽然没有让原告在案件审理过程中，取保候讯，但强调了问明案情、没有待问的事由前提下，要及时放回原告，也多少体现了人道精神。因此，彭公特地关照，让吴昆取保。

高源、刘芳两人夜间查访。刘芳无意间在街市上发现一个强行化缘的和尚，跟踪其到了城北三里的正觉寺。夜里，两人入寺内一直摸到了北上房，舔破窗纸，居然探听到了房内正饮酒的两人的惊天秘密：原来正是连环命案的采花贼白如意英八和尚与独霸山东铁罗汉窦二墩窦胜。英八和尚在山东非偷即盗，逃回京都落脚在正觉寺，采花的恶习不改，任性妄为。而窦二墩因其兄长被赃官所陷害，劫牢犯狱，逃出古北口，在连环套一带独霸为王，招聚喽兵。前阵不放心父母故坟，回乡上了坟遇到了故交英八。英八和尚自己说出了犯案之事："小弟一时无主见，作了一件不可说的事情，一生好采花，杀了几个女子。"

① ［清］贪梦道人著：《彭公案》，上海古籍出版社 2011 年版，第 246 页。

② 田涛、郑秦点校：《大清律例》，法律出版社 1999 年版，第 576—577 页。

窦二墩说："贤弟，你这就不是英雄所为，坏了江湖中的名气。"[①]英八和尚将彭公前往大同之事说与窦二墩，窦二墩因恨与黄三太比武被其打了一镖败走，也恨彭公仗着李七侯等人在山东与自己打仗，商议夜里前往彭公馆刺杀彭公。

品析：

即使在江湖，也有江湖义气与规矩。像奸杀妇女之事，不论哪类绿林都不耻而为，所以连英八自己也说"作了一件不可说的事情"。而窦二墩也批评说：非英雄所为，坏了江湖中的名气。

高源、刘芳两人明知自己不是窦二墩他们的对手，此时也只好豁出去了。窦二墩见英八和尚足以赢了高、刘两人，自己便直往城内而去，要杀彭公。

窦二墩进了昌平东关，找到了彭公馆，摸到北上房，看定彭公还端坐房内看书，挑帘进去挥刀便砍。正危机之时，背后一镖打在窦二墩的左肩上。原来是粉面金刚徐胜徐广治。自他协助彭公剿灭宋家堡后，就告假带家眷回家祭祖，到了河南，将家眷安置在内兄张耀宗府上，听说张耀宗、常兴、高源、刘芳等人都得到了彭公保举升任了官衔，心中颇为不忿，就也学黄三太、杨香武的招数，潜入大内，偷了康熙的一件珍珠手串，并留下诗句，"民子徐双人，叩见圣明君；河南曾效力，未能沾皇恩"。康熙帝召见彭公，问明缘由，下旨召见。没三日，徐胜巧借彭公上朝之际，假扮上朝官员，故意吐痰在彭公朝靴上，借机将珍珠手串塞进彭公的靴内。彭公将手串奉交圣上，也为徐胜讨了个千总的官职。徐胜得知彭公所荐，为了报答，便暗中跟随彭公赴任大同。

话说徐胜与窦二墩一番恶战，久战不下。高源、刘芳两人赶到，三人大战窦二墩一人，还是不能取胜。原来，高源、刘芳正与英八和尚动手，忽然来了一队官兵，是昌平州守备郭光第带着三十名官兵前去剿贼扑了空往回走。郭光第认得高、刘是钦差身边的人，众官兵一拥而上，将英八和尚抓获。高、刘两人慌忙赶回保护彭公。四人混战在一处。窦二墩就想逃脱。此时欧阳德又赶到了，窦二墩慌忙飞身窜上南房，一路慌不择路，闯进了纪家寨。高、刘等人追入寨中，被寨主神手大将纪有德、其妻人称杀虎妈妈刘氏，以及女儿纪云霞、侄女刘云霞，都是一身武艺之人，围住一通混战厮杀。好在欧阳德及时赶到，连说是自己人，大家才住了手。

---

① ［清］贪梦道人著：《彭公案》，上海古籍出版社 2011 年版，第 249 页。

窦二墩慌乱之中，看到山边有一座庙，想进去躲避，被早已守候在此的欧阳德一把抓住，按倒在地。欧阳德说："你原是绿林的人物，为什么来公馆行刺？彭公治世能臣，与民除害，有功于世。你乃山东有名之贼，吾在义途，也知道你的名。吾今擒住你，你若从此改过自新，我把你放了。你再犯在吾手，你性命休矣。你劫牢反狱之案，别人不知，吾是知道的。你这逃走，也算我放你，你走罢。"窦二墩说："知道了，你也不必嘱咐。青山不改，绿水长流，我从此再也不找彭大人了。"

徐胜、纪有德等人赶到，追问欧阳德是否抓住了窦二墩。欧阳德说："被吾放了。他也是一条好汉，我并未听他作那奸盗邪淫的事。身在绿林，所作都是济困扶危。前者劫牢，因贪官害他兄长，人所共知。这样英雄，你我要拿送官治罪，深为可惜。吾故此放了他，亦叫天下英雄说我等宽宏大量。"①

品析：

上述话语，是典型的江湖义气思想的集中体现。一则说窦二墩没有做过什么奸盗邪淫之事，反倒都是扶危济困之事。因此，窦二墩也属于绿林好汉。二则虽然犯了劫牢反狱的案子，但却是因贪官枉法陷害其兄长所为。把这样的英雄送官治罪，深为可惜。此话承认了官府朝廷的法律权威和治罪必要，但从被贪官陷害的角度说，又情有可原合乎公理天道。三则让江湖人说其宽宏大量，有胸怀，讲道义。这正是公案(侠义)小说主旨和精神的集中体现。既维护法统纲常，又有情有义，敢作敢当。核心是匡扶正义、济困扶危，以此来评价是不是英雄好汉。窦二墩虽有瑕疵，比如行刺钦差，但在绿林侠士眼里，主要看其是否符合侠义的本质。

彭公将白如意交给知州刘仲元，交代说："我已拿住白如意，现在守备衙门，交你审明，给我打一套禀帖，按公处治。本当参你，念你为官不易。明日预备车辆，我要起身。"②这段话也值得品味。因知州治理地方不认真，没有清查保甲，严密组织，以致闹出七条人命的大案。本来应当参革知州，"念你为官不易"道出了清朝管理地方的基层官员的不易。

彭公继续北上。到了保安州，又遇鸣冤之人刘凤岐，递上呈状，上写：

具呈人刘凤岐，年二十六岁，系保安镇人。呈为无故被杀，含冤难

① [清]贪梦道人著：《彭公案》，上海古籍出版社 2011 年版，第 256—257 页。

② [清]贪梦道人著：《彭公案》，上海古籍出版社 2011 年版，第 259 页。

> 明事。民远在昌平州粮行生理，家有母亲与妻周氏度日。民母会收洗小儿，于四月初二日被北新庄皇粮庄头花得雨的家人花珍珠接去收生，留民妻看家。民母住在花家一夜，花珍珠之妻并未生产，说未到日期。次日，花宅送我母归家。至家，见街门大开，下车入内，瞧民妻周氏被钢剪刺伤咽喉身死。民母喊冤，禀官相验。民得归家，一见惨不忍看。禀官催获凶犯，至今未获。民念结发之情，无故被杀。因此斗胆冒犯虎威，惟求叩恳大人秦镜高悬，拿获凶犯，与小人办此冤曲。伏乞洞鉴！①

彭公传唤来花珍珠、刘凤岐母亲，均如呈状所言，花珍珠与刘母当夜均一同伺候其妻孙氏，只是一夜并未生产。此案一时无处追问，彭公吩咐全带下去，叫刘凤岐明日听审就是了，花珍珠释放无事。

彭公自己为难，于是托言有病，暗中装扮成相面师与刘芳前往私访。在北新庄被裕王府皇粮庄头花得雨识破，欲加害彭公。原来这花得雨仗着是裕亲王府的庄头，结交官长、出入衙门，为所欲为。其收拢了一批如青毛狮子吴三太等紫金山漏网之贼，护院之人叫花面太岁李通，也是明劫暗盗的绿林中人。

好在花得雨庄中的一个家仆进禄原先是彭公二任河南巡抚在良乡县私访时的随从，认出了彭公，于是暗中解救了彭公，两人正爬墙头，被要来杀害彭公的李通撞见。危机之时，刘芳现身大战群贼，中途又加入了高源、徐胜、蔡庆夫妇、张耀宗夫妇、欧阳德，千总刘达武也带了官兵及时赶到，将北新庄攻破，拿获了李通、花得雨。而吴太山等紫金山漏网之贼见势不妙，又得以趁乱脱逃。

彭公先审花得雨的家人花瑞、花茂、花升、花祥。问花瑞："你主人为甚么谋杀刘凤岐之妻身死？"花瑞交代说是总管花珍珠和花茂二人所办。

又审花茂。原来花得雨上坟路上在保安东街口见到了刘凤岐的老婆站在门外，贪其美貌便欲谋到手。花珍珠献计，知道刘家平日没有男人看家，假托自己老婆要生产，骗刘妈妈来接生，就剩刘凤岐妻一人在家。到夜晚，花珍珠和吴太山、李通带二十余名打手带了刀枪到刘家将人抢上轿。等抬到庄中，打开轿帘一看，妇人脖颈上插定了一把钢剪子。吓得花得雨也没有了主意。李通出了一招，将尸体重新抬回，装一个不知道就完了。又审李通，与花茂对词。李通未强辩就承认了。

彭公这才提审花得雨。两旁衙役叫跪下，没想到花得雨却冷笑，扬言道："彭朋，你叫我跪下，我一不犯国法，二不打官司。你带一伙强盗，到处指官诈骗，诈我的资财，咱们这里也完不了，有地方合你说去，咱们到那都察院打一场

---

① ［清］贪梦道人著：《彭公案》，上海古籍出版社 2011 年版，第 260 页。

官司去。”这里，花得雨虽是虚张声势、强词壮胆，但至少他也知道可以上诉到都察院，表明一般绅士民众是知道朝廷当时的上诉救济程序、主管机关的。

彭公听罢，说：“花得雨，你谋奸杀命，窝聚强盗，夜内移尸，凌辱钦差，拒捕官兵，你的脑袋还有吗？你还装作好人！今见本部，目无官长，咆哮公堂。来人！着实先打他八十大板再问！”[①]这里，彭公基本将花得雨所犯罪名准确地点明了。但花得雨即使被打得鲜血直流，就是一语不发，气得面皮发青。彭公一时无法，也学包公所为，让人装扮成阎王殿样式，花得雨连疼带气，迷迷糊糊中以为自己到了阴曹地府，便供出实情，并在供底上画了押。

次日天明，彭公又命人把被告牌抬出去，果然有人告花得雨霸占房产地土，抢掳少妇长女之案，有七张呈状。彭公俱问了口供。即派官人将所有告状的人与被抢妻女对明，将各自田产各归本主。彭公递了一件摺子，奏明花得雨所为之恶。不日圣旨下，将花得雨即行就地正法，李通等俱斩首示众。彭公钦赐“剪恶安良”字样。保安州同知法福理治理地方地面不清，革职留任。高源、刘芳、徐胜记大功一次。

品析：

此案以强抢民妇害死人命为由头，牵出窝聚群盗，又凌辱钦差，拒捕官兵等重罪，还有夜内移尸、霸占房产等案情。花得雨是主谋，自然就地正法。而李通等人为从犯，但因主要涉及贼盗谋反大逆之罪，所以不论首从，皆是死罪。当然，强抢妇女而致人死，也得被判死罪。

在此案审讯过程中，彭公先审花瑞、花茂，再审李通，基本掌握了案情原委之后，才最后审主犯花得雨，可谓精明得法。在花得雨抗刑不招，无法获得口供时，并没有强行用刑逼供，而是通过装扮阎罗殿，让判官诱使花得雨承招，也说明彭公对口供的重视。

地方官保安同知法福理因为未能及时查访掌握贼盗窝点，地方治安不清，被革职但得以留任。这在《大清律例》也有明确规定：如卷二十三“刑律”之“贼盗上”条“强盗”款中，有“条例”即规定：“地方文武官员，因畏疏防承缉处分，恐吓事主，抑勒讳盗，或改强为窃者，均照讳盗例革职，承行书办杖一百。”[②]法福理革职留任还算是较合理、平和的处罚。

---

① ［清］贪梦道人著：《彭公案》，上海古籍出版社 2011 年版，第 276 页。

② 田涛、郑秦点校：《大清律例》，法律出版社 1999 年版，第 380—381 页。

第七节 妖言惑众，迷药抗官，罪责几何

彭公赴大同查办傅国恩反叛事务沿途访查民情，接受民词，一路可谓一波刚平一波又起。刚解决了花得雨案，就接到老英雄凤凰张七密报：青毛狮子吴太山、并獬豸武峰二人，邀集天下各处绿林好汉，要为金翅大雕周应龙报仇，中途拦轿行刺。大家商议，由欧阳德冒充彭公坐大轿，张耀宗的车也跟在轿后，按站行程。而彭公身穿便服，带高源、刘芳、徐胜骑马便行。

四人出了居庸关，到了一个叫鸡鸣驿的村庄，村头正西有一座天仙圣母娘娘庙。原先有一个道士叫贾玄真，因病身死，近来又来了一个活佛娘娘，在此舍药显圣，无论哪里来的人，只要来烧香，她都知道姓名，一时名声大噪，来烧香的络绎不绝。彭公四人住进三元客店，嘱咐高源、徐胜二人前往探访，现场来了一个俊俏少年为母求药，那娘娘张口就叫出少年名字景耀文，赐下一粒金丹，交给仆妇，往那少年人鼻孔一抹，那少年立刻跟仆妇往西院内去了。一会儿，又来了一个三十出头的人，也来要药，娘娘也叫出那人名字王二，同样被药一抹，跟那仆妇往西院去了。

徐胜不信，自己也到娘娘跟前求药，那娘娘一见，不由杏眼含情，香腮带笑，说：你姓徐，是过路的，不必生事，你去罢！徐胜不禁暗自佩服。直到日色西平，娘娘下座起驾，出庙直往西边路北一所院落。

高、徐两人回报彭公，彭公说：“这是妖妇煽惑愚民，本处地面官就应该办他。”徐胜表示，自己要细访真情。

果然，彭公的直觉是对的。粉金刚徐胜夜探娘娘庙西边那院，在上房探听到了真相：原来活佛娘娘姓桑，乳名九花娘，父亲早丧，母亲刁氏，生他兄妹三人，两个兄长，一名桑仲，一名桑义，三人都练了一身武艺。这九花娘其性妖淫，十六岁时许配给一个做保镖的人何必显，未过一年，何必显得了一宗虚弱之病死了。她一夜不能无男人，又仗着自己有一身本领，时常招些男人，过一个月就够了，稍不如意，就杀了。十八岁，就杀了二十多条人命。她有一个表兄贾玄真在鸡鸣驿的娘娘庙出家，她便时常来庙中住着，与贾玄真通奸，不多时间贾玄真也得病死了。她便在庙中托言顶神看病，以娘娘下降为名，为是招此男女来。有好看的少年男子，就用迷魂药迷住人，带到这院内，夜晚交欢取乐，这院别名叫迷人馆。

徐胜夜探迷人馆，发现白日那景耀文被带到九花娘面前，却不论她如何

百般献媚，蜜语甜言，就是一概不理。她只得用迷魂帕往鼻孔一抹，就将其迷昏过去。而那王二原本是一土匪，早就听说了九花娘的事，特地以求药为名前来求见。两人随即一拍即合。恰此时，九花娘的情人，紫金山逃脱的周应龙的余党韩山绰号玉美人，闯了进来，一见九花娘与一男子吃酒调戏，不禁怒不可遏，斥骂九花娘是无知的娼妇，挥刀杀了王二。那九花娘一向任性惯了，一看韩山杀了王二，心中大为不悦，一怒之下抽刀杀了韩山。

这些变故，都被徐胜在房檐上看得一清二楚。徐胜正是二旬余岁，年轻气盛，飞身落地就要擒那淫妇。但却被九花娘用迷魂帕迷倒。九花娘使劲解数，要徐胜就范与她一度春宵，徐胜先是不从，后想将计就计，假意顺从，与九花娘饮酒划拳。恰巧欧阳德、高源、刘芳赶到，救出徐胜。而九花娘却从后窗逃走了。

欧阳德直追了十数余里，也未见踪迹。不免口干舌燥。忽见荒野中有一小庙，便前往讨碗茶喝。不想这庙中的道人正是九花娘的兄弟桑仲，此庙正是兄妹三人的巢穴。欧阳德刚喝了两碗茶，便被迷倒，不醒人事。欧阳德被背到庙外山岗老龙背，将干柴放到他身上，放火烧身。三人则收拾细软之物，投奔靠山庄去了。

等到徐胜、高源、刘芳赶到，只见老龙背桥下青烟上升，三人慌忙用水浇灭，却未发现一点尸骨，不知欧阳德生死去向。彭公等人都以为欧阳德遇害，哀伤不已。

彭公一众人，行到漾墩地界，东头有一座关帝庙，内有一和尚法空，要开一镖局，今日正是亮镖之日，召集了二十几位各地镖局能人，在此表演武艺，一时街面好不热闹。彭公等人也想去逛逛，看何人在开镖局。其实却是紫金山漏网众贼青毛狮子吴太山、双麒麟吴铎等人与法空勾结，有意在此练习刀枪，遮人耳目，专候彭公到来欲报周应龙之仇。

欧阳德的弟子武杰原本为寻找师傅而来，在漾墩巧遇了彭公众人，知道师傅遇害，发誓一定要报此仇。见吴铎在那舞弄拳脚，便上前比试。贼人见到彭公等人，正想下手，正好本处守备彭应龙，乃彭公旧属河南参将彭云龙之弟，带着二百步队赶到，一众贼人见势不妙，四散逃走。武杰穷追不舍，黄昏时分追到一处山村，也就六七十户人家，村口路西有三间西房，内有隐隐灯光。武杰想前往借宿便上前叩门，出来一位半百妇人。老妇人给武杰斟茶拿酒上菜，武杰刚吃了两杯，便觉头眩眼晕，栽倒于地。原来，此处正是九花娘母亲桑妈妈所在的靠山庄开的黑店。桑妈妈拿出朴刀正待动手，九花娘从外边进来，一看武杰乃英俊小生，更在徐胜、韩山之上，便有心结为夫妇。于是用解药抹在鼻孔，武杰苏醒过来，假意与九花娘亲近，探知了迷药和解药的秘密，趁其不备，将迷魂药抹在九花娘鼻孔，登时将其迷倒。随后，又依样迷翻了桑妈妈、桑仲、桑义。

第二天，武杰找来乡约、地保，要了一辆车，将四犯解到宣化府知府衙门。没曾想，那知府王连凤一次到城隍庙上香，路遇九花娘眉目传情，两人随后便勾搭上了。知府不仅不办九花娘四人，还将四人释放，又斥责武杰假冒官人，搅乱地面，要打武杰板子。武杰飞身上房，声言要去见钦差大人告状。王连凤忙命人捉拿，忽听外面有人来报，钦差到！知府王连凤赶忙率众迎进钦差送入公馆。彭公正待下轿，武杰直接到轿前请安，将捉拿九花娘前后之事细细禀告一遍。彭公听了勃然大怒，派人去知府衙门要四名贼人。可知府王连凤却说：我这里没有九花娘。徐胜说，武杰明明白白交给你的，怎么说没有了？王连凤说："他并未交给我，我也不知九花娘是何人，我何必藏他呢？"面对王连凤的耍赖狡辩，徐胜毫无办法，只好回禀彭公。彭公为人精明，也知道口说无凭，只得让徐胜再去查访贼人下落。

次日，徐胜、武杰两个少年俊杰出了公馆，顺路出了宣化府北门，往西北走，来到了一个叫松林庄的村子，在庄内东头茶铺吃茶，还真巧就遇上了来买酒菜的两个家仆，自己说出了缘由：庄里来了一帮保镖，还有一个叫九花娘的妇人。原来，庄主姓马，叫万春，绰号独角太岁，也是一个绿林贼人，与九花娘素有来往，早就有奸。此时，吴太山、武峰，以及桑仲、桑义等一众贼人都聚在庄里。徐胜、武杰夜探庄内，两人一见众贼，便拿刀跳下房来，与众人大战。无奈寡不敌众，徐胜又被九花娘五彩迷魂帕迷倒被擒。武杰欲要脱身上房报信，被马万春掏出毒药蒺藜打中肩头，一路踉跄奔走，眼看马万春追上抡刀就剁，小方朔欧阳德及时赶到，救了徒弟武杰。原来，欧阳德并未被桑氏兄弟烧死，正当危机之时，欧阳德的师傅，千佛山真武顶方丈红莲长老及时赶到，把火扑灭，将欧阳德救回山修炼。此次也是奉长老之命，下山前来助阵。欧阳德将武杰救出，带到真武顶养伤。

再说马万春等人回到庄内，要将徐胜剖心下酒。正要行凶之际，银头皓叟胜奎带着哼将军李环、哈将军李佩两个家将及六十名庄丁及时赶到。胜奎斥责马万春说："马万春，我派你在这松林庄照应我的田地，你招聚一些匪类之人，你私立公堂，擅杀职官，我先把你拿住，交官治罪。"[①]那九花娘等人见势不好，先自逃走了。

胜奎派了李环、李佩和徐胜将马万春押到宣化府钦差大人公馆。彭公审讯了马万春结交匪类，隐藏大盗之罪，把他所作之事写了一个名帖，交高

---

① ［清］贪梦道人著：《彭公案》，上海古籍出版社 2011 年版，第 311 页。

源、刘芳将他押送至县衙，按律惩外。彭公因为生病暂住宣化府，又递了一个摺子，参知府王连凤庸劣无知，办事糊涂。过了几天，上谕下：宣化府知府王连凤即行革职。[①]

品析：

上述故事情节重点围绕九花娘等众强盗妖言惑众、迷药拒捕、烧杀职官、窝藏匪盗等情节展开。而这些都是《大清律例》所明文禁止。如卷二十三“刑律”之“贼盗上”条“造妖书妖言”款即规定：“凡造谶纬、妖书、妖言，及传用惑众者，皆斩。”[②]对九花娘在娘娘庙中妖言惑众，舍药显圣之举，彭公即言“这是妖妇煽惑愚民，本处地面官就应该办他”，可见彭公对律令之熟稔，对治安问题之敏锐，审断之精准。

对用迷药图财害命的行为，《大清律例》也有针对性的法条。如卷二十三“刑律”之“贼盗上”强盗款规定：“凡强盗已行而不得财者，皆杖一百、流三千里。但得财者，不分首从，皆斩。若以药迷人图财者，罪同。但得财，皆斩。若窃盗临时有拒捕及杀伤人者，皆斩。”[③]九花娘桑氏兄妹用迷药欲害欧阳德，桑妈妈用迷药欲害武杰，就是典型的以药迷人图财害命之举。

第八节　又是采花蜂熏香作案，“限期破案”追责众人

《彭公案》从第八十四回到第九十三回，主要围绕抓捕采花蜂尹亮展开。

尹亮是庆阳府北尹家寨人，从小练就各种武艺，会打毒药镖，又受异人传授一宗熏香，他要薰过去，人事不知，非用解药或凉水这两样东西，才能解过来。他使一口单刀，又有飞檐走壁之能。其性最淫，要看见好看妇人，夜晚必要前去，先采完了花，然后一刀杀死，还用粉漏子漏下一个采花蜂在墙上。他所到之处闹得人心惶惶。他自恃武功高强，屡次逃脱，各地官府压力甚大，“限期破案”，却屡次破限，久缉不获，诸多捕快因此担责受罚。

① ［清］贪梦道人著：《彭公案》，上海古籍出版社 2011 年版，第 312—313 页。

② 田涛、郑秦点校：《大清律例》，法律出版社 1999 年版，第 368 页。

③ 田涛、郑秦点校：《大清律例》，法律出版社 1999 年版，第 377 页。

那日尹亮从苏州来到河南上蔡县境内，先是在西门内路北一座尼僧庵叫朝阳庵，看中一个十八岁的女尼，乃是当地有名的贞节烈女，姓李，许配给当地蔡举人为妻，不料未过门，男人却病死了，她执意剪发出家，到这尼姑庵拜老僧惠安为师。夜里，采花蜂尹亮潜入房内，烈女言辞斥责，还大声呼喊，被尹亮一刀杀死。老尼听到喊声进屋一看，大喊有贼，也被尹亮一刀砍倒，登时身死。

次日天明，得知报案之事，上蔡县知县李凤仪勤于政事，爱民如子，大有政声，急忙到朝阳庵验尸，又令捕头苏永禄、苏永福，两人乃亲兄弟，领本县票，到各处查访。“我给你二人五天限，如办不了贼来，我要重办你们。”又在县城四门票贴赏格：“如有拿获尼庵杀人凶犯者，赏银五十两；如有送信者，赏银三十两。倘若知情不举，窝聚贼人，被本县查出，按律从重治罪，决不姑宽。”①

没过两天，东关外裁缝铺杨五之妻夜内被先奸后杀，也留一朵鲜花，上落一个蜜蜂。李知县验完尸，回头升堂，叫来苏永福说：“本县派你拿获采花淫贼，你并不认真缉捕，给我打！”苏永福说：“老爷恩施格外，下役昼夜去查，无奈访不着下落，只求老爷开恩罢！”李知县说：“我这次不打你，你要三天交不出贼人来，我要了你的性命。”②

两兄弟随后抓紧查访。果然在李家铺发现了一个贼光闪闪、色眼迷离的年轻人。此人正是采花蜂尹亮。白天他看见两个女子，到了夜里又来采花，正当其窜房越脊之时，全村火把灯笼照耀，齐嚷拿贼。苏永福、苏永禄迎上前去，不料苏永福先被尹亮毒镖打中左眉头。苏永禄施展平生之功，也不是尹亮对手。眼看上来几十个庄丁，尹亮才自己跑了。

回到衙门，据实禀告了知县。李知县赏了苏永福十两银子养病，派苏永禄急速剿拿采花杀人之贼。苏永禄说：“回老爷，这个贼被这一惊，他必不敢在这里了。求老爷赏限，我办海捕公文，出境捉拿。”李知县说：“我给你海捕公文，并路费银十两，你要用心访拿贼人。”③

话说这尹亮果然出了上蔡县，又跑到了京城闲逛。那日出了德胜门外，在纪家庄家门口窥见了一个美人，就是纪有德的侄女刘彩霞。夜里闯进了纪家庄被巡夜的发现。又跑到往张家口进京的大路上的一处村庄，看到一株柳树下一条板凳上坐着一位姑娘，正是那天见到的刘彩霞。尹亮不知自

① ［清］贪梦道人著：《彭公案》，上海古籍出版社 2011 年版，第 321 页。
② ［清］贪梦道人著：《彭公案》，上海古籍出版社 2011 年版，第 322 页。
③ ［清］贪梦道人著：《彭公案》，上海古籍出版社 2011 年版，第 324 页。

己其实早被刘彩霞看在眼里，夜里又故伎重演。结果被刘彩霞一镖打中肚门，仓促逃走。逃到了保安州城内，到大街上闲逛。在十字街口看到院墙里一座楼窗大开，内有一十八九岁的女子俏丽端庄，带着两个丫头，正观看过往行人，这女子正是二府同知衙门法福理的小姐。夜里，尹亮潜入同知府，先将两丫头杀了。小姐是个烈女，宁死不从，也被杀死。尹亮又用粉漏子漏了一朵梅花，还在墙上留下诗句和姓名。

第二天法福理知道了凶讯，亲验了现场，气得大骂贼人。急命捕快陈清、冯玉二人，给三天限期，并许诺，如拿获贼人，赏二人白银二百两。倘若不认真查拿，从重处治！

陈、冯二人立时领了签票，换了便服到各处寻访。没曾想，两人在一处酒楼饮酒发愁议论此事时，被恰在邻桌的尹亮听着了，竟然主动前去搭讪，还亮明了身份。三人便战到了一处。尹亮掏出毒镖，击中冯玉左肩，又逃走了。此时苏永禄也赶到了。冯玉中镖后不省人事，陈清便请苏永禄前往胜家寨讨要解药，方能救活冯玉。

尹亮连夜逃走，先是在保安城外一处破庙里偷了欧阳德的包袱，内有二十两银子，一封书信，一纸婚书。婚书中说将胜奎的孙女胜玉环给欧阳德的徒弟武杰为妻。尹亮又起了淫思，夜里潜入了胜家寨。不想那胜家寨人人武艺超群，胜玉环也是一身功夫。尹亮先是与胜玉环打到一处，被赶来的众人打跑，后竟然私藏在胜玉环的床底下，欲夜间行事，幸好被心细的胜玉环发觉，又是一通恶战。武杰紧追尹亮，眼看尹亮跳下墙头，被守株待兔的苏永禄用袋子兜住，按倒在地。正要用袋子捆住，没想到被武杰误以为是采花蜂一脚将苏永禄踢倒，捆了起来，而尹亮借机扒开袋子又逃走了。

苏永禄被捆后抬到胜家寨上房大厅，大家一看脸面不是，又听苏永禄说自己是上蔡县班头，还拿出了海捕公文，这才知道拿错了人。胜奎吩咐人把解药给了苏永禄，让其去解救冯玉和苏永福。

尹亮从胜家寨侥幸逃脱后，一路逃到了溪花庄。那庄主花得云，乃北新庄花得雨的二哥，也是裕王府的皇粮庄头，练就一身本领，在此坐地分赃，招纳各处英雄。此前青毛狮子吴太山、大斧将赛咬金樊成已经投在这里。此次采花蜂尹亮也来到。花得云为尹亮摆酒接风，大家商议如何害死彭公，为其四弟花得雨报仇。

苏永禄、徐胜两人先后摸到庄上探访，被众贼发现，徐胜被尹亮的毒镖打中左肩头，登时酸麻疼痛，仓促奔走，跑到了一座山神庙前，一时药性发作疼痛难忍，心想自己可能死在此地，心有不甘。正大骂贼人，不巧被紧追不舍的贼人赛李逵蒋旺听到，挥斧便砍。危急之时，正巧遇到高源从后面用香炉给砸死了。原来刘芳、高源、徐胜三人受彭公之命分头暗访采花蜂。高源又接连使诈将前来寻找蒋旺的镇八方神镖孟小平杀了。尹亮受命又来寻找,与高源战到一处,高源不是尹亮的对手,一路退败到赤松林,遇上了苏永禄。两人合力战尹亮一人,仍只有招架之功,并无还手之力。危急之时,南边大道上来了七八个骡驮子,四个骡夫,两个骑马的人跟着,正是神手大将纪有德和其儿子打虎太保纪逢春,他们是往宣化府卖杏的。两人一上手,几个照面,便将尹亮捉住,捆了起来。将尹亮放到筐里,派苏永禄和四个庄丁押往宣化府。纪有德自己前往胜家寨讨要解药,高源与纪逢春则去山神庙背徐胜。

没想到,苏永禄等人路上遇到了溪花庄一伙的贼人,又将尹亮给救走了。

大家回到了彭公馆,此时彭公的病也养好了。即写信一封给宣化镇张耀宗带兵剿灭溪花庄,花得云闻风率众逃走。

不日,彭公启程到了怀安县,知县杨文彩参谒。彭公即听闻此地也闹采花蜂,贼人闹得甚是厉害,便令徐胜、武杰、高源、刘芳四人在三天内,务要把贼人拿获。

四人分了四路外出查访,当日均未回。次日回府,管家彭禄儿哭得红了眼,说,大人在上房睡觉,不知哪来的贼人将大人偷走了。大家听了目瞪口呆,急急外出寻访。高源、刘芳路上遇到了金刀铁背熊褚彪带着两个徒侄八臂哪吒万君兆、赛时迁朱光祖保一支镖上大同。褚彪听说了彭公之事,便建议大家前往梅花岛小蓬莱山庄找花驴贾亮,他号称此处的地理图,无有不知道之事。五人来到山庄,贾亮一时想不起有何绿林之人。贾亮之女贾赛花提醒说,做此事之人,莫不是霸王庄庄主,绿林中人花得雷,正是花得雨的二哥。花得云、吴太山、尹亮那些贼人的确从溪花庄逃到了此处。花得雷也在想众贼中谁能将彭公拿到,或杀死、或行刺,为四弟花得雨报仇。尹亮、段文成自告奋勇,那日潜入彭公馆,用薰香将彭公熏过去,两人背起彭公径直到了霸王庄。

那褚彪是天下闻名的老侠士,与段文成等熟知,到了霸王庄,故意与花得雷等人交心,套出了彭公的确在庄上的实情。还佯装好意,为花得雷出主意,既不能杀钦差,也不能放走钦差,先看看风声再说。内中有袁天化也说:杀官如同造反,这件事要想一个万全之策,从长计议才是。花得雷不以为然,说,即便有人知道,我等已投奔大同府傅国恩画春园了。这时,有一个家人献计:莫若先不杀,暂时收在八宝弩箭亭内,等差官来找,一网打尽。如拿不住,听听风声,再处理。

这献计的家人，正是朱桂芳，当年彭公升任河南巡抚，私下寻访误入连洼庄陷入贼人之手，外出套车要救大人，被走漏了消息，自己也不敢回去，逃到这里。朱桂芳私下去见彭公，彭公连夜写了信，让朱桂芳带给高源、刘芳众人。

众英雄商议破敌之策，欧阳德献计：假借花得雷生日之际，让蔡庆、贾亮带着众女眷扮做跑马戏的艺人。此时，张耀宗已升任大同总镇，知会本地文武，带数百官兵在村外哨探，以锣响为号，与褚彪等里应外合，破了霸王庄。苏永禄、苏永福在欧阳德帮助下，终于拿获了要逃走的采花蜂尹亮；花得雷、花得云等人也被擒。只是吴太山等十数人又逃之夭夭。

彭公回到公馆，因连日遭累困乏，早到东房里间睡下。到了二更，忽有人从房上跳下，进了彭公房内抡刀就砍，被早有防备的高源踢倒捆上。原来是燕子风飞腿袁天化。

彭公升堂审问，先审花得雷、花得云兄弟俩。两人否认自己窝聚江洋大盗、私劫官长。并说，"那是段文成一人所为"。彭公并未刑讯，只是吩咐将其他被擒贼人带上来。

尹亮供称："大人，我采花蜂尹亮也不想活啦，只求大人开恩，赐我速死为要。""在各处所作的事，我也不能隐瞒。"还有护院的刘清、景顺均供称都是花得雷的主意："我二人领罪就是啦。"

又审段文成，供称将彭公劫到霸王庄的主意是花得雷出的。

到了此时，彭公才复审花得雷，说："花得雷，你窝藏江洋大盗，坐地分赃，抢劫钦差，拒捕官兵，你勾串大盗，公馆来行刺，目无王法，今在本部院跟前，还不从实给我招来，免的皮肉受苦。你要半字吱唔，本部院严刑拷问与你。"花得雷见段文成在，知道已招了口供，料想也不能活了，自己也都招了。

彭公连同供单，递了一件折子，奏参庄头花得雷窝藏江洋大盗，招聚庄头，坐地分赃，有谋反之意，抢劫钦差等语。过了几天，旨意下：花得雷凌迟处死示众。花得云、采花蜂尹亮一并凌迟处死示众。余者不论首从，均皆斩立决，就地正法。旨彭朋随处查访民情，认真办事，钦赐"忠君爱民"字样。在事出力人员，高源赏给游击，以都司尽先补用；刘芳尽先即用守备，赏加都司衔；徐胜赏给候补守备；武杰以把总用。彭公谢了恩，把苏永禄叫上来，让他回上蔡县消差，赏了一百两纹银。又赏了朱桂芳五百两纹银，命他回家。众人全有升赏。

诸事办完，才叫怀安县预备车辆，明日起身行程。当日派城守营弹压，知县监斩，把一干犯人都杀了，枭首示众。[①]

① ［清］贪梦道人著：《彭公案》，上海古籍出版社2011年版，第362页。

品析：

“限期办案”显示了官府和官员的责任担当，既然限期，就有其严肃性。如期限到而未达目的，显然要受到责罚。上述故事情节中，上蔡县知县、保安州同知，以及彭公本人均对采花蜂连环命案下了破案期限。上蔡县的捕快二苏，还因此受了刑罚。对此，《大清律例》又有怎样的规定呢？如“吏律”之“职制”条中有“官员赴任过限”的规定，“公式”条中有“官文书稽程”的规定。在“刑律”之“捕亡”条中有“盗贼捕限”的规定：“凡捕强、窃盗贼，以事发日为始。限一个月内捕获。当该捕役、汛兵一月不获强盗者，笞二十；两月，笞三十；三月，笞四十。捕盗官罚俸两个月。捕役、汛兵一月不获窃盗者，笞一十；两月，笞二十；三月，笞三十。捕盗官罚俸一个月。”①其“条例”中，对跨县、府、省境缉捕盗贼作出规定，要求“一面差役执持印票即行密拿，一面移文关会，拿获之后，仍报明地方官添差移解”。否则交刑部议处。而对于隔省缉拿盗贼，“凡隔省关提人犯，承问官一面详请督抚移咨，一面差人关会隔省该地方官添差协缉。如擅给批牌，竟行拘提，及隔省地方官徇庇不行协缉，均交部议处”②。

在此案侦破过程中，上蔡县、保安州均给了海捕公文、签票等。从河南到京城、保安州、宣化府，采花蜂尹亮一路跨省流窜作案，所以，在缉捕过程中，也涉及跨省协作的问题。小说中真切、生动地呈现了上蔡县的捕快苏永禄、苏永福，与保安州的捕快陈清、冯玉，以及钦差大人彭公的随员高源、刘芳、徐胜、武杰等人通力协作的场景。彭公对花得雷的审讯，依然体现他重证据、重质证、重口供的一贯作风，因此并未轻易动刑，而是先审相关证人，再与主犯对质，使其失去心理防线，主动招认。

至于劫持钦差、窝藏江洋大盗、坐地分赃之类，所犯已属死罪。“花得雷见段文成在，知道已招了口供，料想也不能活了，自己也都招了。”说明花得雷是知法犯法的。《大清律例》卷二十三“刑律”之“贼盗上”条之“强盗”款中，就有“条例”规定：“凡响马强盗执有弓矢军器，白日邀劫道路，赃证明白者，俱不分人数多寡，曾否伤人，依律处决，于行劫处枭首示众。其江洋行劫大盗，俱照此例立斩枭示。”又规定：“强盗内有‘老瓜贼’，或在客店内用闷香药面等物迷人取财，或五更早起在路，将同行客人杀害，此种凶

① 田涛、郑秦点校：《大清律例》，法律出版社 1999 年版，第 553 页。
② 田涛、郑秦点校：《大清律例》，法律出版社 1999 年版，第 556 页。

徒，拿获之日，务必究缉同伙，并研审有无别处行劫犯案，将该犯不得解往他处，于被获处监禁，俟关会行劫各案确实口供到日，审明具题，即于监禁处照强盗得财律，不分首从皆斩，仍知照原行劫之处，张挂告示，谕众知之。”①在此案中，尹亮用薰香先在上蔡犯下采花奸杀命案，但在宣化府怀安县被抓获；花得雷纠集江洋大盗，在本地被擒，均于缉获地监禁受审，并凌迟处死示众。彭公并令上蔡县捕头苏永禄回上蔡县“消差”，正符合上述律例规定。

从第九十三回到最后的第一百回，主要讲述彭大人与众英雄到了大同府，查访傅国恩造画春园屯兵反叛之事。为破画春园，就得找到当初造园、安置削器埋伏之人。这人正是纪家寨的纪有德。画春园在众英雄和官兵内外夹攻下，不堪一击。九花娘终于被欧阳德捉住。傅国恩逃到磨盘山，以及后来剿灭磨盘山等诸事，则是另一部著名的公案（侠义）小说《施公案》的情节了。画春园既剿灭，彭公将所拿获罪大恶盈者，请令枭首示众，被逼良民可恕者，释之还乡。凡大同辖属干员，与前后出力义士，奏请升赏，劣者参革。

《彭公案》一书的最后一段话，点出了公案（侠义）小说的主旨：“可见这部书，忠义者终获厚报，罪恶者难逃法诛。”

① 田涛、郑秦点校：《大清律例》，法律出版社 1999 年版，第 378 页。